Le naufragé de la Baie de Somme

Guillaume Lefebvre

Le naufragé de la Baie de Somme

AIRVEY
ÉDITIONS

Airvey Éditions
7 bis, rue du Bois
59144 ETH
airvey.editions@orange.fr
www.airvey-editions.com

Airvey éditions est membre de l'Association des Éditeurs des Hauts-de-France.

Composition : Nord Compo, Villeneuve-d'Ascq
Imprimé en France
Achevé d'imprimer en avril 2019
Dépôt légal : avril 2019
ISBN : 978-2-37319-079-3
EAN : 9782373190793

Chapitre 1

Le 6 octobre 1902,
dans le détroit du Pas-de-Calais

Debout sur la dunette du *Whitehorse*, le capitaine Dungelbear inspecta la façon dont les voiles de son navire travaillaient. Les huniers volants paraissaient déformés, car ils battaient bruyamment dans l'allure bon-plein.

Il fit une grimace. De par son expérience maritime, il savait que c'était mauvais signe. Si le temps venait à fraîchir, ces voiles ne résisteraient pas longtemps. Les points d'écoute commenceraient à s'arracher, et il faudrait envoyer des hommes dans la mâture pour saisir aux vergues les voiles endommagées.

La nuit allait bientôt tomber, il fallait réagir vite. Quoique délicate, cette manœuvre était encore réalisable durant la journée, mais dans l'obscurité elle devenait dangereuse. Alors, il fit appeler son second et lui donna l'ordre de rentrer les voiles hautes. Certes, le navire perdrait de la vitesse, mais il ne pouvait courir le risque de blesser des hommes ou de briser du matériel en début de voyage. Les armateurs avaient l'habitude de pousser leurs capitaines à réduire les temps de traversées, car tout retard engendrait une perte d'argent.

Le sifflet du maître d'équipage retentit. Aussitôt, quelques marins encore endormis sortirent des écoutilles et rejoignirent la bordée de quart sur le pont. Peu après, des matelots, dirigés par les ordres du second capitaine, montèrent dans la mâture. D'autres se mirent au cabestan. Dungelbear observait en silence le travail de chacun. Quelques-uns avaient visiblement une grande habitude des manœuvres à bord des grands voiliers. Ils se déplaçaient dans la mâture avec beaucoup d'agilité et connaissaient le nom de chaque drisse et chaque écoute. Mais une grande majorité grimpait d'une manière trop hésitante, et ne paraissait ni comprendre ni écouter les indications du bosco. Les plus âgés étaient restés sur le pont pour tirer sur les filins, mais la force de leurs vieux muscles n'était pas suffisante : ils durent s'arrêter à plusieurs reprises afin de reprendre leur souffle.

Le navire avait quitté Hambourg depuis vingt-quatre heures. Il avait dans ses cales un chargement de divers, ainsi que trente-deux migrants à destination des États-Unis. Si tout se passait bien, il devait arriver à New York dans trois à six semaines. Mais l'inquiétude du capitaine Dungelbear augmenta fortement quand il s'aperçut que la manœuvre avait duré plus d'une heure. De plus, par deux fois, il avait dû intervenir pour redresser le navire. Le *Whitehorse* était vieux et mal entretenu. Son propriétaire, un marchand de tissu de Hambourg nommé De Kierk, ne connaissait rien aux métiers de la mer. Il avait acheté et armé ce navire à trois mâts en toute hâte, après avoir remarqué la croissance du marché entre l'Europe et les États-Unis.

Dungelbear avait accepté le commandement du *Whitehorse*, car son armateur habituel le lui avait demandé. Mais il le regrettait déjà, l'équipage fourni par De Kierk n'était pas aussi qualifié que celui-ci l'avait prétendu. Les hommes avaient été recrutés rapidement dans les bars à hôtesses du port, sans critères d'âge, ni d'état de santé et encore moins d'aptitude. Les officiers étaient pleins de bonne volonté, mais ils étaient jeunes et encore inexpérimentés. Dungelbear soupira en regardant le pont du navire, la traversée de l'Atlantique Nord demanderait une surveillance accrue de sa part, ainsi que beaucoup de rigueur.

Le timonier piqua les 18 heures, la nuit tombait doucement sur la mer. Déjà, l'officier de quart faisait sa tournée d'allumage des feux de navigation. Des matelots jouaient aux dés au pied du grand mât, en chantant une complainte de leur pays. D'autres, beaucoup moins amarinés, étaient allongés sur le pont et essayaient de vaincre leurs nausées.

La brise amena une douce odeur de potage aux narines de Dungelbear. Elle venait du roof central où se situait la cuisine. Le maître-coq et son apprenti y servaient un repas chaud aux passagers qui avaient de quoi payer.

Le vent d'ouest avait amené de gros nuages gris et le baromètre ne cessait de descendre depuis déjà quelques heures. La houle grossissait, quelques paquets de mer balayaient régulièrement le pont. Malgré la réduction de la voilure, le navire continuait à embarquer par l'avant quand il plongeait dans la lame. Dungelbear tourna son visage face à la brise, afin de mieux apprécier la force et la direction du vent. Il remplit ses poumons de cet air marin si frais et si vivifiant qu'il allait respirer pendant plusieurs semaines avant de toucher terre.

Le capitaine grimaça en regardant le ciel, le mauvais temps arrivait plus vite qu'il ne l'avait prévu. D'un rapide calcul mental, il se rendit compte qu'il n'aurait pas gagné l'océan Atlantique avant les premiers gros coups de vent. La Manche était une mer étroite et pleine de bancs de sable. Pour les capitaines de gros navires, ce passage obligé était une source d'angoisse.

Des enfants jouaient à courir sur le pont. Soudain, ils furent renversés par une lame et se retrouvèrent au pied de la dunette. Dungelbear avait vu la scène, il s'assura qu'ils n'étaient pas blessés, puis appela son lieutenant d'un signe de la main. D'une voix autoritaire, il lui donna l'ordre de faire rentrer tous les passagers dans la cale, et d'en fermer l'écoutille. Il ne fallait pas que l'un d'eux ait la mauvaise idée de remonter prendre l'air sur le pont et se fasse emporter par une vague. De plus, il fallait se méfier des affamés qui pouvaient, au beau milieu de la nuit, pénétrer dans la cuisine pour y chaparder un reste de soupe ou un vieux croûton de pain.

La concurrence était rude entre les navires à voiles et les steamers. Les compagnies de navires à vapeur proposaient des traversées plus courtes et plus confortables aux migrants. En revanche, les prix des billets étaient beaucoup plus chers. De ce fait, seuls les clients les plus démunis osaient encore tenter le voyage à bord des grands voiliers. Et lorsqu'un navire avait effectué une traversée malheureuse, les compagnies concurrentes s'empressaient de le signaler à leurs clients.

Le vent arriva sous la forme d'un grain accompagné d'une averse de pluie. À partir de cet instant, la visibilité fut considérablement réduite et le meilleur des hommes de veille n'aurait pu apercevoir un navire à plus d'une encablure. Dungelbear bâilla, il était resté debout sur la dunette depuis le départ, et la fatigue commençait à le tirailler sérieusement. Cela faisait maintenant plus de quarante-huit heures qu'il travaillait sans relâche. La veille du départ, il avait passé la nuit à signer les *connaissements* des chargeurs et à étudier la *charte-partie*. Puis, il y avait eu la manœuvre d'appareillage, suivie de la longue descente de l'Elbe, le navire tracté par un remorqueur à vapeur poussif dont les escarbilles avaient noirci le pont et les voiles. Le dernier pilote l'avait quitté à la sortie de l'estuaire, non loin du phare d'Helgoland. Dungelbear avait attendu que la brise soit crochée dans les voiles pour larguer le remorqueur. À partir de ce moment, le capitaine s'était retrouvé seul face à la force du vent pour mener le navire jusqu'à New York. Ensuite, il avait traversé la mer du Nord jusqu'au détroit du Pas-de-Calais, avec le risque constant de se retrouver au milieu des bancs de sable des îles Frissonnes, ou face à l'un de ces innombrables caboteurs naviguant dans cette partie de la mer du Nord.

Vers 23 heures, Dungelbear commença à avoir des vertiges, la fatigue devint insupportable. Tout en observant les voiles, le lieutenant manipulait nerveusement son renard. Il était anxieux, mais il avait l'air de bien tenir le navire. Aussi, le capitaine pensa que le cap sud-ouest pourrait être maintenu pendant environ quatre heures. Alors, il donna l'ordre à l'officier de quart de tenir l'allure : « au plus près serré par tribord amure ». Puis il partit se reposer dans sa cabine. Les principaux dangers étaient passés ; il jugeait que sa présence sur la dunette n'était plus indispensable jusqu'à ce qu'on l'appelle pour la manœuvre de changement d'allure.

Au plus profond de son sommeil, Dungelbear fut réveillé par un tangage inhabituel du voilier. Ce n'était pas le mouvement lent d'un navire lourdement chargé, mais plutôt un chahut rapide et désordonné, mélangeant roulis et tangage.

Sans prendre le temps d'enfiler ses bottes, il monta sur la dunette. L'obscurité y était totale et le navire semblait avancer dans le néant. Le vent avait fraîchi depuis le moment où il avait quitté le lieutenant. Des vagues déferlantes éclataient contre le bordé en faisant un bruit de tonnerre, et des paquets de mer balayaient dangereusement le pont sur toute la largeur.

Soudain, le navire fut porté par une vague plus grande que les autres. Puis il retomba sur le fond de la mer. Sous la violence du choc, une vergue se décrocha du mât et vint s'abattre sur le pont. Dungelbear comprit immédiatement : le voilier était sur des hauts-fonds et la profondeur insuffisante lui faisait courir un grand danger. Le vent était maintenant par le travers tribord, l'officier de quart n'avait pas su tenir l'allure qui lui avait été donnée, il s'était retrouvé sur l'un des nombreux bancs de sable qui bordaient la côte.

Dans la lueur de la lanterne de quart, Dungelbear vit le lieutenant complètement désemparé. Il donnait des ordres suivis de contrordres. Les hommes d'équipage ne savaient plus que faire, ils avaient perdu confiance en leur officier de quart et commençaient à être pris de panique.

Dungelbear hurla une série d'ordres précis. Sa voix forte rassura aussitôt les marins qui se mirent immédiatement à la tâche. Dès qu'il entendit son capitaine, le lieutenant vint à sa rencontre. Dungelbear vit qu'il tremblait de peur et qu'il sanglotait.

L'officier leva la lanterne qu'il tenait à la main, et lui montra le chemin qu'il avait estimé sur son renard.

– J'ai changé de route pour éviter un bateau de pêche, bafouilla-t-il. Ensuite, je n'ai pas réussi à remettre le navire à l'allure que vous aviez demandée… Tout s'est passé très vite… Je n'ai pas eu le temps de vous appeler.

Sans répondre, Dungelbear arracha le renard des mains du lieutenant et entra dans la chambre à cartes. Après quelques rapides calculs mentaux, il estima sa position sur la carte marine. Le navire avait suivi une route trop au sud, il venait de franchir le banc de Colbart. Ce haut-fond, dessiné par les courants dominants, s'étendait sur une longueur de plusieurs milles, mais il était large de quelques encablures tout au plus. Le voilier l'avait traversé perpendiculairement au grand axe. C'était à ce moment qu'il avait talonné sur le sable. Maintenant, il avait retrouvé des eaux saines et commençait à reprendre un tangage normal.

Les hommes d'équipage et les officiers qui n'étaient pas de quart avaient été réveillés par les chocs sur la quille. Ils s'étaient levés et attendaient les ordres du capitaine. De la cale avant, où étaient enfermés les passagers, s'échappaient des cris, ainsi que des cognements. Quelqu'un devait frapper avec un objet métallique contre le panneau de l'écoutille pour tenter de le briser.

Soudain, la gîte du *Whitehorse* s'accentua anormalement sur bâbord. Le vent ne pouvait en être la cause, il y avait donc l'addition d'une force supplémentaire. Dungelbear sortit de la chambre des cartes et constata que le roulis de son navire était devenu lent et de forte amplitude. Il ne fallut pas longtemps à ce marin expérimenté pour comprendre ce qui se passait : le talonnage du voilier sur le banc de sable avait ouvert une voie d'eau importante dans la cale avant, là où étaient logés les passagers. La situation était plus que critique, elle était désespérée.

Le capitaine savait que le navire ne résisterait pas longtemps dans de telles conditions, il devait réagir rapidement s'il voulait sauver ce qui pouvait encore l'être. Vu la vitesse d'enfoncement de la coque, le pompage serait inutile. Alors, de sa voix forte et autoritaire, il donna l'ordre de mettre à l'eau les embarcations de sauvetage et d'abandonner le *Whitehorse*.

Cependant, il n'y avait pas suffisamment de place dans les embarcations pour sauver tout le monde. De plus, l'armateur n'avait pas jugé utile d'acheter des gilets de sauvetage. Les marins devaient placer leurs espoirs dans la solidité des deux chaloupes, ceux qui n'auraient pas la chance d'y embarquer étaient condamnés.

Le capitaine ne fit pas ouvrir le panneau de la cale des passagers. Sinon, les migrants se seraient précipités sur les embarcations déjà surchargées et les auraient fait couler.

« Si Dieu le veut, pensa-t-il, quelques membres d'équipage pourront s'en sortir. »

Mais Dieu en voulut autrement : les embarcations mal adaptées aux vagues se retournèrent dès leur mise à l'eau. Le *Whitehorse* avait gardé ses huniers, et continuait à avancer à faible vitesse. Les marins tombés à la mer en furent rapidement éloignés et périrent noyés. Alors, Dungelbear essaya d'ouvrir le panneau de la cale avant, mais celui-ci resta coincé. Les passagers avaient tordu les taquets en essayant de les briser. Le capitaine frappa avec les pieds pour essayer de casser l'épaisse plaque de bois, mais elle résista.

Après quelques minutes, le navire se coucha complètement sur le flanc et Dungelbear fut projeté par une lame contre la dunette. Les appels « au secours » des passagers cessèrent. Ces trente-deux hommes, femmes et enfants avaient fui la misère de leur pays avec l'espoir de découvrir un monde meilleur. Finalement, ils n'avaient trouvé qu'une mort horrible, seulement vingt-quatre heures après leur départ.

Le capitaine Dungelbear était à bout de force. Il s'accrocha à une poutre arrachée par la mer à la poupe du *Whitehorse*. Il écouta les vagues s'écraser contre la coque, puis son navire disparut dans les profondeurs.

Chapitre 2

Mardi 26 août 2008, 11 h 30

Dans un bar du petit port de pêche du Hourdel, quatre marins discutaient tranquillement devant une tasse de café. Le mauvais temps ne leur avait pas permis de sortir en mer depuis trois jours, aussi passaient-ils leur journée à effectuer l'entretien de leurs filets et de leur bateau.

– Je t'assure qu'il reste encore des cadavres dans l'épave du *Whitehorse*, dit Fabrice en tapant du poing sur la table. J'en ai pêché un dans mes filets l'autre jour. Il était à moitié dévoré par les bulots. Il fallait voir les crabes courir sur son torse. Quand il est arrivé le long du bord, j'ai voulu l'attraper avec la gaffe, mais il m'a échappé. Je n'ai pu ramener qu'un morceau de tissu de ses habits.

Fabrice avait la fâcheuse manie d'exagérer la taille et la quantité de ses prises. Ses compagnons le savaient, ils ne manquaient jamais une occasion de le taquiner sur ce sujet. Mais cette fois-ci, Fabrice n'en démordait pas. Il était sûr de ce qu'il avançait et commença à se fâcher contre les railleries de ses camarades.

Joseph Capron était assis en face de Fabrice. Il avait entendu dans sa jeunesse son grand-père raconter des histoires de pêche de cadavres en décomposition non loin de certaines épaves. Mais c'était après la guerre, le *Whitehorse* reposait au fond de l'eau depuis plus de cent ans. Il pensa que son camarade s'était mépris sur ce qu'il avait remonté dans ses filets. Avec l'obscurité, une grosse méduse ou un sac en plastique pouvait faire penser à un corps humain.

Assis à une table voisine, Armand Verrotier écoutait la conversation d'une oreille attentive. Souvent lorsqu'il était en congé, sa promenade matinale l'amenait jusqu'au port de pêche. Il y savourait, en toute discrétion, les histoires des marins. Silencieux de nature, ceux-ci n'étaient pas du genre à parler pour meubler un silence dans une conversation. Leurs récits pittoresques, composés de mots simples et précis, flattaient l'imagination de leur entourage.

Comme beaucoup de personnes dans le village, Armand était marin. Mais il avait choisi une autre voie que la pêche en mer. Il était capitaine de paquebot. Ainsi, il passait la moitié de son temps à naviguer sur les mers les plus belles du monde. L'autre moitié, il la consacrait à des activités maritimes, ou alors, à voyager à travers le monde pour son propre compte.

Soudain, Armand sursauta. Fabrice venait de le prendre à partie avec son récit de macchabée centenaire. Le pêcheur avança vers lui et lui montra le bout de tissu arraché au cadavre.

– Regarde ! dit-il, ce n'est pas une preuve ça ? Ils peuvent dire ce qu'ils veulent. Moi, je l'ai vu. De mes yeux vu. Ce morceau du tissu était resté accroché à la pointe de ma gaffe. J'en ai un autre dans la cabine de mon bateau.

Armand attrapa le morceau d'étoffe que le pêcheur lui tendait, puis il l'observa avec la plus grande attention. Le fil était fin et tissé serré. À première vue, cela ressemblait davantage à un tissu contemporain qu'à un coton épais du début du XXe siècle. Il regarda Fabrice et lui demanda :

– Tes filets étaient posés à proximité de l'épave quand tu as attrapé ça ?

– À une encablure dans l'est du *Whitehorse*. Je les pose durant l'étale de courant. J'utilise mon sondeur pour avoir plus de précision. Ensuite, je les remonte juste au moment où le courant reprend de la force. Comme ça, je ne le prends pas dans les morceaux de l'épave. Tu me crois, toi, au moins ?

Le pêcheur jubilait, car une personne prenait, enfin, son histoire au sérieux. Cela faisait longtemps qu'il avait perdu sa crédibilité avec ses récits de pêche miraculeuse, il ne pouvait plus rien raconter sans qu'une méfiance s'installât d'emblée chez son interlocuteur. C'était devenu un jeu entre son entourage et lui, lorsqu'il disait avoir attrapé un bar de cinq kilogrammes, il fallait comprendre trois kilogrammes, et l'on s'approchait de la réalité.

Armand pensa que l'histoire de Fabrice avait un fond de vérité. Certes, il était connu pour exagérer, mais ce n'était pas un affabulateur. De toute évidence, le cadavre en question ne faisait pas partie des naufragés du *Whitehorse*. Après cent six ans au fond de la mer, un corps humain ne devait plus ressembler à rien.

Alors, il demanda au pêcheur de décrire avec précision ce qu'il avait vu. Malheureusement, la description de Fabrice fut confuse. Apparemment, le corps avait séjourné plusieurs jours au fond de l'eau, car les crustacés avaient eu le temps de dévorer les yeux et la peau, et, lorsque Fabrice avait essayé de l'attraper avec sa gaffe, la tête s'était détachée du tronc.

– Il va falloir raconter ton histoire aux gendarmes, dit Armand. Le cadavre ne devait pas avoir plus d'un mois. Ils feront des recherches.

Soudain, la panique gagna le pêcheur, il se rendit compte de l'ampleur que pourrait prendre sa découverte si les forces de l'ordre s'en occupaient. Il se voyait déjà en première page du quotidien régional, et ce n'était pas pour lui déplaire ; ce serait une revanche sur ceux qui mettaient systématiquement en doute ses récits. Mais l'appréhension de l'Administration était plus forte que tout. Fabrice était un pêcheur solitaire, ses habitudes étaient bien ancrées, et, malgré les apparences, l'inattendu lui faisait peur. Il tourna le dos à Armand en lui faisant un signe négatif de la main. Puis il partit rejoindre ses trois camarades. Ceux-ci avaient suivi la scène avec hilarité, ils commencèrent à se moquer de lui sans ménagement dès qu'il fut assis.

– Écoute-moi bien Fabrice, dit Armand d'une voix qui se voulait convaincante. Je peux comprendre ta réticence à aller faire une déposition à la gendarmerie. Mais le corps que tu as pêché doit être signalé. Je peux t'accompagner, si tu veux.

Armand essaya de convaincre Fabrice d'aller à la gendarmerie, mais il parlait à un mur. À partir de ce moment, le pêcheur n'en dormit plus et ne voulut plus voir personne. Il restait enfermé chez lui, comme s'il avait attrapé une maladie honteuse. Durant quelques jours, il résista à la pression grandissante de son entourage qui se rangeait du côté d'Armand. Mais le dimanche suivant, lorsqu'il sortit de chez lui pour se rendre à l'église, bon nombre de personnes lui demandèrent s'il était allé faire sa déposition. Ceci l'agaça. De rage, il retourna chez lui sans avoir pu assister à l'office dominical. Durant tout le reste de la journée, il tourna en rond dans sa cuisine. Vers 20 heures, il téléphona à Armand pour lui demander de l'accompagner à la gendarmerie.

C'est ainsi que dès la première heure le lendemain matin, Fabrice mit son costume du dimanche et alla sonner chez Armand. Après avoir pris un bon café, ils partirent tous les deux en direction de la brigade. Déterminés à donner une suite à cette affaire de cadavre aperçu près de l'épave du *Whitehorse*.

Mais devant le brigadier de gendarmerie, Fabrice s'embrouilla tellement dans ses explications qu'il ne fut même plus certain lui-même de ce qu'il avait remonté. Ainsi, il ne put déclarer avec certitude que la masse aperçue ressemblait vraiment à un corps humain. Le pauvre pêcheur transpirait, bafouillait et perdait ses moyens, comme s'il se présentait en tant qu'accusé et non en simple témoin.

Le gendarme prit note de la déposition, et promit de la transmettre à son capitaine. Lui seul jugerait de la suite à donner. Mais il ne se faisait pas d'illusions, les renseignements étaient trop imprécis pour retenir l'attention de l'officier. D'autre part, aucune disparition n'avait été signalée dans les semaines précédentes. Le rapport serait classé : « en attente d'informations complémentaires ». Puis il descendrait aux archives au bout de quelques semaines, si rien ne venait l'amplifier.

Armand intervint en montrant le morceau de tissu arraché au cadavre. Le brigadier l'attrapa et le regarda quelques secondes avec une moue peu convaincante. Puis il le plaça dans un sachet de plastique et l'ajouta au dossier.

Fabrice comprit alors que sa démarche n'avait pas servi à grand-chose. De plus, il se serait volontiers passé de toutes ces émotions. Il sortit tout piteux de la gendarmerie en manipulant nerveusement sa casquette. Après avoir fermé la lourde porte du bâtiment, il jeta un regard désapprobateur à Armand et lui dit :

– Ça n'a servi à rien, tu m'as fait perdre mon temps.

Voyant son désarroi, Armand essaya de le rassurer. Il lui expliqua avec beaucoup d'empathie qu'il ne fallait pas juger trop vite. Et puis, le principal était d'avoir effectué sa déposition. Ensuite, ils se quittèrent sans autre commentaire. Fabrice rentra chez lui la tête basse, mais avec le sentiment d'avoir accompli son devoir de citoyen. Et surtout, la satisfaction de pouvoir dorénavant faire taire les curieux qui lui demanderaient s'il avait fait sa déposition.

D'un pas vigoureux, Armand partit faire sa promenade matinale sur le bord de mer. La saison se terminait doucement et la ville perdait petit à petit sa parure estivale de station balnéaire. Sur le front de mer, des hommes démontaient les clubs de jeux pour enfants. D'autres rentraient dans un garage les dériveurs du club nautique, ils y resteraient jusqu'à l'été suivant. Les retraités étaient plus tranquilles, ils appréciaient le calme d'une balade sur le chemin de planches vidé de la foule des dernières semaines.

Le vent soufflait du suroît, avec la même force que les jours précédents. Une houle, bien formée par la brise, venait s'écraser sur le cordon de galets. Chaque vague apportait le bruit si relaxant des cailloux roulant les uns sur les autres.

L'air vivifiant lui donna l'envie de continuer sa marche jusqu'au port de pêche. En chemin, son regard fut attiré par un jeune labrador. L'animal profitait de sa liberté temporaire, il courait dans tous les sens sans autre but que de jouir de la vitalité de son corps.

Amusé par ce chien un peu fou, Armand l'appela d'un claquement de la langue. L'animal vint se frotter à lui comme s'il le connaissait depuis toujours. Armand le flatta quelques instants, puis il reprit sa marche vers le port. Mais à peine avait-il fait un pas, qu'il entendit le jeune labrador aboyer. Son maître avait déclenché son collier électrique à distance. Ainsi, une simple pression du pouce sur un boîtier suffisait à infliger une violente douleur à son chien. L'animal ne comprenait évidemment pas ce qui lui arrivait, mais il faisait la relation entre l'appel de son maître et la douleur. De ce fait, il le rejoignait aussitôt pour éviter d'autres décharges électriques.

Armand jeta un regard froid à cet individu qui traitait son chien comme un jouet et le torturait à loisir sous prétexte de le dresser. Sans plus attendre, il rattrapa le jeune labrador et le libéra de son collier. Mais le maître le rejoignit et commença à lui reprocher son geste avec véhémence.

– Un animal n'est pas un jouet, lui expliqua Armand en cachant mal sa colère. Avec ce genre d'instrument, vous n'allez pas dresser votre chien. En revanche, vous le rendrez agressif, car il ne connaîtra que la violence comme moyen de communication. Et un jour, il vous le rendra.

L'homme semblait totalement hermétique aux propos d'Armand. Apparemment, les phrases de plus de trois mots l'embrouillaient considérablement. Il expliqua que le propriétaire du chenil lui avait vendu ce collier à décharge électrique. Il lui avait affirmé que c'était le meilleur moyen de dressage pour un animal de cette taille.

Ce chien au poil doux était aussi sympathique que son maître était énervant. Armand avait du mal à contenir son agacement. Sans répondre, il ramassa un morceau de bois grand comme la main et le lança au labrador. Celui-ci compris le jeu immédiatement et lui rapporta l'objet aux pieds.

– Vous voyez ! dit Armand. Pas besoin d'instrument de torture pour se faire obéir. Mettez-moi ce collier à la poubelle !

Puis il les quitta tous les deux et reprit sa marche en bougonnant : « Quel crétin ! Pourquoi faut-il toujours que je me mêle de ce qui ne me regarde pas ? C'est son chien après tout. » En fait, Armand n'était pas si différent que ça des gens de son village, il aimait s'occuper des histoires des autres. En revanche, il détestait se laisser envahir.

Le mauvais temps continuait à bloquer les bateaux à quai. Quand il entra dans le café, il retrouva les mêmes marins pêcheurs qu'en début de semaine. Ils étaient attablés devant leur tasse de café et discutaient entre eux. Il salua ceux qu'il n'avait pas encore vus et s'assit à leur table. Fabrice était là, mais il semblait, plus que jamais, installé dans son mutisme et sa mauvaise humeur. Armand lui mit une main sur l'épaule et lui dit :

– Ne t'inquiète pas. Dis-toi que tu as fait ton devoir de citoyen.

Les trois autres marins acquiescèrent d'un signe de tête. Eux aussi auraient fait une déposition s'ils avaient vu un cadavre dans la mer. Mais Fabrice fit un geste d'exaspération, il sortit du café et se dirigea vers son bateau. Armand le rattrapa et lui demanda :

– Tu m'as bien dit que tu avais un autre morceau de tissu dans ton bateau ?

Le pêcheur lui répondit par un signe de la main signifiant qu'il ne voulait plus entendre parler de cette histoire de cadavre.

– Écoute-moi Fabrice, reprit Armand. Tu me donnes le morceau de tissu, et je ne t'ennuie plus avec cette histoire.

Sans un mot, Fabrice fit signe à Armand de le suivre à bord de son bateau. Là, il lui donna le bout de textile qu'il avait gardé en souvenir. Puis, sans faire de commentaires ni poser de questions, il partit réparer ses filets.

Armand prit le morceau de tissu et retrouva Joseph Capron. Il savait que celui-ci avait prévu de revenir à

Cayeux-sur-Mer pour le déjeuner. Alors, il pourrait profiter de son fourgon pour rentrer plus rapidement chez lui.

Dans le véhicule qui les ramenait, les deux hommes parlèrent très peu des déboires de Fabrice. Joseph Capron était plus du genre blagueur que bavard. Mais en voyant le visage préoccupé d'Armand, il finit par lui demander ce qu'il avait en tête.

– Je vais avoir besoin de tes services. Dès que le temps le permet, tu m'emmènes en bateau au-dessus de l'épave du *Whitehorse*. Je plonge durant l'étale de courant. Avec un peu de chance, je tomberai sur le cadavre qu'a vu Fabrice.

– Tu ne vas tout de même pas croire ce mythomane de Fabrice. Laisse faire la gendarmerie. La dernière fois que tu t'es mêlé des histoires des autres, ça t'a coûté cher (voir *Les inconnus du Saint-François*).

– Ton matelot est en congé. Tu m'embarques à sa place sur ton chalutier. On s'arrête pendant une demi-heure au-dessus de l'épave du *Whitehorse*, et je plonge. Comme ça, on se rend service mutuellement.

– Et si tu as un accident, comment vais-je pouvoir expliquer ça aux Affaires maritimes ? Tu sais ce que ça peut coûter le travail illégal ?

Armand savait très bien ce que pouvait coûter la découverte d'un travailleur non déclaré sur un navire de pêche. Mais sa curiosité naturelle l'emportait sur la prudence. Le récit du pêcheur l'avait intrigué au point de vouloir visiter cette épave, il était certain d'y trouver quelque chose.

Par chance, Joseph Capron était d'une nature curieuse lui aussi, il accepta sous réserve que les conditions météorologiques soient favorables.

Chapitre 3

Lundi 1er septembre, à 14 heures

Lucie lui parlait au téléphone depuis déjà dix bonnes minutes. Armand commençait à regretter d'avoir pris son appel au moment où Joseph Capron le déposait devant chez lui. D'ordinaire, il appréciait la conversation de Lucie. Elle lui racontait ses tribulations avec une pointe d'humour toujours placée à bon escient. Mais aujourd'hui, il n'avait pas beaucoup de temps à lui consacrer. Il voulait s'occuper du morceau de tissu qu'avait trouvé Fabrice.

À plusieurs reprises, il essaya de prendre la parole, mais Lucie rebondissait instantanément sur autre chose. Cette jeune infirmière ne tenait pas en place. Cela faisait maintenant un peu moins d'une année qu'ils se connaissaient. Durant cette période, il l'avait vue enchaîner activité sur activité. Elle les abandonnait successivement pour en commencer une autre jugée plus intéressante. D'abord, elle fut enchantée de suivre des cours d'escrime, puis elle préféra reprendre ses leçons de musique, avant de tout laisser tomber pour s'investir dans une association d'aide aux clandestins. Jusqu'au moment où elle en eut assez d'être sans cesse sollicitée pour tenir la permanence.

Lucie était une femme imprévisible et hyperactive. Le côté bienveillant d'Armand lui plaisait et la rassurait. En toute sincérité, elle en avait fait son confident. Par moments, elle l'appelait plusieurs fois dans la même journée pour lui raconter des détails intimes de sa vie. Et ensuite, elle ne donnait plus de nouvelles pendant plusieurs semaines. Mais cela n'était pas pour déplaire à Armand, une relation de confiance atypique s'était installée entre elle et lui. Chacun y trouvait son compte. Comme il était solitaire, cela lui donnait l'illusion de compter pour quelqu'un. De son côté, Lucie savait à quelle porte frapper lorsqu'elle avait un coup de blues.

N'y tenant plus, Armand profita d'un creux dans le monologue de la jeune femme pour intervenir. Il prit une voix ferme et lui indiqua qu'il devait terminer leur conversation. Pour ce faire, il expliqua qu'il avait un morceau de tissu dans les mains dont il devait absolument trouver l'origine. Mais à ces mots, Lucie lui répondit avec aplomb :

– Je connais une personne qui pourrait t'aider, dit-elle. C'est un collectionneur de tissus anciens, un peu marginal. Il a déjà écrit un livre sur le sujet. Je sais où il habite, je peux t'y emmener si tu veux.

Armand poussa un soupir. Décidément, cette Lucie était surprenante. Elle tombait toujours à pic au moment où l'on s'y attendait le moins. Ravi de sa proposition, il lui demanda de lui faire rencontrer ce collectionneur le plus rapidement possible. Elle venait de terminer son service à l'hôpital où elle était infirmière, et comme elle n'avait rien prévu pour l'après-midi, elle fut enchantée de l'accompagner.

Sans même prendre le temps de déjeuner, il monta dans sa voiture et partit la chercher à son domicile. Durant le trajet, elle questionna Armand sur l'origine du morceau de tissu ; mais il resta très discret, il savait qu'elle avait du mal à tenir un secret. Il était inutile que tout le personnel soignant de l'hôpital apprenne qu'un cadavre avait été aperçu au large de la baie de Somme.

Alors, ils parlèrent de gastronomie. Ce n'était pas que Lucie adorait faire la cuisine, au contraire, ça l'énervait. Mais elle aimait manger. Et quand elle parlait gastronomie, elle détaillait les menus des restaurants qu'elle fréquentait. Ou bien, elle commentait les délicieuses recettes qu'elle avait lues dans des journaux féminins.

– Tu verras, dit-elle. Au retour, je t'indiquerai une crêperie délicieuse. Ce sera parfait pour le goûter.

Le collectionneur de tissus s'appelait Rudolf Deal, il habitait un ancien relais de chasse en forêt de Crécy. Cet ancien professeur de physique nucléaire avait pris une retraite anticipée après l'accident de la centrale de Tchernobyl. Il n'avait jamais accepté le fait que l'on puisse former des personnes à la conduite de centrales nucléaires, sans qu'ils en aient totalement acquis les principes fondamentaux. Déçu par la vulgarisation de la science qu'il enseignait, il s'était retiré en pleine forêt. Maintenant, il occupait une partie de son temps à aider les clandestins, par le biais de l'association dans laquelle il avait rencontré Lucie. Par ailleurs, il aimait collectionner les morceaux de tissus anciens.

Sa demeure semblait sortie d'un autre âge, elle était meublée très simplement, mais avec goût. Il n'y avait que deux pièces : une chambre et une cuisine rudimentaire. Cette dernière servait en même temps de salle à manger. Une petite table avec deux chaises en occupaient le centre, et plusieurs armoires en merisier garnissaient le mur du fond. Dans un coin, un vieux fauteuil de cuir faisait face à une cheminée de feu de bois. À proximité, un ordinateur portable était posé sur une petite table basse en chêne. Cet appareil moderne détonnait avec l'ambiance rustique de la maison.

Rudolf Deal les accueillit chaleureusement. Dès leur arrivée, il ouvrit une bouteille de cidre de sa production et leur en offrit un verre. Cette boisson était délicieuse, mais Armand en but très peu. Son ventre gargouillait pour lui rappeler qu'il n'avait pas déjeuné. De plus, il savait que l'alcool lui montait rapidement à la tête.

Lucie présenta Armand comme le commandant d'un énorme et prestigieux paquebot. Ensuite, elle exposa l'objet de leur visite, et lui montra le morceau de tissu. L'ancien professeur regarda l'étoffe avec minutie. Il la palpa et tira les fils pour en estimer la résistance. Puis il ouvrit l'une des grandes armoires, et en sortit une ancienne loupe binoculaire. Il chercha la lumière, et observa plusieurs endroits du tissu. Alors, il leva la tête vers Armand, et lui dit :

– Ceci est un textile moderne, mais le tissage ainsi que la couleur ne sont pas communs. Cependant, ils ne me sont pas inconnus. Malheureusement, je ne pense pas pouvoir vous dire son origine exacte. Je pense que Lucie vous a dit que je ne collectionnais que les tissus anciens, alors pourquoi m'apportez-vous ceci ? Et comment vous l'êtes-vous procuré ?

Pris au dépourvu, Armand hésita à répondre. La curiosité du collectionneur l'agaçait. Cet homme ne pouvait pas donner un renseignement sans qu'on soit obligé de répondre à ses questions. De toute évidence, il connaissait l'origine approximative du textile. Armand eut envie de lui reprendre le morceau de tissu et de partir, il trouverait bien une autre solution pour continuer ses recherches.

Mais réflexion faite, il n'avait pas d'autres possibilités, alors il prit un air sympathique et répondit :

– Ce bout d'étoffe a été trouvé en mer, j'aimerais simplement connaître son origine. Ce n'est qu'une question de curiosité.

Si vague soit-elle, cette réponse parut suffire à l'ancien professeur. Il mit ses lunettes et sortit une pile de gros livres d'une armoire. Puis il vint les poser sur la table. Il souffla la poussière qui les recouvrait et commença à les feuilleter. Soudain, il porta son attention sur une page. En plissant le front, il compara l'échantillon avec l'image et la description du catalogue.

– J'ai ici quelque chose qui pourrait vous intéresser. La fibre est abîmée, mais je peux vous assurer que ce tissu n'a pas été fabriqué en Europe. Quant à la provenance exacte, il me faudra un peu de temps pour affiner mes recherches. Ce qui est certain c'est qu'il a moins d'une vingtaine d'années.

Armand sourit et remercia Rudolf Deal. Mais au fond de lui, il pensa qu'il n'était pas tellement avancé dans ses recherches. Au moins, ces renseignements lui apportaient la preuve que le morceau de tissu ne venait pas de l'un des cadavres coincés dans les cales du *Whitehorse* depuis cent six ans.

Lucie lui tapa sur l'épaule et lui dit dans l'oreille qu'elle commençait à avoir faim. Ce fut l'occasion de prendre congé de Rudolf Deal. Ils échangèrent leurs coordonnées, et le collectionneur promit de les contacter dès qu'il aurait plus d'informations.

Le plus urgent maintenant était de satisfaire l'estomac de la jeune femme. Elle lui indiqua le moulin d'Eaucourt, où l'on trouvait une crêperie typique de la région. Le cadre était suffisamment joli pour qu'Armand cessât de penser à cette histoire de cadavre durant quelque temps. De son côté, Lucie lui raconta ses déboires sentimentaux en buvant sa bolée de cidre par petites gorgées. Armand sourit intérieurement. Ces histoires, il les connaissait parfaitement, il avait souvent entendu la jeune femme lui raconter des aventures identiques. À chaque fois, le scénario était le même : émerveillement de la demoiselle devant un bellâtre. Puis, c'était la déception lorsqu'elle s'apercevait qu'il n'y avait rien à découvrir derrière le beau visage. Il y avait un décalage notable entre le genre d'homme que Lucie appréciait, et celui qui la faisait craquer. Les premiers ressemblaient à Armand, tandis que les seconds étaient de beaux machos bardés de muscles.

Lorsque la serveuse apporta les crêpes commandées, Armand en profita pour changer de conversation :

– Tu as l'air de bien le connaître Rudolf Deal, demanda-t-il.

– Pas plus que ça, répondit Lucie en dégustant sa crêpe. Quand j'étais à *Arpage*, c'est-à-dire l'association d'aide aux clandestins, c'était le plus sympathique de la bande. Il faisait rire tout le monde avec ses histoires.

– Mais quel est le rôle de cette association exactement ?

Lucie prit le temps d'avaler tranquillement sa dernière bouchée. Elle ferma les yeux en signe de satisfaction gustative, puis répondit :

– Il y avait plusieurs actions bien distinctes. Notre rôle était de collecter des habits et de la nourriture, en vue de les donner aux clandestins. Les dirigeants de l'association partaient régulièrement à Calais pour effectuer la distribution. Ils proposaient aussi du travail, quand ils en avaient. Les simples adhérents comme moi étaient juste bons à tenir la permanence et à laver le linge qu'on nous apportait. J'en ai vite eu assez de servir de larbin.

– Il y a la Croix-Rouge pour ça. Pourquoi ne pas y avoir adhéré directement ? Ça renforcerait leur pouvoir, plutôt que de le diviser en multipliant les associations.

– Je sais, répondit Lucie. Un jour, des cadres d'*Arpage* sont venus à l'hôpital présenter leur association. Leur discours a été convaincant, alors quand ils ont dit qu'ils cherchaient du monde pour les aider, j'ai accepté d'y adhérer. Je me suis dit que ça me permettrait de rencontrer d'autres personnes.

Machinalement, Armand vérifia l'heure sur la pendule de la crêperie, il était 17 heures passées. Il avait promis à son amie Anna de venir chercher son fils en fin d'après-midi et de le garder jusqu'à la rentrée scolaire.

L'enfant avait une dizaine d'années, il s'appelait Jules. « Comme Jules Verne », avait-il coutume de dire. Armand s'entendait à merveille avec ce jeune garçon. Aussi il ne cachait pas sa joie lorsque Anna le lui confiait pour quelques jours.

Il se rendait compte que ce gamin mettait de la vie dans sa maison et brisait ses habitudes. Son intelligence et sa faculté d'observation le surprenaient sans cesse. Jules pouvait passer plusieurs heures à observer silencieusement une colonie de fourmis ; et souvent au dîner, l'enfant monopolisait la conversation en faisant un exposé détaillé de ce qu'il avait vu. Après le repas, ils s'installaient dans le salon et cherchaient dans des encyclopédies la confirmation de ses observations.

En cette fin d'après-midi, le temps, déjà venteux dans la journée, se dégrada rapidement et tourna à la pluie. L'enfant ne put sortir dans le jardin pour se consacrer à ses habituelles séances d'observations. Alors, il réussit à décider Armand à jouer aux échecs au coin du feu de bois.

Dès que Jules fut au lit, Armand redescendit dans le salon. Là, il mit en marche son ordinateur pour se consacrer à une passion à laquelle il s'adonnait en secret depuis plusieurs mois. En général, il aimait et recherchait la solitude, mais elle lui pesait parfois. C'est pourquoi il se connectait régulièrement à un site Internet de poésie. Des inconnus de tous genres et de tous milieux y déposaient des poèmes de leur composition.

Durant ces moments, il n'était plus Armand Verrotier le capitaine de navire, mais « Lancelot du lac ». C'était le pseudonyme sous lequel il s'était inscrit. Son esprit créatif se libérait en éliminant les inhibitions dont il avait coutume de se parer.

Ses poésies avaient été appréciées par certains internautes dont il ne connaissait que le pseudonyme. Ils lui avaient laissé dans sa boîte aux lettres électronique des commentaires encourageants. Une certaine Guenièvre lui avait même envoyé des messages enflammés dans lesquels elle implorait une rencontre. Mais il savait que tout ceci n'était qu'un jeu. Elle aurait été probablement déçue en rencontrant Armand Verrotier, le marin solitaire.

Ce soir-là, le légendaire appétit de Lucie l'inspira. Alors, il ouvrit la page « composition » du site et commença à écrire :

« Sylphide énigmatique et pleine d'énergie
Le plaisir des sens est l'essence même de ta vie
Méfie-toi des apparences trompeuses et impures
Que ton appétit malin te présente en parjure... »

Chapitre 4

Mardi 4 novembre 2008

L'œil rivé sur l'écran du sondeur, Joseph Capron balayait la zone où se trouvait l'épave du *Whitehorse*. Il positionna son chalutier face au vent, pour qu'Armand puisse plonger en toute sécurité. Il était 13 h 15, l'étale de courant commençait, elle durerait environ trente minutes avant la renverse. L'opération d'inspection de l'épave ne devait pas excéder ce temps, sinon les risques d'accident se multiplieraient.

Assis sur la lisse, Armand vérifiait une dernière fois son matériel. Il attendait que Joseph lui fasse le signal convenu pour plonger. Soudain, le moteur ralentit et il entendit l'embrayage se désaccoupler de l'arbre d'hélice. C'était le moment, Joseph leva le bras et Armand disparut sous l'eau à l'exacte position où le *Whitehorse* dormait sur le sable depuis plus d'un siècle.

Buvant son café par petites gorgées, Joseph laissa dériver son navire d'une bonne encablure. Il ne quitta pas du regard la zone où Armand devait réapparaître et se tint prêt à intervenir au moindre signal.

Joseph avait une bonne expérience de la navigation, il était capable d'estimer en temps réel la dérive de son chalutier. L'absence de point fixe en pleine mer faisait que les marins développaient rapidement des facultés que les terriens n'utilisaient pratiquement pas. L'arrivée des appareils électroniques dans les passerelles avait grandement facilité la navigation ; mais peu à peu, les marins négligeaient l'expérience pratique des anciens. Ainsi, un savoir-faire transmis et amélioré par des générations de navigateurs était voué à disparaître rapidement.

Bien qu'ils n'aient jamais navigué dans les mêmes conditions ni sur les mêmes navires, Armand et Joseph s'accordaient à dire qu'ils utilisaient l'électronique embarquée avec prudence. La crainte de la panne, de l'erreur due aux interférences ou d'un capteur défectueux leur était en permanence présente à l'esprit.

Après quinze minutes de veille, la grande bande rouge du parachute de palier apparut. Elle était juste à l'endroit où Joseph l'attendait. Il posa sa tasse près du compas et manœuvra son chalutier de telle sorte qu'Armand puisse attraper l'échelle en toute sécurité. Lorsque le plongeur apparut, Joseph vint l'aider à remonter à bord. Puis, il lui enleva sa bouteille d'air et la saisit au bordé.

– Alors ? demanda Joseph sur un ton qui montrait son impatience.

Sans s'occuper de l'empressement de celui-ci, Armand ôta son masque et reprit tranquillement son souffle.

– L'épave est en morceaux, répondit-il lorsqu'il retrouva sa respiration. À mon avis, beaucoup de bateaux de pêche y ont laissé des morceaux de filets après avoir éparpillé les tôles de bordé.

– Et alors ? demanda Joseph en devenant de plus en plus exigeant.

– Alors, il n'y a rien à voir. Le cadavre qu'a cru apercevoir Fabrice devait dériver à cet endroit par hasard.

Joseph fut très déçu de la réponse. Il réajusta machinalement sa casquette et partit en bougonnant retirer les saisines de l'enrouleur de chalut.

– Quand tu auras terminé de retirer tes palmes, lança-t-il, prends la barre et navigue jusqu'au point marqué d'une croix sur la carte. Je reste ici pour préparer le chalut.

Armand acquiesça en silence, il savait que Joseph était en colère, car il avait perdu du temps de pêche pour rien. Il laissa le patron pêcheur râler seul dans son coin, en mâchonnant son vieux mégot noirci.

Dès qu'il eut retiré ses palmes, Armand entra dans la timonerie et fit un rapide tour d'horizon des appareils pour préparer sa navigation. L'enregistrement du fond sur l'écran du sondeur faisait apparaître une pointe d'environ deux mètres cinquante de hauteur. Il manipula l'appareil pour agrandir l'image de cet écho, puis appela Joseph.

– Il faut que j'y retourne, lui cria-t-il. Je viens d'apercevoir quelque chose au fond. Nous sommes maintenant trop éloignés de l'épave ; ça ne peut en être un morceau de tôle arraché par le filet d'un chalutier. De plus, il n'y a rien à cet endroit sur tes plans de pêche.

Sans attendre l'approbation du patron du chalutier, il manœuvra le bateau pour le placer juste au-dessus de la pointe relevée par le sondeur.

Joseph venait de le rejoindre en vociférant, il n'avait plus de temps à perdre avec cette stupide histoire de cadavre. Son objectif était clair maintenant, il avait une cale à remplir de poissons frais. Dans quelques heures, son mareyeur l'attendrait sur le quai et ne comprendrait pas qu'il rentre avec une demi-pêche.

Exaspéré, Joseph revenait à sa conclusion initiale : ce mythomane de Fabrice avait encore déformé la réalité. D'un sac en plastique vaguement aperçu sous l'eau, il en avait fait un cadavre, le morceau de tissu s'était pris dans ses filets par un simple hasard.

Sans faire attention à ce que racontait Joseph, Armand montra l'écran du sondeur du bout du doigt. On y voyait nettement la pointe qui avait attiré son attention. Dans cette zone, le fond était sableux et la profondeur uniforme. Cet écho ne pouvait être qu'une épave trop récente pour être répertoriée sur les cartes marines et les plans de pêche. Sans perdre son calme devant les reproches de Joseph, il dit d'une voix affirmée :

– Regarde ça ! Il y a quelque chose là-dessous. Maintiens le navire au-dessus de cette pointe. Je m'habille et je plonge voir ce que c'est.

– Mais tu es malade ! L'étale de courant est terminée, sa vitesse va bientôt atteindre un nœud. Il va soulever le sable et réduire la visibilité. Tu ne pourras pas voir à plus d'un mètre au fond. En admettant qu'il te reste suffisamment d'air dans ta bouteille, comment feras-tu pour trouver une si petite épave avec la dérive que tu vas prendre en descendant ?

– Aide-moi ! On va mettre un corps-mort lesté d'une grosse chaîne. Ça me servira de repère pour descendre et la bouée te fera un point fixe, pour ne pas trop t'éloigner.

Malgré les mises en garde de son compagnon, Armand partit sur le pont pour se préparer à sa seconde plongée. Il gréa le corps-mort avec ce qu'il trouva dans le magasin de pêche, puis il attendit l'ordre de Joseph pour le mouiller. Ce dernier manœuvrait son chalutier en vociférant de plus belle. Avec une étonnante facilité, il positionna son navire juste au-dessus de l'écho du sondeur. Ensuite, il chercha le meilleur cap en fonction du vent, du courant et de la houle, et mit juste ce qu'il fallait de puissance au moteur pour que la lourde embarcation restât stationnaire par rapport au fond. Il fit un signe de la main. À ce moment, Armand mit le corps-mort à l'eau et plongea aussitôt dans la mer.

Cette nouvelle plongée n'eut rien à voir avec la précédente. Après quelques mètres de descente, Armand se retrouva dans l'obscurité la plus totale et la plus angoissante. Joseph avait raison : malgré le puissant éclairage de la lampe torche sous-marine, la visibilité n'excédait pas un mètre. Des millions de particules planctoniques mêlées à des grains de sable voyageaient au gré du courant. Après le court repos imposé par l'étale de basse mer, toute une vie était apparue. Les poissons et les crabes étaient sortis de leur cachette. Certains se précipitaient dans le faisceau lumineux, attirés et affolés à la fois par ces rayons inconnus. D'autres profitaient tranquillement du banquet aquatique et attrapaient la nourriture que le flot leur apportait. Dans ces moments d'abondance, la faune mangeait, se faisait dévorer et se reproduisait.

Dans de telles conditions, la recherche d'une épave devenait une entreprise livrée au pur hasard. Mais Armand n'était pas du genre à abandonner. S'il sentait la moindre chance de réussir, il fallait qu'il la tente.

À l'aide du manche de sa lampe, il creusa dans le sable un sillon qui lui servirait de fil d'Ariane dans ce labyrinthe sans murs. Il décrivit ainsi une trajectoire en spirale, en prenant soin de ne jamais quitter deux traces des yeux : celle qu'il traçait, ainsi que celle qu'il avait tracée lors du tour précédent.

Soudain, un mur sortit du néant si précipitamment qu'Armand se cogna dedans. Il reprit son équilibre et essaya de se maintenir face au courant. Il frappa l'objet de la main pour deviner la matière qui le composait. Ensuite, il en fit le tour pour en estimer la taille et la forme. C'était la coque d'un petit bateau de plaisance à moteur. Il faisait environ sept mètres de longueur et trois de largeur. Ce devait être l'épave qu'il avait vue sur le sondeur. Des algues jeunes recouvraient la coque, et une colonie de crevettes y avait élu domicile.

Le bateau était posé sur le flanc tribord. La timonerie semblait intacte, malgré l'épaisse couverture de végétation. Armand essaya d'ouvrir la porte, mais une barre de fer la bloquait. Il parvint sans mal à arracher le morceau de ferraille trop attaqué par la rouille pour être résistant. Mais le bois était gonflé par l'eau de mer, il n'eut pas suffisamment de force pour décoincer l'accès. Alors, il approcha sa lampe de l'un des sabords de la timonerie. Doucement, il gratta les algues et la vase qui s'y étaient accumulées. Quand la fenêtre de vision fut suffisamment grande et propre, il dirigea le faisceau de lumière à l'intérieur et regarda.

Ce qu'il vit le surprit tellement qu'il perdit l'équilibre. Il tomba en arrière, et le poids de sa bouteille l'entraîna sur le sable. Dans la passerelle, il y avait un amas de corps humains rongés par les crustacés. Les crânes décharnés servaient de refuge aux crevettes. Il ne put déterminer le nombre de corps, il y en avait tant que la timonerie en semblait remplie.

Il était maintenant dans l'obscurité la plus totale. En chutant, il avait perdu sa lampe. Il essaya de se relever, mais quelque chose l'en empêchait. Malgré ses efforts, il ne pouvait se décoller du fond. Le robinet de sa bouteille d'air s'était emmêlé dans un morceau de filet accroché à l'épave. Alors, il mit la main sur son mollet droit pour attraper son couteau, mais l'étui était vide. Erreur fatale, il avait oublié l'accessoire indispensable qui aurait pu le sauver. Sa préparation avait été trop rapide, et il avait négligé de vérifier son matériel avant de plonger. Il essaya de se détendre pour trouver un moyen de s'en sortir. Il pouvait s'en sortir s'il ne cédait pas à la panique.

Il essaya de passer sur la réserve d'air de la bouteille, mais la tige de commande était coincée. La malchance s'acharnait contre lui. Alors, il rassembla son énergie et força autant qu'il put pour essayer d'arracher les dizaines de brins de nylon qui l'enchaînaient à cette épave maudite. Mais rien ne céda, il était pris au piège comme un insecte dans une toile d'araignée.

Ses efforts l'avaient essoufflé, et il n'arrivait plus à reprendre sa respiration. Son cœur battait de plus en plus vite. S'il ne se calmait pas, sa réserve d'air serait épuisée dans les prochaines minutes. Alors, il mourrait. Il devait trouver une solution rapidement, sinon il finirait mangé par les crabes, à l'instar des cadavres qu'il venait de voir.

Lorsqu'il parvint à retrouver une cadence de respiration normale, il décapela sa bouteille d'air et fit une espèce de galipette arrière pour la retirer. Dans cette obscurité, l'opération ne fut pas facile. Le fond vaseux se dérobait sous ses mains et ses palmes vinrent buter contre des cordages. La crainte de s'emmêler à nouveau le stressa au plus haut point. Lorsqu'il fut certain d'être libéré, il se mit à genoux. Il fit fuser son diffuseur pour s'oxygéner au maximum. La bouteille d'air était solidement attachée à l'épave par les filets, elle resterait au fond pendant qu'Armand remonterait à la surface.

D'après ses calculs de marée, il devait être à une profondeur d'environ vingt mètres. Malheureusement, il n'avait d'autre choix que d'effectuer son ascension en apnée. Théoriquement, sa remontée aurait dû comporter un palier à trois mètres de la surface ; mais dans ce cas de figure, il ne fallait pas y penser. S'il remontait trop rapidement, il risquait de faire un accident de surpression pulmonaire. En revanche, s'il n'allait pas suffisamment vite, il manquerait d'air et se noierait. Sa remontée durerait environ quatre-vingts secondes, et il devrait expirer calmement durant toute cette période.

Après avoir pris une grande inspiration, Armand se lança vers la surface en laissant échapper l'air doucement pour équilibrer les pressions entre l'extérieur et l'intérieur de son corps. Après quelques dizaines de secondes, l'air vint à lui manquer, mais il garda son calme et résista à l'affreuse tentation d'inspirer. Enfin, la providentielle surface lui apparut et il put reprendre son souffle.

La tête lui tournait tellement qu'il ne s'aperçut pas que le chalutier s'était approché de lui. L'échelle de plongée était à portée de main, il la saisit et grimpa à bord. Lorsqu'il arriva sur le pont, sa tête lui tournait toujours, et une grande impression de fatigue l'envahit. Il retira sa cagoule et s'allongea sur le pont pour retrouver ses forces.

– Que s'est-il passé en bas ? demanda Joseph en s'agenouillant pour l'examiner. Est-ce que ça va ?

Armand reprit peu à peu ses esprits et son souffle. Lorsqu'il ouvrit les yeux, il ne put s'empêcher de sourire en voyant son ami si inquiet pour lui.

– Ne t'inquiète pas, lui dit-il. Ça va aller. Tu ne devineras jamais ce que j'ai vu en bas… Fabrice avait raison, il y a une épave remplie de cadavres… Ça valait le coup de prendre quelques risques, non ?

Joseph ne parut pas apprécier la plaisanterie, son visage resta froid. Il devinait très bien l'angoisse qu'Armand avait dû ressentir lorsqu'il était au fond. Le fait qu'il remontât sans bouteille, ni parachute de palier, indiquait que quelque chose d'anormal était arrivé. Voyant que son ami allait mieux, il voulut cacher son inquiétude, alors il se leva et dit :

– Tu as besoin d'une boisson chaude pour te remettre de tes émotions, je vais te préparer un café qui ferait danser le rock à un léthargique.

– Je le boirai avec plaisir. Et ensuite, nous mettrons le chalut à l'eau, je pense que ton mareyeur n'appréciera pas si tu rentres au port les cales vides.

Le temps qu'Armand retire son équipement, Joseph revenait avec deux tasses de café brûlantes. Son visage s'était détendu, il affichait maintenant un sourire malicieux. D'un ton ironique, il lança :

– Imagine un peu les problèmes que j'aurais pu avoir avec la marine, s'il avait fallu t'évacuer d'urgence par hélicoptère. Tu es un travailleur clandestin ici, j'aurais été poursuivi pour emploi de travailleur non déclaré. Et toi, tu aurais été bon pour me porter des oranges en prison durant tout l'hiver… Enfin, j'espère que ce ne sont pas les cadavres qui ont volé ton matériel, sinon ce sera difficile de porter plainte contre eux. Alors ? Raconte-moi ce qui s'est passé lorsque tu étais au fond.

Ce jour-là, le chalutier *Sainte Rita* entra au port avec sa cale à poissons à moitié vide. Au mareyeur qui pestait en montrant du doigt la petite pile de caisses, Joseph répondit tranquillement :

– Parfois, le fond de la mer nous réserve bien des surprises, et il ne nous apporte pas ce qu'on attendait.

Le lendemain dès la première heure, Armand partit signaler sa découverte aux Affaires maritimes de Boulogne-sur-Mer. Des recherches effectuées par les plongeurs de la Marine nationale confirmèrent sa déposition. L'épave fut renflouée et une enquête fut ouverte. Quelques semaines plus tard, le journal local diffusait les conclusions de l'instruction. Elles étaient des plus surprenantes : « Vingt et un clandestins ont volé un bateau de plaisance dans un port de la côte picarde. Ils comptaient se rendre en Angleterre lorsque leur embarcation s'est malencontreusement retournée. »

Quelques jours plus tard, un journaliste travaillant pour un quotidien local vint interroger Armand sur la découverte de l'épave. Ce dernier était d'un naturel assez discret, cependant, il accepta l'entretien. Mais il lui donna une version très succincte de cette aventure. Lorsque le reporter voulut le prendre en photo pour illustrer son article, Armand lui demanda d'être accompagné de Fabrice et Joseph. Ses deux camarades avaient eu un rôle important dans cette histoire, ils devaient être mis à l'honneur.

Aussi, le lendemain matin dès la première heure, Fabrice attendait impatiemment à la porte du marchand de journaux. À sa grande joie, la photographie était en première page du quotidien. Il acheta un exemplaire et demanda au libraire de mettre la pile de journaux en évidence pour que tout le monde puisse les voir.

Ensuite, il passa ses journées à faire la tournée des cafés et de ses connaissances. Racontant à tout va comment il avait pris ce cadavre dans ses filets. C'était un héros maintenant.

Sa soif de célébrité l'amena à fréquenter des bars de plus en plus éloignés de son village. Un soir, il veilla tard avec des inconnus. Ils lui firent relater son histoire plusieurs fois pour se moquer de lui. Mais Fabrice était du genre naïf, de plus, ils remplissaient son verre d'alcool à chaque narration. Vers 23 heures, le patron du café lui demanda de payer les consommations. Ensuite, il le mit à la porte de son établissement. Fabrice réussit à rejoindre son véhicule en titubant, démarra et partit tant bien que mal.

Le lendemain matin, sa voiture fut retrouvée encastrée dans un arbre. Le corps sans vie du marin pêcheur gisait à l'intérieur. Son accident spectaculaire fit la une du quotidien local. Toute sa vie, il avait cherché l'événement qui le ferait exister aux yeux des autres. Mais lorsqu'il le trouva, celui-ci le conduisit à la mort.

De son côté, Armand ne raconta cette histoire en détail qu'à une seule personne : Jules, le fils d'Anna. Un soir de décembre devant le feu de bois, ils lurent ensemble un livre qui décrivait la tragédie du *Whitehorse*.

Avant de monter se coucher, l'enfant fit une remarque surprenante. Une évidence qui avait échappé à tout le monde jusqu'alors :

– Dans l'épave que tu as découverte, il y avait bien vingt et un cadavres coincés dans la passerelle ?

– C'est ce qui a été écrit dans le rapport d'enquête, répondit Armand.

– Fabrice en avait pêché un. Alors si l'on compte bien, ça fait vingt-deux. Comme les vingt-deux passagers coincés dans la cale du *Whitehorse*... Il y a autre chose aussi...

– Toute cette histoire est déjà bien compliquée. Mais qu'a trouvé notre petit inspecteur Maigret ?

– Pourquoi n'as-tu pas dit à la police que la passerelle était fermée de l'extérieur avec une barre de fer ?

Chapitre 5

Le 7 octobre 1902, au large de la baie de Somme

Le corps endolori par la fatigue et le froid, Dungelbear ne comprenait pas qu'il fut encore en vie après la catastrophe qu'il venait de vivre. Par un irrépressible instinct de survie, il s'était accroché à un morceau de vergue. Peu de temps après, la poupe de son navire disparaissait à jamais dans les entrailles de la mer.

Depuis, il dérivait dans l'obscurité, oscillant entre la vie et la mort. Cent fois, il avait essayé de lâcher son flotteur pour en finir plus vite, mais aussitôt ses bras se resserraient. Dans les heures qui avaient suivi le naufrage, il avait imploré le ciel pour qu'il lui pardonnât son manque de vigilance et le laissât mourir. Il s'en voulait d'avoir laissé le quart à un officier insuffisamment formé. Le froid le torturait et le sel lui brûlait la peau. C'était sa pénitence, il l'acceptait comme une bénédiction. Maintenant, il attendait la mort avec une impatience obsessionnelle. Chaque vague l'immergeait dans le néant, mais dès qu'il en sortait, il respirait.

Le jour commençait à se lever. Il s'aperçut que ses yeux, brûlés par le sel, ne pouvaient plus faire la netteté. Il ne voyait qu'un halo de lumière que son esprit délirant prenait pour un appel divin. La mort libératrice serait-elle enfin proche ? Soudain, il se sentit tiré vers le ciel, puis porté dans les airs. Un sourire béat orna son visage : il venait de passer d'un monde à l'autre. De l'eau glacée qui lui martyrisait les chairs, il se retrouvait dans un confort douillet où une douce chaleur irradiait son corps inerte. Il sentit une agitation autour de lui, malgré cela, il s'endormit sereinement.

Un peu plus tard, des spasmes douloureux le réveillèrent. Ses intestins le faisaient souffrir. La mort n'avait pas voulu de lui, mais il la sentait rôder dans ses entrailles. Tout à coup, une odeur de tabac vint flatter ses narines. Dungelbear ouvrit les yeux et devina une forme humaine dans la pénombre. Un homme s'approcha de lui, une lanterne à la main, et l'observa, puis il prononça quelques mots dans une langue inconnue. D'autres arrivèrent, on posa une main sur son front et on lui secoua la tête plusieurs fois, comme si l'on attendait une réaction.

Dungelbear fut pris de panique, il ne savait pas où il était et ne comprenait rien à ce qui lui arrivait. Il n'avait pas la force de bouger. Dans sa détresse, il ne put qu'émettre une espèce de gémissement plaintif.

Surpris, l'individu à la lanterne partit et revint aussitôt avec ses compagnons. La vue de Dungelbear ne s'était pas améliorée, il ne voyait que des ombres floues se pencher sur lui les unes après les autres. Il sentait leur haleine forte balayer son visage. L'un d'eux lui saisit le bras afin de vérifier le pouls. Puis il réajusta la couverture. Un autre lui souleva la tête pour lui donner un peu de vin. Dungelbear but par petites gorgées. Il lui semblait que la vie coulait en lui. Ce liquide au goût aigre le nourrissait et le réchauffait en même temps.

Peu à peu, son esprit se désembua. Alors, il se rendit compte qu'il avait été recueilli par des pêcheurs. Le tangage important du bateau indiquait que la tempête n'était pas terminée. Ces marins avaient été surpris par le coup de vent de la veille. Ils devaient avoir mis leur navire à la cape en attendant une embellie. Les membrures de bois grinçaient en parant les vagues. Parfois, quand quelqu'un ouvrait la porte du roof, on entendait faseyer la voile de tape-cul.

À première vue, la taille de l'embarcation ne devait pas excéder les cinquante pieds en longueur. Ces navires avaient des coques ventrues et lourdes, difficiles à manœuvrer dans le gros temps. Les appareils de navigation se limitaient à un compas des plus rudimentaires. Mais ils devaient leur vie à leur bonne connaissance des amers de la côte. La navigation à la voile entre les bancs de sable côtiers était pleine de pièges. Le capitaine du bateau de pêche attendait la pleine mer, des vents portants et une visibilité correcte pour rentrer au port.

Deux jours après, le temps s'améliora enfin. Le navire de pêche affala son tape-cul et borda ses voiles de route. Il mit le cap sur les passes de l'estuaire et entra dans le port de Saint-Valéry-sur-Somme.

Malgré les soins de ses sauveteurs, Dungelbear était affaibli. Ses jambes, encore trop endolories, ne purent le porter pour grimper l'échelle du quai. Il dut se faire aider par les marins pour débarquer du cotre de pêche. Les hommes le déposèrent dans la paille de l'écurie du port et repartirent décharger les caisses de poissons. Autour de lui, des chevaux attendaient de partir pour Paris afin d'y amener le poisson frais.

L'honneur de Dungelbear avait coulé avec son navire. Il se retrouvait aujourd'hui allongé dans la paille d'une écurie malodorante, tel un animal malade. Il n'avait pas la force de bouger, tremblait de fièvre et avait les habits souillés d'excréments.

Ainsi misérable, il fut l'attraction de la journée. Les badauds s'attroupaient autour de lui et le regardaient avec crainte. Pour eux, il représentait le naufrage que tous les marins redoutent. En le voyant, les mères embrassaient leurs jeunes fils en leur faisant promettre de ne jamais être marins. Les vieux se remémoraient des noms de matelots perdus en mer.

Le curé du village, accompagné d'un gendarme, vint lui rendre visite, mais Dungelbear ne comprenait pas ce que les deux hommes disaient. Il ne put leur répondre que par un gémissement, tant il était faible. Dans le milieu de la journée, une veuve de marin nommée Charlotte Lenormand eut pitié de lui ; elle le fit transporter chez elle dans une brouette par des gamins du port. Elle habitait une petite maison dans le quartier du Courtgain. Malgré sa petite taille, elle arriva à lui ôter ses habits souillés. Puis elle le lava et soigna ses plaies.

Quelques jours après, Dungelbear arrivait à se lever et à faire les quelques pas qui séparaient sa couche, posée à même le sol, de la table où il prenait ses repas. Charlotte le soignait et le nourrissait jusqu'à sortir le dernier sou de son aumônière. Sa vie solitaire lui pesait, dès qu'elle rentrait de son travail, elle était heureuse de pouvoir parler à quelqu'un. Dungelbear ne comprenait rien à son monologue. Mais Charlotte n'y prêtait guère attention, la présence d'un homme chez elle suffisait à la réconforter.

Au fur et à mesure que le temps passait, Dungelbear reprenait des forces. Peu à peu, il arrivait à comprendre le patois local. Les bavardages de Charlotte devenaient moins incompréhensibles. Un matin, il lui demanda de lui trouver du travail. Il voulait la dédommager pour son dévouement. Charlotte fut ravie. Elle l'emmena aussitôt voir le contremaître de l'entreprise dans laquelle elle travaillait. Dungelbear fut embauché sur-le-champ. Sa tâche consistait à décharger les barges de galets.

Dungelbear donnait les trois quarts de sa paie à sa logeuse. Il rangeait précieusement ce qui lui restait dans une boîte métallique cachée sous sa couche. Le mal du pays était revenu avec sa santé. Il savait que dès qu'il aurait suffisamment pour se payer le voyage, il rentrerait chez lui en Angleterre. Charlotte avait découvert sa cachette et se doutait de ses intentions. Cependant, elle ne dit rien, car elle avait une autre idée en tête. Elle avait fini par s'attacher à cet homme qui partageait sa vie. Un soir d'hiver, alors qu'un vent glacé soufflait du nord depuis plusieurs jours, le bois vint à manquer. Lorsque les dernières braises s'éteignirent dans la cheminée, elle lui ouvrit sa couche.

Quelques semaines plus tard, Dungelbear jugea que sa boîte était suffisamment remplie. Le 6 mars 1904, il ferma la porte de la petite maison ; comme il faisait tous les matins depuis plusieurs mois. Mais au lieu de rejoindre le port où il travaillait, il quitta le village sans se retourner.

La veille du départ, Charlotte avait eu un pressentiment, mais elle n'eut pas le courage de le retenir. Elle s'était résolue à la misère et remercia Dieu pour le temps qu'elle avait passé avec cet homme. Quelques jours auparavant, son corps lui avait donné les premiers signes, elle savait que Dungelbear ne resterait pas que dans son cœur. Ainsi, le 18 septembre 1904, elle donna naissance à Victor Lenormand, un beau bébé de trois kilos cinq. Il avait les épaules droites et la mâchoire large de son père.

Au moment où l'enfant poussa son premier cri, l'âme de Charlotte quittait son enveloppe corporelle. Victor se retrouva donc à l'orphelinat d'Amiens, seul parmi les seuls. Ce n'est que le jour de ses 14 ans qu'on le renseigna sur ses origines. Les religieux lui annoncèrent d'un ton austère qu'il était « un enfant de la honte ». Par charité, ils l'avaient protégé de son histoire durant sa jeunesse.

Ce jour-là fut le pire de sa vie. Il se mit à haïr le monde entier et à se détester lui-même. Pourtant, quelques années plus tard, il se rendit dans son village natal à la recherche de ses origines. Mais lorsqu'il annonça son nom, les gens se signèrent ou rirent dans son dos. Les secrets qu'on voulut bien lui dévoiler sur ses parents ne firent qu'augmenter son impression de marginalité et d'abandon. Un père étranger, retrouvé moribond et couvert d'une diarrhée nauséabonde. Une mère qui se sacrifia pour sauver cet inconnu qui l'engrossa et disparut aussitôt.

Voici l'image que Victor avait de lui-même : un rejet de la société marqué au fer rouge par la fatalité. Plus tard, il entra dans l'armée pour espérer y trouver une famille. Il n'avait connu que la discipline durant son enfance et ne pouvait vivre sans elle.

Cet homme au visage constamment fermé ne trouva le sourire qu'au début de la Seconde Guerre mondiale, car il eut enfin l'impression de servir à quelque chose. En nettoyant son fusil, il se répétait sans les paroles de son caporal : « Des étrangers ont envahi notre pays. Ce sont des ennemis. Ils sont sales et brutaux. Dans leur fureur invasive, ils engrosseront ou tueront nos femmes. »

Son devoir était de les repousser pour les empêcher de commettre leurs crimes. Il réaliserait sa mission jusqu'au bout et avec la plus grande fierté. Même s'il devait payer de sa vie.

Chapitre 6

Samedi 15 novembre 2008

Le *Dream of the Seas* avançait à faible vitesse vers le détroit d'Ambrose. Dans l'obscurité, Armand arpentait calmement la timonerie de long en large. Lorsqu'il entendit la voix de l'officier de quart, il posa sa tasse de café. Puis il avança à grandes enjambées vers l'entrée de la chambre des cartes pour accueillir les deux pilotes.

Il était 4 heures du matin à New York, un paquet de brume réduisait la visibilité à quelques encablures. À 6 heures, le navire devrait être amarré au Pier quatre-vingt-douze de Manhattan. Au cours de la matinée, les deux mille sept cents passagers débarqueraient après une semaine de croisière inoubliable. Dans l'après-midi, d'autres croisiéristes étaient attendus pour une nouvelle expédition de rêve.

Les deux pilotes du port de New York apparurent dans la lumière rouge de la salle des cartes. Dès que leurs yeux furent habitués à l'obscurité, ils toisèrent le capitaine du regard. C'était une habitude chez eux d'essayer de savoir à qui ils avaient à faire. Puis, leur première impression devant être positive, ils affichèrent un large sourire.

De son côté, Armand n'en était pas moins inquiet. C'était lui le responsable du navire, eux n'étaient que les pilotes. Il leur serra la main, en les regardant dans les yeux : « Ces Américains, pensa-t-il, leur imposante carrure et leur large mâchoire ne les empêchent pas de se méfier de tout, surtout des étrangers. »

Armand leur indiqua rapidement les caractéristiques de manœuvre du navire. La *suncap* bien calée sur la tête, les deux hommes écoutèrent en silence. Puis l'un d'eux s'avança vers le pupitre des instruments de navigation. Il se posta devant et étudia la situation sur l'écran du radar anticollision. Il réfléchit quelques secondes et lança d'une voix dotée d'un fort accent new-yorkais :

– *Tusev'n ho, afsped, elve'nots.*

– *Two seven zero, half ahead, speed eleven knots.* Cap au deux cent soixante-dix, hélices au pas six, pour tenir une vitesse de onze nœuds, annonça l'officier de quart.

Le lieutenant interrogea Armand du regard. Celui-ci fit un signe de tête, signifiant que l'ordre donné par le pilote devait être exécuté. Il savait que les pilotes américains étaient très compétents, mais ils ne faisaient aucun effort de prononciation. La mastication incessante de leur chewing-gum n'arrangeait en rien leur élocution. De plus, ils trouvaient normal que les étrangers connaissent toutes les intonations de leur langue.

La totalité de l'opération restait sous la responsabilité du capitaine. En cas d'accident, les pilotes se replieraient immédiatement derrière leur statut de simple conseiller. De ce fait, ils ne seraient pas inquiétés. Les lois américaines étant des plus sévères, il s'en suivrait des procédures judiciaires coûteuses, bloquant le capitaine à New York durant une longue période.

Le cœur battant, Armand était attentif à chaque détail de la manœuvre. Lorsque le *Dream of the Seas* passa devant la statue de la Liberté, il fit une embardée pour se diriger vers l'Hudson River. À ce moment, Armand prit place devant son pupitre de commandement. De là, il avait à portée de main les manettes de commande du navire. Il pouvait d'un seul coup d'œil consulter la batterie d'écrans donnant les paramètres nécessaires à la navigation. Il dirigeait du bout des doigts les soixante-quatorze mille tonnes du *Dream of the Seas*. Dans quelques minutes, il devrait accoster au Pier quatre-vingt-douze son paquebot de deux cent soixante-dix mètres. Cela, avec une visibilité qui ne dépassait pas trente mètres.

La manœuvre se passa sans problèmes, et le navire fut amarré au décimètre près. Cette précision était imposée par les agents du Port Authority. Des marques avaient été peintes sur le quai pour vérifier la position du paquebot. Dès que la coupée fut installée, une dizaine de personnes en uniforme l'empruntèrent d'un pas décidé. Armand envoya un steward pour les accueillir et les diriger dans le labyrinthe de coursives. Pendant ce temps, il partit dans sa cabine se passer un peu d'eau sur le visage. Puis il s'assit à son bureau, et se tint prêt à les accueillir.

Vers 13 heures, Armand s'étira en bâillant largement. Il venait de recevoir les divers services administratifs américains. Comme d'habitude, les officiers de ces organismes de contrôle lui avaient fait sortir une quantité de papiers. La police de l'immigration avait exigé de voir les passeports de tous les membres d'équipage. Les *coastguards* avaient vérifié la validité de chaque document, puis ils avaient longuement discuté de l'organisation de la sécurité et de la sûreté d'un navire à quai.

Cela faisait maintenant presque quarante-huit heures qu'Armand n'avait pas dormi. Depuis son embarquement durant l'escale de Miami, il avait dû se remettre le navire en tête. La visibilité réduite aux approches de New York l'avait contraint à effectuer de nombreux allers-retours entre son bureau et la timonerie. Il devait s'assurer que les officiers de quart ne prenaient pas de risques.

Maintenant, il pouvait prendre un peu de repos, avant l'embarquement des nouveaux passagers. Ceux-ci amenaient leurs lots de problèmes à résoudre. En fin d'après-midi, il devrait présider le traditionnel apéritif de bienvenue. Après cela, vers 19 heures, les croisiéristes rejoindraient tranquillement leur table au restaurant. Pendant ce temps, il dirigerait la manœuvre d'appareillage et organiserait la navigation jusqu'au prochain port d'escale.

Le garçon de carré frappa à la porte. Il venait lui annoncer que le repas était prêt à être servi. Armand descendit au carré officier et avala en vitesse le plat principal. Ensuite, il partit se reposer dans sa cabine.

*

* *

Quelques jours plus tard, le *Dream of the Seas* était en escale dans le port de Nassau aux Bahamas. Armand en profita pour faire le tour des différents services du navire. C'était le moyen habituel pour s'informer des problèmes en souffrance. Ensuite, il étudia avec le responsable du service concerné les solutions pour y remédier.

Lorsqu'il rencontra Gustave René, le chef de cuisine, il afficha un large sourire. Ils étaient originaires du même village et s'entendaient à merveille pour échanger des nouvelles de leur région. Comme d'habitude, Gustave était à la limite de la crise de nerfs. Il courait dans tous les coins de son immense cuisine, craignant que les gigots soient trop cuits ou que les tartes ne soient pas prêtes pour le repas. Pour lui, une équipe de cuisiniers se dirigeait comme un régiment dont il était le maître absolu. Ainsi, chaque jour était une bataille dans laquelle il devait sortir un peu plus de quatre mille repas en un temps record.

Gustave invita Armand dans son bureau. Puis il se laissa tomber dans son fauteuil en soufflant bruyamment.

– Ce matin, dit-il en s'essuyant le visage, le shipchandler nous a livrés à 11 heures au lieu de 9. Il m'a fallu refaire la composition des menus en dernière minute. J'étais tellement exaspéré que j'ai frôlé la crise cardiaque. La prochaine fois, ces satanés marchands de soupe auront ma peau.

– J'ai l'impression qu'à chaque fois que la compagnie fait appel à eux, nous avons des problèmes, répondit Armand. Je vais appuyer ta demande de changement de fournisseur… Pour changer de conversation et parler un peu du village, tu sais que le marché couvert est terminé à Cayeux-sur-Mer ?

– Oui, mon épouse m'a envoyé un mail avec des photos. Les anciens pourront aller y faire leurs achats à l'abri du mauvais temps. Pour reparler boulot, nous avons un industriel à bord, un dénommé Antoine Delaunay. Tu as déjà entendu parler de lui ?

– Ça ne me dit rien, répondit Armand. Dans quel secteur est son entreprise ?

– La recherche pharmaceutique, je pense. Il a organisé une sorte de séminaire durant la croisière. Il veut faire la promotion de son dernier médicament. Une bonne centaine de médecins sont invités, tous frais compris. Lorsqu'il a appris que le commandant était de la baie de Somme, il a demandé à le rencontrer. Alors, tu sais ce qui t'attend. Le commissaire de bord va certainement t'en parler.

– Je lui offrirai un cocktail au bar, ce soir.

– Je pense qu'il s'attend à dîner à la table du commandant. D'après ce que j'ai cru comprendre…

En effet, Antoine Delaunay avait fortement insisté auprès du service de réservation pour obtenir une invitation à dîner à la table du commandant. Peu lui importait le prix à payer, il avait expliqué qu'il voulait réaliser un rêve d'enfant. Le commissaire de bord trouva sa demande d'invitation parmi la quantité de lettres envoyées par la direction commerciale de la compagnie. Il la transmit à Armand le jour même. Il y était inscrit la formule suivante : « […] le commandant choisira, en fonction des impératifs liés à sa fonction, le meilleur moment pour inviter M. Antoine Delaunay à sa table […]. »

« Le message est clair, il indique que je n'ai pas le choix, pensa Armand. Il ne faudrait pas que ça devienne une habitude, sinon la compagnie devra embarquer un deuxième commandant comme à l'époque des paquebots transatlantiques. Un jour, il faudra prendre le temps d'expliquer la fonction de commandant à notre directeur commercial. Contrairement aux apparences, “mondanité” ne rime pas avec “sécurité”. »

Ainsi le lendemain soir, le commissaire de bord fit dresser une table au restaurant *Vénisio*. Après la manœuvre d'appareillage, le commandant Armand Verrotier devait y dîner en compagnie de quelques invités choisis par M. Antoine Delaunay.

Vers 22 heures, Armand retrouva ses convives. Antoine Delaunay était un homme à l'allure impressionnante. Il avait un regard froid avec des yeux vifs, observateurs et méfiants. Des favorites gominées ornaient sa large mâchoire. Sous la moustache, on devinait des lèvres pincées accentuant l'aspect antipathique du personnage. Cet homme avait passé la soixantaine ; malgré cela, il semblait avoir gardé un dynamisme remarquable.

Sa compagne était rouge de joie à l'idée de dîner à la table du commandant. Elle semblait s'effacer totalement en présence de son mari, allant jusqu'à cacher ses propres qualités pour ne pas lui faire d'ombre. Certainement une épouse modèle d'après les critères de son milieu, elle avait dû élever de son mieux les descendants de son époux, en laissant ce dernier se consacrer pleinement à ses affaires.

Les autres invités étaient des médecins participant au séminaire. Visiblement des praticiens à la botte d'Antoine Delaunay. C'est-à-dire ceux qui savaient dépasser leur déontologie au bénéfice de l'intérêt financier. N'hésitant pas à prescrire les médicaments de ses laboratoires.

Dans cette grande salle au décor du café *Florian* de Venise, Armand avait l'impression de dîner en face d'un officier de cavalerie du XIXe siècle. Le repas était un peu triste, Delaunay ne cessait de parler de ses affaires. Armand voulut changer de conversation. Il questionna ses convives sur leurs impressions à propos des escales précédentes. Mme Delaunay écarquilla les yeux de joie. Elle prit son souffle pour répondre, mais son époux prit la parole avant qu'elle ne prononce le moindre mot.

– Ce que j'ai préféré dans notre croisière, dit Antoine Delaunay en ricanant, c'est la visite d'Élis Island. Ces Américains, ils avaient tout compris. Un centre pour faire le tri dans les immigrés, c'est tout bonnement génial. Et le mieux, c'est qu'ils renvoyaient chez eux ceux dont ils ne voulaient pas. On devrait donner l'idée à notre président de la République.

Puis, il éclata d'un rire tonitruant, envoyant une myriade de postillons sur la nappe blanche. Mais c'était un rire sans joie. Juste un test pour repérer d'un coup d'œil les personnes en désaccord avec sa remarque xénophobe.

Armand avait simplement souri. Il avait fait cet effort pour ne pas être déplaisant aux clients de sa compagnie de navigation. Mais cette réflexion l'avait mis mal à l'aise. Dès ce moment, il sut que la suite du dîner serait des plus pénibles. Il allait devoir subir, durant toute la soirée, les remarques racistes, ainsi que la promotion du *blockbuster* d'Antoine Delaunay. Les phrases courtes et précises de ce dernier exprimaient des idées bien arrêtées, il laissait ainsi entendre que toute discussion était inopportune.

Antoine Delaunay avait remarqué le sourire forcé du commandant, il lui jeta un regard noir signifiant : « Je t'ai vu. Toi, tu n'es pas dans mon camp. » Puis il se tourna vers le groupe de médecins et continua à faire l'éloge de son médicament.

Mais lorsque le dessert arriva, Antoine Delaunay changea de comportement. Il prit une attitude détendue, et mit sa chaise de trois quarts pour croiser les jambes. Son visage se décrispa à un tel point qu'on aurait pu y apercevoir une esquisse de sourire.

– Vous êtes un homme surprenant, dit Delaunay en fixant Armand.

Armand fut tellement étonné de cette remarque qu'il ne put répondre immédiatement. Il se demanda où cet homme voulait en venir.

– La fonction de capitaine de navire vous interpelle à ce point, monsieur Delaunay ?

– Vous avez très bien compris, reprit Antoine Delaunay. Je ne parle pas de votre fonction, mais de vous. On a du mal à imaginer que l'homme qui plonge sur des épaves au large de la baie de Somme peut aussi être le maître après Dieu d'un tel navire.

– Nous avons tous une vie privée et une vie professionnelle. Ce sont souvent deux facettes différentes de notre personnalité. Vous-même, j'imagine, vous vous démenez pour faire avancer votre société, et une fois rentré chez vous, vous vous détendez d'une manière ou d'une autre. Aussi, je ne pense pas me tromper, monsieur Delaunay, en avançant l'hypothèse que vous avez un passe-temps favori. Vous ne me semblez pas être le type d'homme qui reste assis devant son poste de télévision.

– En effet, je suis plus acteur que spectateur. J'ai hérité de mon père la passion de la chasse. Bien évidemment, je ne parle pas de la chasse du dimanche. Ce massacre gratuit dans lequel M. Tout-le-monde sort prendre l'air et tue le faisan d'élevage qui passe devant son nez. La vraie chasse sous-entend une recherche et une traque du gibier. Ceci demande d'énormes qualités, aussi bien intellectuelles que physiques. Comprenez-moi bien, malgré ce que peuvent penser bon nombre de néophytes stupides, il n'y a pas de tueurs chez nous. Il n'y a que des chasseurs. Avez-vous déjà participé à une vraie chasse, monsieur Verrotier ?

– Nous n'avons jamais été chasseurs dans ma famille. Alors, on peut dire que ce sport m'est totalement inconnu…

À ces mots, Antoine Delaunay fronça les sourcils et coupa la parole à Armand sur un ton qui frisait le manque de respect.

– Que dites-vous ? Un sport ? La chasse n'est pas un sport, mais une science. Nos ancêtres en avaient fait un art. Avec des règles strictes et des coutumes qui ont traversé les siècles. Les rois de France la pratiquaient avec passion. Combien de pavillons de chasse sont devenus d'immenses et prestigieux châteaux : Versailles, Chantilly et bien d'autres encore. Avez-vous seulement une idée du nombre de toiles représentant des scènes de chasse ? Voyez, commandant, la vraie chasse a été salie par des ignorants qui ne connaissent que les massacres dominicaux. Chez nous, c'est le chasseur qui choisit son gibier. Il pose des appâts pour observer ses réactions et le mener là où il le veut. Cela demande de bonnes qualités d'observation ainsi qu'un esprit d'organisation. Au fil de la traque, une relation s'établit entre les deux protagonistes. La tension monte progressivement, le chasseur craint que sa proie lui échappe. Il lui faut alors déployer des trésors d'intelligence pour élaborer une stratégie adaptée à la situation. De son côté, la proie sent la peur l'envahir progressivement. Au fil des jours, elle glisse, sans s'en rendre compte, vers une dépossession de son corps et de sa vie au profit du chasseur. L'angoisse est tellement importante à ce stade qu'aucun retour en arrière n'est possible. Puis vient le moment final et inévitable, où le chasseur prend totalement possession de son gibier par la mise à mort. Vous voyez, il n'y a rien de cruel dans notre art. Les chasseurs du XVIIe siècle choisissaient le plus beau cerf de la seigneurie, puis ils le traquaient durant des jours, jusqu'à l'amener dans les jardins de leur château. Là, devant un public paré de cotillons, un noble lui enfonçait une lame de couteau dans le cœur... Dès que vous serez rentré en France, commandant, faites-moi signe. Je vous ferai découvrir ce qu'est l'art de la chasse.

Armand prit la carte de visite qu'Antoine Delaunay lui tendait avec insistance. Il fit mine d'être ravi et lui promit d'honorer son invitation dès son retour en France. Mais au fond de lui-même, il savait qu'il n'y répondrait jamais. Ce genre d'activité ne l'intéressait guère. De plus, il espérait ne plus rencontrer le sieur Delaunay.

À la suite de cela, l'homme d'affaires se retourna vers les autres convives. Il prit alors une voix forte, dans le but d'attirer l'attention de toute la tablée. Puis il commença à raconter ses histoires de chasse en Afrique. Mimant le chasseur qui vise avec son fusil, et soulignant la grandeur d'une griffe de lion.

Il commençait à se faire tard. Armand sentit une vague de fatigue monter en lui. Le lendemain, il devrait être à la passerelle de bonne heure pour accoster le navire dans le port de Miami. Et puis la conversation d'Antoine Delaunay commençait à lui peser sérieusement. Cet homme lui était profondément antipathique, il imposait sa façon de penser sans laisser à son interlocuteur la moindre opportunité ni le temps d'exposer ses idées.

Au moment où il essayait de retenir un irrésistible bâillement, son regard croisa celui d'une jeune femme brune à la peau de lait. Elle dînait à une table voisine en compagnie de quelques médecins du séminaire. Ses yeux noirs perçaient la salle de restaurant. Durant un instant, Armand ne put en détacher son regard.

Une question d'Antoine Delaunay le ramena à la réalité.

– À quelle hauteur culmine le plus haut sommet du Cameroun, commandant ?

– Le mont Cameroun culmine à quatre mille soixante-dix mètres, si mes souvenirs sont exacts, répondit Armand d'une voix monocorde.

Satisfait de la réponse, l'homme d'affaires continua à raconter ses histoires de chasse à son auditoire. Armand essaya de retrouver le regard de la jeune femme parmi les passagers. Mais elle avait disparu, sa chaise était vide. « Un mirage, pensa-t-il. Je dois être tellement fatigué que mon cerveau me joue des tours. »

Il salua ses convives et quitta la table. Lorsqu'il s'approcha de l'ascenseur, il sentit un peu d'air frais venant du large lui caresser le visage. Ce vent transportait un parfum qui ne lui était pas inconnu. Il appuya sur le bouton d'appel, la porte palière s'ouvrit, mais il changea d'avis. Une promenade sur le pont extérieur avant de monter se coucher ne pouvait lui faire que du bien. À cette heure-ci, l'endroit était désert.

La nuit était noire. Seul le reflet de la pleine lune scintillait sur la mer plate comme un lac. On apercevait au loin les côtes américaines, comme une bande noire percée de points lumineux. L'éclairage feutré de ce pont faisait penser à un boulevard de bord de mer un soir d'été. Par moments, la quiétude du lieu était brisée par les rires d'un couple d'amoureux.

À l'arrière du navire, Armand devina la silhouette d'une jeune femme en robe de soirée. Seule, appuyée au bastingage, elle regardait le sillage s'enfuir vers l'horizon. Lorsqu'il arriva à sa hauteur, elle se retourna. Aussitôt, ses yeux noirs transpercèrent ceux d'Armand. C'était la jeune femme qu'il avait aperçue au restaurant quelques minutes auparavant. Le hasard malicieux l'avait mise sur son chemin. Armand sentit battre son cœur. Ce trouble le déstabilisa autant qu'il le contraria. Depuis des années, il faisait un travail sur lui-même pour dominer ses émotions, qu'elles soient négatives ou positives. Il pensait être arrivé à rester impassible en toute situation. Mais le regard de cette jeune femme venait d'ouvrir une porte qu'il avait eu tant de mal à fermer.

Il allait passer son chemin et terminer tranquillement sa promenade, quand un parfum de vanille le fit frissonner. Il le reconnut, c'était celui que le vent lui avait apporté quand il attendait devant la porte de l'ascenseur. Son cœur battit de plus belle, sa respiration était courte.

Elle le regardait en silence, le front haut, comme si elle lui lançait un défi. Ses longs cheveux noirs agités par le vent recouvraient en partie son visage, et ne laissaient apparaître que ses yeux perçants et ses lèvres pulpeuses. Sa robe de satin mettait en évidence deux splendides épaules satinées.

Contre sa volonté, Armand s'entendit dire :

– Vous semblez bien mélancolique, mademoiselle.

Chapitre 7

Jeudi 11 décembre 2008

Le regard absent, Armand reposa doucement le téléphone sur son bureau, puis il se laissa tomber dans son fauteuil. Il se sentait comme un fantôme observant le monde de l'extérieur. Au bout du fil, son directeur d'armement avait été clair et sans équivoque. À partir de cet instant, il devait laisser sa fonction de commandant au second capitaine. De plus, il avait reçu l'ordre de quitter le navire dans les plus brefs délais.

Gustave René, le chef de cuisine du navire, frappa à la porte avec un paquet de feuilles dans les mains. Mais en voyant le regard médusé du commandant, il tourna discrètement les talons.

– Entre ! lui dit Armand d'une voix presque inaudible.

– Quelque chose de grave est arrivé ? J'ai l'impression que ça ne va pas fort. Je venais te faire signer les menus, mais je peux repasser plus tard si tu veux.

– Demande au second capitaine, c'est lui le commandant maintenant… Et ce, jusqu'à nouvel ordre de la compagnie. Pour moi, l'aventure avec vous s'arrête ici… Je vais faire mes bagages et débarquerai avant midi.

Chiffonné par ce qu'il venait d'entendre, le chef de cuisine s'assit sur le bord du canapé et écouta sans bouger.

– Durant des années, continua Armand, tu fais de ton mieux pour défendre les intérêts de la compagnie. En retour, tu n'as aucun remerciement ; car tout le monde estime que tu fais ton boulot, point à la ligne. Tu t'en contentes, et puis tu continues tes nuits blanches sans broncher. Puis un beau jour, tout ce que tu as construit durant ta carrière s'effondre à cause d'une seule accusation ; qui, de surcroît, n'est même pas vérifiée.

– C'est à cause de cette femme, demanda Gustave, après avoir repris ses esprits ?

– Cette femme, comme tu dis, c'est à cause d'elle, en effet... Mais dis-moi ! Tu es au courant de beaucoup de choses. La radio-coursive a bien fonctionné à ce que je vois, mes oreilles vont siffler pendant longtemps... En tout cas, je suis content de te voir. Vois-tu, dans cette histoire, j'avoue être coupable. Coupable de ne rien avoir vu venir... Avec le recul, je me dis que j'ai été aussi stupide qu'un faisan... L'évidence me crevait les yeux. Pourtant, je ne me suis douté de rien. Cette femme était trop belle et trop jeune ; elle ne pouvait pas être pour moi. Si elle est arrivée dans mes bras, ça cachait quelque chose. C'est évident.

Armand parlait lentement, en marquant un temps de pause entre chacune de ses phrases. Il insistait sur certains mots pour bien montrer leur importance.

– Ne dis pas ça, Armand, lui répondit le chef de cuisine. C'est elle qui n'a pas été correcte avec toi quand elle a piqué sa crise ce matin.

Gustave René vit le regard surpris du capitaine, alors il expliqua :

– Des matelots passaient dans la coursive quand c'est arrivé, ils ont tout entendu. Tu penses bien qu'ils n'ont pas gardé ça pour eux. D'accord, l'équipage s'est moqué de toi en cachette ; ça, c'est inévitable. Mais quand ils apprendront ce qu'elle t'a fait, je suis certain qu'ils seront en rage contre elle. Crois-moi, elle n'a pas intérêt à refaire une croisière sur un des paquebots de notre compagnie, sinon il lui arrivera de gros problèmes : des bagages perdus, les toilettes de sa cabine bouchées, des plats immangeables, sa carte de crédit bloquée... Que sais-je encore ?

Malgré les paroles réconfortantes du chef de cuisine, Armand n'arrivait pas à accepter ce qui lui arrivait. Un révoltant sentiment d'injustice lui tordait douloureusement les entrailles. Il en voulait à ses employeurs de n'avoir même pas pris la peine de l'écouter ; mais il s'en voulait encore plus de ne pas avoir su ou pu maîtriser la situation. Les événements des derniers jours avaient été catastrophiques, comme si le sort avait décidé de s'acharner contre lui.

Elle s'appelait Jasmine Kristen. Il ne savait rien d'autre à son sujet. Leur rencontre avait été une émotion d'une intensité qu'il n'avait jamais connue auparavant. Armand ne commandait plus son corps ni son esprit ; il avait été attiré vers Jasmine comme l'aiguille aimantée d'une boussole vers le nord. Le soir même de leur rencontre, n'écoutant que son désir, il était allé à l'encontre de toute prudence et bienséance relatives à sa fonction. Comme s'il connaissait la jeune femme de longue date, il l'avait invité dans sa cabine.

Cette nuit passée avec elle avait été très riche en sensations. Cela faisait trop longtemps qu'Armand vivait seul. Sa sensualité était en léthargie, c'est ainsi qu'il la qualifiait. Les poèmes qu'il déposait sur son site Internet afin de les semer à tous les vents étaient un moyen d'aiguiser sa sensibilité.

Par quelques caresses expertes, cette jeune femme gourmande de l'amour avait réveillé ses sens. Comment aurait-il pu résister ? L'idée de la méfiance ne l'avait pas effleuré un seul instant. Faisant fi des ragots de ses officiers et de son équipage, Armand s'était laissé envahir par un amour explosif.

Le lendemain matin, le timonier l'avait appelé à 5 heures ; sa présence était requise à la timonerie pour diriger la manœuvre d'entrée au port de Miami. Les feux d'atterrissage étaient visibles à l'horizon. Déjà, la pilotine se dirigeait vers le navire.

Les yeux fatigués et la tête lourde après la nuit blanche passée avec Jasmine, il avait expliqué à la jeune femme qu'il devait se rendre à la passerelle. Les mesures de sûreté de la compagnie interdisaient à quiconque de rester seul dans le bureau du commandant. Il fut obligé de lui demander de retourner dans sa cabine, et lui précisa qu'il la retrouverait le soir même avec plaisir.

Elle ne comprit pas et le foudroya du regard. Alors, Armand voulut la prendre dans ses bras pour la rassurer et, surtout, essayer de la calmer. Mais ce geste ne fit qu'attiser sa colère, elle se débattit comme une folle et lui griffa le visage pour se dégager. Avant de partir, elle attrapa un encrier sur le bureau et le jeta en direction d'Armand. Il l'esquiva de justesse en se penchant comme un boxeur qui évite un coup de poing direct. Le flacon vint s'écraser contre la cloison, y laissant une tache noire ressemblant à l'empreinte d'une patte d'oie.

Les mains tremblantes, Armand ferma la porte de son appartement, puis il se dirigea vers la timonerie. Les pilotes du port de Miami étaient déjà arrivés à la passerelle lorsqu'il y entra. Contrairement à son habitude, il ne les accueillit pas chaleureusement. Il leur adressa un bref « *morning* » en passant à côté d'eux. Ensuite, il partit s'asseoir à son poste de commandement. Les deux officiers américains échangèrent un regard interrogateur ; puis l'un d'eux haussa les épaules en faisant une moue fataliste.

Après avoir vu la scène, le lieutenant de quart voulut réparer le manque de courtoisie de son commandant envers les deux pilotes. Il leur proposa une boisson chaude accompagnée de viennoiseries fraîchement sorties du four du boulanger. Ce qu'ils acceptèrent avec enthousiasme.

Armand refusa, d'un geste détaché, la tasse de café que le timonier lui présentait. Il n'avait pas envie de parler. Des émotions de toutes sortes bouillonnaient encore en lui ; il avait besoin de se remettre les idées en place avant l'entrée au port.

La manœuvre d'accostage fut des plus délicates, il n'arrivait pas à rester concentré. Lorsqu'il présenta le navire devant le quai, il en sous-estima la vitesse résiduelle et actionna trop tard la manette des propulseurs. La lourde coque, entraînée par son inertie, vint heurter un duc-d'Albe. Sous la puissance du choc, le bois de protection de l'amer éclata en mille morceaux, comme si un boulet de canon l'avait atteint en plein cœur.

Par chance, il n'y eut pas de blessés parmi les lamaneurs, mais il y eut un léger enfoncement dans la structure du navire. Les services portuaires ne tardèrent pas à lui présenter une facture honteusement surévaluée pour les réparations à venir du duc-d'Albe endommagé. D'autre part, le navire ne pouvait prendre la mer dans cet état. La croisière prit vingt-quatre heures de retard. Durant ce temps, le chef mécanicien organisa les réparations de la coque, et le commandant effectua les démarches nécessaires auprès de la société de classifications.

Le lendemain matin, deux hommes en uniforme de police américaine se présentèrent devant la porte du bureau du commandant. Ils lui remirent une convocation pour qu'il soit entendu dans une affaire dont l'objet ne pouvait lui être dévoilé.

– Je suis le commandant de ce navire, dit Armand d'une voix ferme. Tout ce qui arrive ou est arrivé à bord me regarde directement. Aussi, je vous demande de me donner, maintenant, des renseignements sur cette affaire. De même, si l'un des membres d'équipage est impliqué dans quoi que ce soit, je dois être averti.

– Une personne de ce navire est suspectée, suite à un dépôt de plainte, répondit l'un des policiers.

– Dans ce cas, dites-moi de qui il s'agit, ainsi que les faits qui lui sont reprochés. Avec ces éléments, je pourrais procéder à une enquête interne. Dès lors, il me sera plus aisé de répondre à vos questions.

L'un des policiers montra à son collègue la tache d'encre sur la cloison du bureau. Celui-ci fit un signe entendu. Puis il demanda à Armand :

– Vous êtes blessé au visage, commandant ?

– C'est superficiel, répondit Armand.

L'officier de police s'assura que son collègue avait entendu la réponse. Après cela, il dit d'une voix forte :

– La personne suspectée dans le dépôt de plainte se nomme Armand Verrotier, capitaine de ce navire. Autrement dit : vous, commandant.

Armand ne posa pas de question. C'était totalement inutile et inopportun. Par pure formalité, les deux hommes signalèrent que le navire ne serait pas autorisé à prendre la mer tant que l'audition de police n'aurait pas été effectuée. Puis, ils quittèrent le bureau du commandant, après s'être assurés qu'il avait bien signé le récépissé de la convocation.

Dès qu'il fut seul, Armand avertit sa direction de la démarche qu'il devait faire. Malgré les demandes de sa hiérarchie, il ne put donner plus d'explications. Un avocat fut missionné immédiatement. Ensuite, Armand termina les affaires courantes et avertit son second qu'il devrait quitter le navire pendant quelque temps.

Environ deux heures plus tard, l'avocat désigné par la compagnie se présenta devant le bureau du commandant. C'était un homme d'une trentaine d'années aux manières agaçantes. Il cachait mal une nervosité maladive derrière un large sourire forcé. En parlant, il agitait maladroitement un dossier, certainement celui d'Armand. Des gouttes de sueur coulaient de ses tempes. Il les essuyait régulièrement à l'aide d'un mouchoir à la propreté douteuse, et prononçait en même temps un automatique « *excuse me* ».

L'homme de loi connaissait déjà le dossier. Il avertit son client que la situation dans laquelle il s'était mis ne serait pas facile à plaider. Même s'il n'avait rien fait de ce que prétendait la plaignante. Les accusations de la jeune femme étaient graves : la nuit précédente, Armand l'aurait attiré dans sa cabine, et aurait profité de son état d'ébriété pour abuser d'elle. Pour se défendre, elle l'aurait griffé au visage, puis aurait jeté un encrier au travers de son bureau.

D'un geste presque involontaire, Armand gratta sa cicatrice. L'avocat remarqua ostensiblement son geste, puis il continua à lire le dossier sans aucune forme de tact.

– Ce matin, des inspecteurs sont venus dans votre bureau. Ils ont remarqué votre blessure récente sur la joue droite, ainsi que la tache d'encre sur le mur de votre bureau… Ils l'ont consigné dans leur rapport.

– La cloison, reprit Armand d'un ton agacé. Il n'y a pas de murs sur un navire.

– La cloison de votre bureau... Je corrige... De plus, un certificat médical atteste que la plaignante a eu une relation sexuelle durant la nuit précédente. Elle déclare que cette relation a eu lieu avec vous, contre son gré. Des prélèvements pour effectuer des tests ADN sont partis au laboratoire de la police scientifique.

L'avocat s'essuya les tempes avec la manche de sa veste, puis il guetta la réaction de son client. Il observa ainsi quelques secondes de silence en se rongeant les ongles. Ensuite, il continua son exposé en prenant une voix plus incisive :

– Qu'avez-vous à dire devant ces accusations étayées de faits, monsieur Verrotier ?

Armand jeta un regard noir à ce castor junior en costume trois-pièces. Cet homme l'appelait « monsieur » au lieu de « commandant » ; de plus, il avait le culot de jouer les accusateurs au lieu de chercher un moyen de le défendre.

– Cette femme raconte n'importe quoi, dit Armand en fermant la porte de son bureau pour ne pas attirer la curiosité des officiers. Il est vrai que j'ai passé la nuit avec elle. Le lendemain matin, je lui ai dit qu'elle ne pouvait pas rester dans ma cabine. Alors, elle est devenue complètement hystérique. Elle m'a griffé au visage et a lancé mon encrier à travers la pièce. En aucun cas, son agitation n'a été provoquée par une quelconque violence de ma part.

– Je vous rappelle que vous êtes aux États-Unis d'Amérique, monsieur Verrotier. Vous n'êtes pas marié avec cette jeune femme, et vous reconnaissez avoir eu une relation sexuelle avec elle. Vous pourrez dire, autant que vous voulez, qu'elle était consentante, vous n'arriverez jamais à convaincre les juges qu'elle vous a griffé au visage sans raison. Ici, les dépositions pour harcèlement sexuel à cause d'une jupe frôlée dans l'ascenseur sont courantes. Le romantisme à la française n'existe pas dans mon pays... Alors, je ne veux même pas savoir ce qui s'est passé, mais sachez que si nous allons jusqu'au procès, nous sommes certains de perdre.

Assis dans le fauteuil de son bureau, Armand l'avait écouté en silence. Il cherchait dans sa mémoire le détail qui aurait pu jouer en sa faveur, mais rien ne lui venait à l'esprit. Son avocat avait malheureusement raison, la justice américaine serait intransigeante avec lui. Soudain, il repensa à la dernière phrase de son interlocuteur.

– Qu'entendez-vous par « si nous allons jusqu'au procès » ? demanda-t-il.

– C'est justement là où je voulais en venir, dit l'avocat d'un ton calme et affirmé. J'ai pris contact avec l'avocat de la plaignante. Un arrangement est possible…

– Et en quoi consisterait cet arrangement ? demanda Armand. Veut-elle de l'argent ?

– La plaignante ne comprend pas qu'un homme tel que vous commande un navire à passagers. Elle retirera sa plainte à condition que vous quittiez votre poste. Bien entendu, elle m'a laissé entendre que sa croisière était ratée. Ainsi, un dédommagement serait opportun.

– Combien ? demanda Armand.

– Votre direction commerciale s'occupe du dédommagement.

Armand ne put retenir un juron. Il frappa son genou du plat de la main, pour évacuer la rage qui l'envahissait.

– Je sais que c'est dur à avaler, reprit l'avocat. Mais sachez que c'est la meilleure solution pour tout le monde. Y compris vous, commandant. J'ai appelé votre direction avant de venir vous voir, vous devez les contacter le plus rapidement possible. Maintenant, je pense en avoir terminé, sauf si vous avez des questions.

Armand hocha négativement la tête, il n'en revenait pas. Avant même que ce boy-scout cravaté entre dans son bureau, tout était déjà joué. Sans que quiconque ait pris la peine de lui demander sa version des faits. L'avocat lui montra le combiné téléphonique qui était sur le bureau et prit congé.

Le regard vide, Armand essaya de réfléchir à un moyen de se défendre. Lui, le maître après Dieu du navire, habitué à se battre avec les courants, les vagues et les tempêtes, il s'était laissé aveugler par la fermeté d'une épaule, la rondeur d'une hanche et la douceur d'un regard. Soudain, il se ressaisit et appela sa compagnie.

– Je sais très bien que tout ce que dit cette femme est faux, dit son directeur d'armement au téléphone. Je te connais depuis longtemps, tu es un homme intègre et droit… Mais il m'a fallu réagir… Ce n'est pas facile pour moi… Lorsqu'un commandant de la compagnie est mis en accusation, ce n'est pas bon d'un point de vue commercial. Imagine qu'un journaliste peu scrupuleux s'empare de l'affaire, cela peut avoir des conséquences dramatiques pour l'avenir de notre compagnie. Les gens lisent les journaux à scandale sans chercher à comprendre. Nous risquons de perdre une bonne partie de notre clientèle avec cette histoire... Mais ne t'inquiète pas pour ton avenir. Tu sais que nous avons une filiale qui possède des ferries entre Calais et Douvres. Je viens de les contacter, un poste de commandant va se libérer sous peu. Tu commences ta doublure dans une semaine. Pendant que tu discutais avec l'avocat, j'ai averti le second capitaine que tu débarquais aujourd'hui. Il te remplace dès maintenant, en attendant que je nomme définitivement un commandant… Prends-toi quelques jours de vacances pour oublier toute cette histoire. Je me mets à ta place, ça ne doit pas être facile à digérer… Si ça peut te faire plaisir, je peux te réserver une chambre dans un hôtel de Miami. Vois ça avec l'agent de la compagnie. Dis-lui que je prends les frais d'hôtel et de restaurant à ma charge. Tu verras, les plages sont fantastiques, et les filles splendides. Mais sois prudent cette fois.

Chapitre 8

Vendredi 12 décembre 2008

Après avoir quitté le navire, Armand se dirigea vers l'aéroport de Miami. De là, il prit le premier avion en direction de Paris. Bien entendu, il aurait pu accepter l'invitation de sa direction. Profiter à leurs frais des belles plages ensoleillées. Mais il ne voulait pas leur offrir un moyen de se donner une bonne conscience. De toute façon, il n'était pas en état de se laisser lézarder sur le sable chaud.

Quand il fut rentré chez lui, il décida de s'isoler afin de se remettre doucement de ses émotions. C'était la première fois en vingt-sept ans de carrière qu'il débarquait dans cet état d'esprit. En général, il était heureux de prendre un peu de repos et de retrouver ses amis. Mais aujourd'hui, il n'avait pas envie de sortir.

Lorsqu'il ouvrit sa porte d'entrée, il tourna la tête vers la maison de Mme Quintin, sa voisine. Pour ne pas changer, elle l'observait cachée derrière le rideau de la fenêtre de son salon. Armand lui fit un signe de la main. Elle eut immédiatement un mouvement de recul, comme si elle venait d'être prise en flagrant délit d'espionnage. Il était 17 h 30, la nuit était déjà tombée. Armand sourit intérieurement ; au moins, il était sûr d'une chose : demain, tout le village saurait qu'il était rentré.

Le lendemain matin dès la première heure, Mme Quintin partirait en courses. Vers midi, Raymonde René, l'épouse du chef de cuisine du *Dream of the Seas*, téléphonerait à son mari pour avoir des explications sur le retour prématuré d'Armand. Et avant la tombée de la nuit, chaque habitant du village serait au courant de la raison pour laquelle Armand était rentré avant les autres.

La maison était froide et humide, il fallut plusieurs heures pour réchauffer les pièces jusqu'à une température confortable. Armand ne déballa pas ses bagages, il s'allongea sur son lit et s'endormit. Le voyage avait été long et fatigant, cela faisait trop longtemps qu'il n'avait pas eu l'occasion de passer une bonne nuit sans être dérangé.

Quelques heures plus tard, il se réveilla la tête lourde d'avoir dormi trop profondément. Il regarda sa montre, mais elle était restée à l'heure américaine. Il n'eut pas le courage de faire la conversion et se leva. D'ailleurs, l'heure lui importait peu : il n'avait rien à faire d'urgent à l'extérieur, si ce n'est d'acheter des provisions. En ouvrant les volets de la cuisine, il remarqua que le jour n'était pas encore levé.

« Il fait nuit, comme les deux tiers du temps en cette période de l'année », pensa-t-il.

Durant un instant, il regretta de ne pas être resté aux Bahamas. Il se serait choisi une chambre dans l'un des grands hôtels de la plage, se serait régalé des menus les plus copieux et aurait occupé ses après-midi à paresser sur le sable chaud.

Il frappa dans ses mains pour éloigner sa morosité. Il lui fallait réagir et surtout ne rien regretter, alors il alluma son poste de radio et se prépara un café. Il avait tant de choses à faire pour redonner de la vie à sa maison. Mais avant de commencer les tâches ménagères, il alluma son ordinateur et consulta son site Internet d'échanges de poésies.

Les habitués du Web y avaient déposé de nouvelles créations aux mots toujours aussi chantants. En balayant la liste des poèmes, son attention fut attirée par un auteur récemment inscrit sous le pseudonyme suivant : « Charlemagne ». Il avait rédigé un poème portant le titre mystérieux de

« L'orfèvre ». Armand cliqua dessus pour ouvrir la page et commença à lire :

À TOI LE TRAÎTRE MANANT
DU SECRET DU CHEVAL BLANC.
DANS LE FIEF DE POSÉIDON
LE JOUR OÙ DIANE ET APOLLON
ADDITIONNENT LEUR VALEUR
JE T'ATTENDS LÀ OÙ LA COULEUR
NAQUIT DES DEUX LUMIÈRE
ICI, DES ÂMES S'ENVOLÈRENT
SANS ATTENDRE LE PRIEUR
ET DANS DES VAGUES DE FRAYEUR
LE SOUFFLE PARFUMÉ DE LA FÉE
LES CAPTURA POUR L'ÉTERNITÉ
CHARLEMAGNE

L'auteur était nouveau, il s'était inscrit le matin même sur le site. Son texte était aussi dérangeant qu'intrigant. Dérangeant, parce qu'il détonnait avec les habituelles odes à l'amour. Celui-ci ressemblait plutôt à un récit tiré d'une épopée. Intrigant, car l'auteur avait signé : « Charlemagne ». Jamais un amateur de poésie n'avait paraphé ses écrits d'un nom de roi. Il arrivait parfois que certaines femmes prennent un pseudonyme s'apparentant au prénom d'une épouse de roi légendaire ou d'une fée célèbre. Mais en général, les hommes étaient beaucoup plus humbles et discrets dans leur signature.

D'un geste sec, il referma l'écran de son ordinateur. Puis il se consacra aux inévitables tâches ménagères pour redonner un aspect correct à sa maison. Après toutes ces semaines d'absence, la poussière s'était accumulée dans tous les coins.

Lorsqu'il termina, le jour était levé. Un vent glacé soufflait du nord, il amenait de gros nuages couleur de plomb. Cette ambiance affligeante donnait l'impression que l'aube allait durer toute la journée. La neige n'allait certainement pas tarder à tomber. Ces conditions climatiques étaient propices à la pêche, les cabillauds s'approchaient de la côte pour venir y chercher leur nourriture.

À cette pensée, un sang nouveau coula dans ses veines. Il n'était plus le commandant Verrotier, mais Armand le pêcheur en mer. N'y tenant plus, il entra dans son garage et commença à préparer ses lignes et ses filets.

Vers midi, le téléphone sonna, c'était Lucie. Un de ses patients lui avait appris le retour anticipé d'Armand. Comme elle était inquiète de nature, elle s'était imaginé le pire : une maladie grave ou une blessure. Avant qu'il ait pu la rassurer sur ce point, elle lui proposa ses services d'infirmière.

Armand sourit. Comme d'habitude, il la laissa parler. Elle n'avait rien perdu de son infatigable débit verbal. Elle avait tellement de choses à lui raconter depuis qu'ils s'étaient quittés. Sans établir de liens entre les sujets, elle passa de ses péripéties professionnelles à ses liaisons amoureuses écourtées. Pour abréger la conversation, il lui proposa de venir dîner. Ainsi, elle aurait tout son temps pour lui expliquer en détail ses dernières mésaventures.

Avant de raccrocher, Lucie retint l'attention d'Armand.

– J'ai rencontré Rudolf Deal dernièrement, dit-elle. Il t'envoie le bonjour. Il a trouvé la provenance du morceau de tissu que tu lui avais confié : il a été fabriqué en Irak.

– Remarquable, répondit Armand. Sais-tu si les cadavres retrouvés dans l'épave du *Whitehorse* ont été identifiés ?

– Pas à ma connaissance ! Mais vu l'état de décomposition avancée dans lequel ils ont été repêchés, ça m'étonnerait qu'ils le soient un jour. Seule une recherche d'ADN pourrait faire avancer les choses, mais rien n'a été fait à ce jour.

Armand raccrocha le téléphone, dès qu'il réussit à clore la conversation. Il réfléchissait à ce que venait de lui dire la jeune femme. Alors qu'il pensait que cette histoire de cadavres du *Whitehorse* était définitivement enterrée au fond de sa mémoire, une succession de faits la faisait ressurgir.

Il bondit sur son ordinateur et se connecta aussitôt sur son site de poésie. Par chance, le texte de Charlemagne était toujours dans la liste des poèmes consultables. Il en fit une impression et posa la feuille devant lui.

Dès qu'il lut les deux premiers vers, il écarquilla les yeux d'étonnement. Il ne fallait être ni un surdoué de la poésie, ni un fin limier pour se rendre compte que ce texte lui était destiné. De toute évidence, le « traître manant du secret du cheval blanc », c'était lui. *Whitehorse* étant la traduction anglaise de « cheval blanc ».

Quelqu'un savait donc qu'il se rendait régulièrement sur ce site de poésie. Cette même personne savait aussi qu'il avait découvert les cadavres de l'épave en question. Ce qui était moins surprenant après l'article qui avait été publié dans le journal local.

Armand était inquiet. Lorsqu'il se connectait sur son site de poésie, il était toujours seul, et Jasmine était la seule personne avec laquelle il en avait discuté.

Il appela sur le portable du nouveau commandant du *Dream of the Seas*. Celui-ci devait se préparer à effectuer la manœuvre d'entrée au port de Nassau. Il était 6 heures du matin sur le navire, les jetées étaient probablement encore loin. Cette conversation téléphonique ne le perturberait pas énormément.

Lorsque la communication fut établie, Armand sentit une forte angoisse dans la voix de son remplaçant. Il comprit son anxiété, les premiers jours de commandement sont toujours stressants. Surtout lorsqu'on s'aperçoit qu'on se retrouve seul pour prendre les décisions.

Après les traditionnels échanges de politesse, Armand demanda à parler à l'officier électronicien. Il savait que celui-ci était présent à chaque manœuvre pour intervenir au plus vite en cas de défaillance d'un appareil. Mais si tout fonctionnait correctement, il n'avait rien à faire durant cette période, sauf, peut-être, boire son café.

L'officier électronicien était croate, il ne parlait pas un mot de français. Aussi avait-il pris l'habitude de communiquer en langue anglaise avec les autres officiers. Armand lui demanda les coordonnées de Jasmine Kristen. Il ne fut pas utile de donner plus de précision. L'électronicien avait été mis au courant de l'histoire de son ex-commandant. Il compris immédiatement de quelle personne il s'agissait. La liste nominative des passagers était accessible par les officiers depuis l'ordinateur de la timonerie. Il ne lui fallut que quelques secondes pour ouvrir la fiche de cette passagère. Il s'agissait de Jasmine Kristen. Cette femme était d'origine hongroise. Elle résidait à Colmar, au numéro six de la rue du Lac. Elle faisait partie de la liste de réservations de la société Delaunay.

L'officier croate poussa un grand soupir suivi d'un « *my God* », en évoquant le nom de Delaunay. Il paraissait connaître le personnage et avoir eu quelques ennuis avec lui. Armand voulut en savoir plus, mais l'électronicien fut confus dans ses explications. Alors, il demanda à parler au commandant.

– Tu es au courant du différend entre l'électronicien et Antoine Delaunay ? demanda Armand. Il m'a parlé d'une histoire de réseau informatique, mais je n'ai rien compris.

– Effectivement, il y a eu quelques petits problèmes. Mais je n'ai pas voulu t'ennuyer avec cette histoire. La société Delaunay avait demandé un haut débit de communication par Internet. Les dirigeants de l'entreprise voulaient continuer à échanger des courriers informatiques avec leurs usines. Pour résoudre ce problème, l'officier électronicien avait bricolé un montage pour connecter leur réseau sur le nôtre. Comme ce n'était pas conforme au protocole de sûreté du navire, je lui ai fait retirer. Ce qui a créé quelques difficultés avec la société Delaunay.

– Tu veux dire que leurs ordinateurs ont été connectés sur le réseau du bord, et je n'étais pas au courant ?

– Simplement pour la liaison Internet. Le reste du réseau est sécurisé. De plus, le branchement a été de courte durée… Rappelle-moi après la manœuvre, les pilotes viennent de monter à bord. Nous approchons des jetées.

Armand raccrocha. Il serait inutile de rappeler, car il en savait assez. Jasmine faisait partie de l'équipe de Delaunay, et elle était la seule personne qui connaissait sa passion pour la poésie ; il y avait certainement un lien entre ce mystérieux Charlemagne et elle. Armand se connectait parfois sur Internet depuis l'ordinateur de son bureau. Un habile informaticien de la société Delaunay avait pu l'espionner et découvrir les sites Internet qu'il avait visités. Même en vacances, certains cracks du piratage industriel ne s'arrêtent pas.

Il nota sur son carnet les noms d'Antoine Delaunay et de Jasmine Kristen.

Après avoir pris un rapide repas, il relit le poème qui l'intriguait : « Le jour où Diane et Apollon [...]. » Cela indiquait une date par rapport à une position de la Lune et du Soleil. « [...] Là où la couleur naquit des deux lumière [...]. » L'auteur voulait indiquer un lieu de la Terre où les rayons de ces deux astres entrent en même temps.

Sans tarder, il reprit ses cours de cosmographie de l'école de la marine marchande et étudia pendant plusieurs heures la mécanique céleste. Après avoir couvert plusieurs pages d'interminables calculs, il décida d'aller s'aérer l'esprit. Pour cela, il partit faire une marche sur le bord de la mer.

Le bruit répété des vagues sur les galets avait toujours le même effet relaxant sur lui. Il s'assit face à la mer pour humer les odeurs portées par le vent. La nuit tombait. Déjà, les faisceaux rouges des phares côtiers balayaient l'horizon. Au large, on apercevait les feux de navigation de quelques chalutiers ballottés par la houle.

Armand sourit.

« Deux sources de lumière qui s'additionnent peuvent engendrer une décomposition en un spectre de couleur, pensa-t-il. La solution de l'énigme vient peut-être des expériences de Fresnel et de Young sur la lumière. Fresnel est l'inventeur de la lentille qui porte son nom. Cet instrument équipe maintenant tous les phares côtiers. Son buste se trouve dans le phare de Goulphar à Belle-Ile-en-Mer. Y aurait-il quelque chose là-bas ? »

Une brusque migraine le contraint à arrêter ses réflexions. Cela faisait trop longtemps qu'il n'avait pas pris de vrai repos.

« Ce soir, pensa-t-il, Lucie vient dîner avec moi. Comme d'habitude, elle parlera beaucoup, je n'aurai qu'à l'écouter. Ça me détendra. »

Aussi étrange ou paradoxal que cela puisse paraître, le monologue de la jeune femme l'apaisait.

Il fit quelques courses et rentra chez lui préparer le dîner. Pour se détendre complètement, il alluma un feu de bois et s'assit dans son fauteuil pour écouter la musique du *Chevalier noir* d'Edgar.

Lucie arriva vers 19 heures, elle avait apporté une énorme et appétissante tarte normande. Des morceaux de pommes caramélisées reposaient sur une crème pâtissière.

Armand invita la jeune femme à s'asseoir près de la cheminée pour se réchauffer. Pendant ce temps, il prit son manteau et alla l'accrocher dans le vestibule. Lucie était de nature curieuse et, il faut bien le dire, indiscrète ; elle remarqua immédiatement les feuilles de papier oubliées sur la table basse du salon. Au-dessus du paquet, bien en évidence, se trouvait la page sur laquelle était inscrit le message à déchiffrer. D'autres pages pêle-mêle présentaient d'interminables calculs.

– Tu t'intéresses à la poésie maintenant ? demanda-t-elle avec surprise. Mais je vois que tu as une approche assez particulière, tu ne peux pas lire quelques vers sans t'empêcher de faire des calculs. Le texte est assez énigmatique, mais on voit bien ce que l'auteur a voulu écrire.

Stupéfait, Armand fut à deux doigts de laisser tomber le plateau qu'il apportait.

– Que dis-tu ? demanda-t-il. Tu es arrivée à déchiffrer ce message ? Il m'a été envoyé. Tout l'après-midi, j'ai essayé de comprendre ce qu'il signifiait.

– Là, je reconnais bien Armand, toujours en train de jouer les Sherlock Holmes. Moi qui pensais que tu t'étais mis à la poésie… Je suis un peu déçue… Sachez capitaine que la poésie ne se comprend pas avec des formules mathématiques complexes, mais avec son cœur. Il est vrai que lorsqu'on a passé sa jeunesse à jouer avec les intégrales triples, on a plus de logique que de sensibilité… Malheureusement, mathématiques et poésie ne font pas bon ménage. Laisse tomber ton esprit cartésien de temps en temps, et envole-toi avec le vent des mots… Tu n'as pas suffisamment regardé les dessins animés du genre de *Peter Pan* quand tu étais petit.

– Certainement ! Mais pour ma défense, sache qu'il n'y avait pas de magnétoscope ni de lecteur DVD à l'époque. Et je ne me rappelle pas être allé le voir au cinéma. Alors, qu'a découvert la fée Clochette dans ce message ?

– Ce poème, répliqua Lucie en insistant sur le « O », au début, ce n'est pas très joli ; visiblement, quelqu'un est désigné. L'auteur a des reproches à lui faire. J'ai bien ma petite idée sur la personne visée… Ensuite, ça parle de la mer… Des fortes marées, plus précisément… Le dernier paragraphe me fait penser à quelque chose…

– À quoi ? interrogea Armand avec une curiosité mal dissimulée.

– As-tu remarqué qu'il n'y a pas de « S » à « LUMIÈRE » ? Alors, il s'agit d'un nom propre. Certainement les frères Lumière.

– Tu as raison, dit Armand en frappant dans ses mains. « … Les deux Lumière… » sont les frères Lumière. Moi qui prenais ça pour une stupide faute d'orthographe, c'est en fait volontaire. Mais quel est le rapport entre la mer et les frères Lumière ? Si ma mémoire ne me fait pas défaut, ils sont nés à Besançon, ensuite ils ont vécu à Lyon. Ils avaient une grande villa sur la Côte d'Azur, dans la ville de Cap-d'Ail exactement. C'est peut-être ça, le rapport avec la mer. Leur maison dominait l'une des plus belles criques de France. Je pense qu'ils furent les premiers à bâtir sur ce rocher. Ensuite, plusieurs villas magnifiques y ont été construites.

– Un peu comme à Dinard, il suffit qu'un riche industriel battît une superbe maison, et d'autres suivent la mode… Mais j'y pense… Tu es déjà allé à Dinard ?

– J'y vais parfois, répondit Armand en bâillant. Je trouve l'endroit magnifique. Enfin, quand il n'y a pas trop de monde.

Son cerveau commençait à fatiguer avec toutes ces énigmes. Tout l'après-midi, il avait effectué d'interminables calculs. Il s'imaginait passer une soirée sympathique et tranquille en compagnie de Lucie. Et voilà qu'elle paraissait déterminée à aller jusqu'au bout du décodage du poème. Pendant que la jeune femme l'interrogeait du regard, Armand eut une idée en pensant à l'histoire des frères Lumière.

– Je vois ce que tu veux dire, continua-t-il en retrouvant sa motivation. À Dinard se trouve une grotte dans laquelle les frères Lumière sont malencontreusement restés coincés durant la marée haute. Ils y étaient entrés pour manipuler une plaque photographique dans l'obscurité. La première photographie en couleur des frères Lumière… La grotte s'appelle La Goule aux fées. La légende dit qu'il y a très longtemps, une très belle fée attirait les marins dans cette grotte.

– Hé bien, dis donc ! Toi, quand tu t'y mets, tu nous sors toute l'encyclopédie.

Armand se leva pour mettre une bûche dans le feu, puis il resta quelques instants devant l'âtre à regarder les flammes. Lucie l'observait mi-inquiète, mi-amusée. Soudain, il se tourna vers elle et déclara avec le plus grand sérieux :

– Demain, je pars pour Dinard. Les vives-eaux approchent. D'après ce message, il va se passer quelque chose là-bas. Quelqu'un me demande d'y être. Pourquoi ? Je n'en ai aucune idée. Mais je dois me trouver dans la grotte de la Goule aux fées au moment du plus fort coefficient de marée. C'est-à-dire dimanche, si mes calculs sont corrects.

– La fée t'attire dans sa grotte, reprit Lucie en imitant la voix d'une sorcière. Fais attention à toi… Elle aime les marins. Et Dieu seul sait ce qu'elle en fait quand elle les a attrapés…

Chapitre 9

Dimanche 14 décembre 2008

Une brume épaisse enveloppait le château de Saint-Malo. Lucie et Armand effectuaient l'incontournable promenade des remparts. Cette marche leur permit de se détendre les jambes après les kilomètres qu'ils venaient de parcourir en voiture.

Lucie était ravie de ces vacances inattendues. Pour la première fois de sa vie, elle découvrait la cité corsaire avec la curiosité et l'émerveillement d'un enfant. Dès qu'Armand l'avait informé de son départ pour Dinard, elle avait insisté pour venir avec lui.

Le lendemain matin dès la première heure, elle sonnait à sa porte, prête à partir. Elle avait réussi à modifier son planning de travail au dernier moment. Ainsi, elle ne reprendrait son service d'infirmière urgentiste que le jeudi soir à 22 heures. Cela lui faisait donc cinq jours de vacances, dont elle espérait profiter pleinement.

Armand avait d'abord été réticent à l'idée de passer plusieurs jours à Saint-Malo avec Lucie. Leur relation était purement amicale. Il savait que l'équilibre d'une amitié entre deux personnes de sexe différent était fragile. Leur relation risquait d'être compromise s'ils passaient trop de temps ensemble. Mais il s'était laissé convaincre par l'enthousiasme de la jeune femme.

Il ignorait ce qu'il allait trouver dans cette fameuse grotte appelée Goule aux fées. Un poème énigmatique l'incitait à s'y rendre. L'auteur, *alias* Charlemagne, était peut-être Jasmine. Cette femme aux yeux si envoûtants l'avait séduit sur son navire et lui avait causé tant de problèmes par la suite.

La plainte lugubre d'une corne de brume perça le brouillard. D'après la direction et l'intensité du sifflet, Armand estima que le navire était de petite taille, et qu'il passait à proximité de l'île de Harbour. L'île du Grand-Bé apparaissait mystérieuse dans un nuage de vapeur. À ses pieds, quelques promeneurs imprudents se dépêchaient de franchir le passage de pierres avant l'arrivée du flot.

Les joues rougies par le froid, Lucie savourait le lieu avec une exaltation communicative. Elle inspirait l'air iodé à pleins poumons et regardait dans toutes les directions. Allant de découvertes en surprises, elle commentait tout ce qu'elle voyait. Dès qu'ils eurent fait le tour complet des remparts, elle prit Armand par le bras pour se réchauffer les mains et lui dit d'une voix déterminée :

– J'ai faim !

– Je m'étonne que ton estomac ait pu attendre la fin de la promenade, répondit Armand sur le ton de la plaisanterie. Il est presque 13 heures. Je connais plusieurs bonnes crêperies *intra-muros*. Allons voir si elles sont ouvertes.

Comme d'habitude, Lucie eut les yeux plus gros que le ventre, ce n'était pas peu dire. Toute la carte de la crêperie lui faisait envie. Malgré les mises en garde d'Armand, elle commanda trois galettes généreusement garnies. La première lui parut délicieuse, elle la mangea avec grand appétit. La deuxième commença à lui peser sur l'estomac. Quant à la troisième, elle ne put en prendre qu'une bouchée ; juste pour y goûter avant de poser ses couverts sur son assiette en signe d'abandon.

Ensuite, ils louèrent deux chambres communicantes dans un hôtel *intra-muros*. Une fois installée, Lucie fut prise d'une forte migraine, elle partit se reposer dans sa chambre. À ce moment, Armand regarda sa montre, il était presque 15 heures. La pleine mer était à 18 heures, et dans deux heures il ferait nuit. D'après ses calculs, les plus forts coefficients étaient pour les deux prochaines marées.

Il fut pris d'une envie irrésistible d'aller maintenant à la grotte de la Goule aux fées. Après tout, lui seul était concerné par le message. Si Lucie venait avec lui, le rendez-vous pourrait être compromis, et il ne saurait jamais pourquoi on l'avait fait venir.

Doucement, il ouvrit la porte commune aux deux chambres pour vérifier que la jeune femme était endormie. Puis il quitta discrètement l'hôtel.

Il sortit de la ville close par la porte de Dinan. Ainsi, il arriva directement au port, et prit le transbordeur pour Dinard. C'était un ancien chalutier en bois reconverti en navire à passagers. L'ancienne cale à poisson avait été transformée en un salon dans lequel on pouvait s'abriter en cas de mauvais temps. Mais Armand resta sur le pont, il aimait trop regarder la mer pour s'enfermer dans la cale d'un bateau. Il n'y avait qu'une dizaine de passagers à bord. En majorité des personnes âgées venues à Saint-Malo pour rendre visite à des amis ou faire quelques achats. Juste avant que le transbordeur quittât le quai, un homme d'une trentaine d'années embarqua précipitamment. Son anorak de duvet d'oie, ses larges lunettes de soleil et son gros bonnet de laine à pompons lui donnaient une allure de skieur égaré. Sa démarche hésitante sur le pont du bateau montrait son manque d'habitude au monde maritime. Dès le premier roulis, il s'accrocha à la main courante en faisant un rictus ahuri de personnage de bande dessinée.

En arrivant au débarcadère de la pointe du Moulinet, Armand se dit que le meilleur moyen pour rejoindre la grotte était de prendre le chemin de ronde. La mer montait de plus en plus, s'il ne se dépêchait pas davantage, le niveau de l'eau viendrait barrer l'accès à la grotte, et il devrait y retourner le lendemain.

Le chemin était désert. Durant sa marche, il ne croisa qu'un sexagénaire essoufflé par son jogging. Ils se saluèrent d'un signe de la main et continuèrent leur chemin respectif dans le brouillard glacé. La grande plage de Saint-Enogat avait perdu ses activités estivales, seules quelques rangées de vagues venaient l'animer de leurs caresses répétées.

Il monta l'escalier en direction de l'établissement thermal. Les halos de lumière de cet imposant bâtiment perçaient la brume. Debout sur la terrasse de l'hôtel, Armand reconnut l'homme qui avait pris le transbordeur en même temps que lui. Il était toujours en habit de skieur. Mais cette fois, il regardait la mer avec plus d'assurance que lorsqu'il était sur le bateau.

« Il doit chercher le téléski, pensa Armand en souriant. Ou un endroit pour sortir ses raquettes de neige. »

Il était 16 h 30. L'obscurité commençait à tomber, et la température chutait. Le souffle du vent avait complètement disparu laissant toute liberté au brouillard pour s'épaissir.

Après l'établissement thermal, le chemin de ronde pénétrait dans une partie sombre et boisée. Armand hésita avant de continuer. D'après ses souvenirs, l'accès à la grotte était à une centaine de mètres de là. Il fallait passer par un chemin sinueux coincé entre un haut mur et une falaise abrupte.

« Que vais-je trouver en arrivant ? » se demanda-t-il tout bas.

Il regarda autour de lui, l'institut de thalassothérapie était le seul endroit où il semblait y avoir de la vie. Le bâtiment ressemblait à un gigantesque vaisseau spatial posé sur cette pelouse coupée à ras. Ni bruit ni mouvement ne venaient troubler la tranquillité oppressante du lieu.

Enfin, la curiosité fut plus forte que ses craintes, il emprunta le sentier pédestre jusqu'à la bifurcation avec l'escalier qui menait à la grotte. Mais l'endroit était complètement désert, personne ne l'attendait et aucun message n'était visible. Seule une plaque de bronze fixée au long mur de pierres indiquait la découverte des frères Lumière en ce lieu.

L'entrée de la grotte se situait au niveau de la zone de l'estran, soit une quinzaine de mètres plus bas. Elle apparut quelques instants entre deux nappes de brouillard, montrant sa large ouverture sombre dans la falaise. La mer continuait à monter, déjà les premières rangées de vagues venaient en lécher l'entrée.

À cet instant, Armand crut apercevoir deux personnes sortir de la grotte et se diriger vers la plage de Saint-Enogat. La première était de forte corpulence, tandis que la seconde avait plutôt un aspect de gringalet. Armand essaya de les suivre du regard, mais un épais banc de brume vint immédiatement les dissimuler.

« Il y a quelque chose pour moi dans cette grotte, se dit-il. Ces deux commissionnaires sont venus y déposer un message. La nuit tombe et la mer monte. Dans quelques minutes, ce sera trop tard pour y descendre, et je n'ai pas de lampe électrique ; je dois y aller maintenant. »

Alors qu'il descendait l'étroit chemin aux marches glissantes et inégales, il entendit le bruit du moteur d'une embarcation légère. Les deux hommes avaient certainement dû fuir en bateau. Il essaya de deviner dans quelle direction le bruit s'éloignait. Mais ce fut impossible, le granit de la falaise renvoyait les ondes sonores dans toutes les directions.

Quelques secondes plus tard, le bruit de moteur disparut complètement. Armand se sentit bien seul devant l'entrée de la grotte ; le froid et la peur commencèrent à le faire trembler. Le jour faiblissait ; bientôt, il deviendrait difficile de retrouver le chemin parmi les rochers. Soudain, une vague plus forte que les autres vint lui recouvrir les pieds.

« C'est ridicule, pensa-t-il. Il fait trop noir pour entrer à l'intérieur, je reviendrai demain matin avec Lucie. S'il y a vraiment un message pour moi, il ne disparaîtra pas pendant la nuit. »

Au moment où il allait remonter, il entendit un son étrange venant du fond de la grotte. Armand se figea, puis il tourna doucement son visage vers le fond de l'excavation et écouta.

« On dirait un gémissement, se dit-il. Il y a peut-être un animal blessé. »

Il grimpa sur un rocher pour essayer de distinguer quelque chose, mais il faisait trop sombre à l'intérieur.

Alors, il resta immobile et écouta. Au fur et à mesure, les sons arrivaient de plus en plus distinctement à ses oreilles. Ce n'était pas un animal, mais le gémissement d'un humain. Il y avait quelqu'un au fond de la grotte.

« Cette personne est blessée, pensa-t-il. Elle ne peut pas se déplacer. Il faut que j'aille lui porter secours. »

Il avança à tâtons. L'homme devait l'avoir entendu, car son souffle s'accélérait. Peut-être souffrait-il, ou était-il inquiet, car la mer montait. Armand essaya de le rassurer en lui parlant. Mais il n'obtint aucune réponse, à part des plaintes incompréhensibles mélangées à des râles de peur.

Alors qu'Armand descendait d'un rocher, son pied glissa, et il tomba dans l'eau froide. Au cours de sa chute, son coude droit heurta une arête vive. Immédiatement, une violente douleur irradia son bras à un tel point qu'il ne put s'empêcher de hurler. Au même moment, l'homme poussa un cri de frayeur.

Armand se releva en maintenant son bras blessé contre son abdomen. Il sentit alors l'odeur de l'homme, il devait être à quelques décimètres de lui. C'était une odeur forte, un mélange de sang, d'urine et de sueur. Dans l'obscurité la plus totale, il avança sa main valide, et sentit la peau nue d'un torse.

– Êtes-vous blessé ? demanda-t-il. Pouvez-vous me suivre ? Répondez-moi, je vous prie, je ne vous veux aucun mal, je suis là pour vous aider.

Mais l'homme ne répondit pas, il gémit de nouveau.

– *Do you speak English ?* demanda Armand.

– *Yes*, répondit l'homme d'une voix faible, presque inaudible.

– *My name is Armand. Could you follow me ?*

– *No, I can't. I'm prisoner... PRIsoner... PRISONER... prisoner.*

Armand sentit les mains de l'homme serrer son bras blessé. Il ferma les yeux, car la douleur irradiait son coude, mais il ne dit rien. Pour le rassurer, il voulut lui saisir les poignets. Mais il sentit sous ses doigts deux larges bracelets métalliques. Le malheureux était enchaîné avec de cruelles menottes moyenâgeuses. Armand suivit les mailles en les tâtant du bout des doigts. La chaîne entourait un rocher trop lourd pour être traîné. À son extrémité, un gros cadenas la bridait fortement.

Armand tenta de tirer sur les liens, mais rien ne bougeait. Il ramassa un galet de sa main gauche et frappa sur la chaîne. Mais les ondes de choc résonnèrent dans sa masse osseuse jusqu'à son coude droit. La douleur fut si intense qu'il hurla de nouveau et s'agenouilla dans l'eau glacée en pressant son bras contre lui.

La situation était trop critique pour qu'il s'en sorte seul. Il sortit son téléphone portable de sa poche pour appeler du secours. Mais son bras gauche, engourdi par le froid, fit un geste maladroit. Il vint heurter la paroi de la grotte, et le téléphone lui échappa des mains. L'appareil rebondit sur un rocher, puis il termina sa chute dans l'eau, en faisant un « plouf » désespérant.

– *Don't be worry man,* dit-il en se relevant. *I will come back soon with rescue.*

L'homme lui répondit dans une langue inconnue. Armand eut l'impression qu'il commençait à délirer. Il répétait sans cesse la même phrase, de plus en plus fort, comme s'il faisait une prière ou voulait conjurer un sort. Pourtant, un mot de trois syllabes se détachait ; il terminait chaque phrase et était prononcé avec plus de force que les autres. Phonétiquement, ce vocable ressemblait à « mon-té-pan ».

Armand n'avait d'autre choix que de laisser cet homme seul, pendant qu'il allait chercher de l'aide. Il y avait un hôtel à proximité ; de là, il pourrait contacter les secours. Avant de partir, il enleva son manteau et le posa sur les épaules du prisonnier. Celui-ci était dévêtu et affaibli, il en aurait davantage besoin que lui. Il était 18 heures, la mer ne monterait pas plus haut, l'homme ne périrait pas noyé.

Il avança pas à pas vers la sortie. L'obscurité était totale. Il dut chercher son chemin en tâtonnant les parois de la grotte de sa main valide, et surtout pour éviter de se cogner sur un coin de roche. Au fur et à mesure qu'il avançait, le niveau de l'eau montait, il atteignait maintenant le haut de ses cuisses.

Armand commençait à se sentir mal, il grelottait et son bras le faisait souffrir. La situation devenait de plus en plus délicate, la fée de la « Goule » l'avait attrapé. Pourtant, il allait s'en sortir ; contrairement aux sorcières, les fées étaient généralement bienveillantes.

Une clarté diffuse lui indiqua qu'il était sorti de la grotte. Il se rappela que le chemin se trouvait vers la gauche en sortant. Il essaya de le retrouver en tâtant les rochers. Puis, il se souvint d'une étendue d'eau au pied de l'escalier menant au sentier. Mais quelle direction prendre ? Il était entouré d'eau, ne voyait rien et n'avait aucun repère. Plus haut, sur le chemin de ronde, il aperçut la lumière d'une torche électrique. Quelqu'un se promenait. Armand appela, le promeneur l'entendit, car il éclaira le bas de l'escalier. C'était la Providence qui lui envoyait ce faisceau lumineux.

De l'eau glacée jusqu'à la poitrine, Armand avança entre les rochers et atteignit les premières marches de l'escalier. Dès qu'il fut à pied sec, il appela son sauveteur inconnu pour le remercier. Mais celui-ci éteignit sa lampe torche et disparut aussi rapidement qu'il était arrivé.

Armand ne comprit pas. Il se retrouvait une nouvelle fois dans l'obscurité totale d'une nuit brumeuse, sans lune et sans le moindre éclairage urbain pour lui indiquer une direction. Il maudit ce promeneur qui l'avait laissé tomber après lui avoir apporté un espoir de secours. Il rassembla ses forces, puis il monta l'escalier lentement, en tâtant chaque marche de sa main valide.

Le froid et la douleur de son coude devenaient insupportables, il commençait à avoir des vertiges. À maintes reprises, il résista à l'évanouissement. Mais après de gros efforts, il sentit l'herbe du chemin sous ses mains, il était enfin arrivé en haut de l'escalier. Il lui suffisait, maintenant, de longer le mur sur une centaine de mètres pour atteindre le centre de thalassothérapie et contacter les secours.

Mais soudain, le sommet de son crâne heurta quelque chose de dur. Le choc brutal lui embruma la tête. L'énergie vint à lui manquer. Aussitôt, il tomba sur le côté et s'évanouit.

Son sommeil fut agité de cauchemars. D'abord, il crut qu'il étouffait, puis une chaleur importante lui réchauffa le corps jusqu'à lui brûler l'estomac. Enfin, au beau milieu de la nuit, il se réveilla avec un atroce mal de crâne. Quelqu'un lui parlait depuis quelque temps déjà, mais il ne comprenait pas ce qu'il lui disait. Les voix résonnaient dans sa tête à la manière d'un écho. Quand il ouvrit les yeux, il fut ébloui par un faisceau de lumière.

– M'entendez-vous ? lui demanda l'homme à la torche. Vous ne pouvez pas rester ici dans l'état où vous êtes, vous allez prendre froid. La température est négative cette nuit.

Armand essaya de répondre, mais il ne put émettre qu'un indescriptible bafouillage. Trois hommes en uniforme de pompier s'accroupirent autour de lui. Le gyrophare de leur camion tournait non loin derrière eux.

– Il est complètement ivre, dit l'un. Son haleine pue l'alcool. Amenons-le à l'hôpital.

Un secouriste commença à effectuer une palpation générale pour découvrir d'éventuelles blessures. Lorsqu'il saisit son bras droit, Armand poussa un cri de douleur et essaya de protéger son coude blessé.

– Il est blessé au coude, dit le pompier. Mettons-lui une attelle au bras, et emmenons-le aux urgences. Il a eu de la chance que la police l'ait trouvé avant qu'il gèle sur place. Par un temps comme aujourd'hui, ça lui aurait été fatal.

Chapitre 10

Lundi 15 décembre 2008

Lucie regarda la pendule de la salle d'attente, il était presque 10 h 30. Cela faisait maintenant deux heures qu'elle attendait aux urgences de l'hôpital de Saint-Malo. Elle soupira en prenant l'un des journaux féminins disposés pêle-mêle sur une table basse. La revue datait de plusieurs mois, mais c'était la moins déchirée de la pile. Elle lut, sans y porter un grand intérêt, les conseils d'une esthéticienne pour arriver bronzée sur la plage, ainsi que des recettes de cuisine hypocaloriques.

Vers 8 heures, Armand l'avait appelée d'un téléphone public du centre hospitalier pour lui demander de venir le chercher. Ce coup de fil l'avait réveillée. Sur le moment, elle ne comprit pas ce qui se passait. Pour elle, Armand était toujours dans la chambre voisine de la sienne. Que faisait-il à l'hôpital ?

Il apparut enfin par une porte de la salle d'accueil, son visage était déconfit, les habits sales et déchirés. Une attelle serrée par un large bandage maintenait à l'équerre son bras droit.

– Je suis désolé, dit-il avec une voix fatiguée, l'attente a été plus longue que prévu à la radiologie, des victimes d'un accident de la route sont passées avant moi. Mon bras n'est pas cassé, c'est une chance.

– Je sais, répondit Lucie en pinçant ses lèvres pour contenir sa colère ; les infirmières m'ont expliqué, je suis allée prendre un café avec elles tout à l'heure.

– Il faut que tu m'emmènes au commissariat, dit Armand en attrapant le bras de Lucie. Il y a un homme blessé dans la grotte. J'ai essayé de le dire aux infirmiers, mais ils n'ont rien voulu entendre. Alors, j'ai téléphoné à la police tout à l'heure, mais l'agent n'a pas pu prendre ma déposition par téléphone, il faut que je me déplace.

– Tu m'étonnes que personne n'accorde de crédit à ton histoire, dit Lucie d'un ton sec en dégageant son bras. Tu as été retrouvé en pleine nuit par la police sous la Grand-Porte de Saint-Malo. Apparemment, complètement ivre. Tes habits étaient dans un tel état que tout le monde t'a pris pour un clochard. Et tu veux nous faire croire que cette nuit tu étais à Dinard.

– C'est une histoire invraisemblable, je sais. Moi-même, je me demande ce qui s'est passé cette nuit. D'abord, il y a eu cet homme emprisonné dans la grotte de la Goule aux fées, il était enchaîné à un rocher. Seul, je ne pouvais rien faire pour lui, alors je suis allé chercher du secours. Ensuite, je me suis réveillé avec un terrible mal de crâne, puis on m'a transporté à l'hôpital de Saint-Malo.

– Cette nuit, tu n'avais pas de voiture, Armand, dit Lucie d'un ton sec. Hier matin, nous avons fait le voyage de Cayeux-sur-Mer à Saint-Malo avec la mienne, et les clefs ne sont pas sorties de mon sac. Alors, tu serais rentré de Dinard à pied, par ce froid, sans veste et complètement mouillé. Une promenade d'une bonne dizaine de kilomètres. C'est pour ça qu'en arrivant à Saint-Malo, tu t'es copieusement enivré, sans te soucier de ton prisonnier de la grotte... Et puis ce matin, comme par hasard, tu t'es souvenu qu'il existait. Et maintenant, tu voudrais que tout le monde se mobilise sur-le-champ pour aller chercher ton fantôme. Réfléchis un peu ! Comment peux-tu faire avaler ça à quelqu'un de sensé ? Je te rappelle que je travaille dans un service d'urgence ; des personnes ivres qui racontent des histoires à dormir debout, j'en rencontre toutes les nuits.

Lucie fit quelques pas, et se retourna d'un coup ; elle regarda Armand dans les yeux, et lui dit d'un ton plus calme :

– Maintenant, écoute-moi bien, Armand. Je me faisais une joie à l'idée de passer quelques jours de vacances en ta compagnie. D'accord, il y avait ce message qui parlait de la grotte de la Goule aux fées ; je te rappelle, au passage, que nous nous étions mis d'accord pour y aller ensemble. Alors, que tu aies envie de prendre des cuites jusqu'à tomber dans le caniveau, seul ou avec des rencontres de comptoir, c'est ton problème. Entre parenthèses, je ne te cache pas que j'aurais préféré que notre séjour se passe autrement. Mais évite de te payer ma tête avec ce genre d'histoire abracadabrante.

Lucie était déterminée à ne rien croire de cette mésaventure, tout comme la police l'avait fait cette nuit. Dommage. Mais elle avait raison : qui pouvait accorder du crédit à un individu ramassé dans un état d'ébriété avancé à 4 heures du matin ? Armand avait un trou dans sa mémoire, il se souvenait que son crâne avait heurté un rocher, quand il cherchait son chemin en remontant de la grotte. Ensuite, il s'était réveillé à Saint-Malo complètement ivre. Entre les deux, que s'était-il passé ?

Il n'avait pourtant pas rêvé, un homme blessé attendait du secours attaché au fond de la grotte. En suivant Lucie jusqu'à sa voiture, il se dit qu'il devait absolument retourner là-bas pour élucider ce mystère.

N'y tenant plus, il l'attrapa par le bras.

– Tu vas me dire que c'est une histoire de fous, dit-il, mais je te demande de m'écouter jusqu'à la fin sans m'interrompre…

– D'accord, répondit Lucie en essayant de se dégager. Mais dans la voiture, car il fait trop froid ici.

Ils s'assirent confortablement dans la voiture, et Lucie prit la direction de la cité corsaire. Pendant qu'elle conduisait, Armand lui raconta en détail son incroyable histoire. Lucie le laissa parler sans l'interrompre jusqu'au moment où elle l'entendit dire : « Je connais un très bon restaurant sur la plage de Dinard, je pensais t'y inviter. »

– Une invitation dans un bon restaurant ne se refuse pas, répondit Lucie en affichant un sourire ravi. Mais avant, on passe à l'hôtel, il faut que tu prennes une douche, et que tu changes de vêtements. Tu sens aussi fort que le bouc du père Alfred à Cayeux.

Cette dernière remarque, assaisonnée d'une pointe d'humour, indiquait que sa colère était tombée. Armand savait que la jeune femme ne pouvait résister à la perspective d'un déjeuner dans un bon restaurant.

Ils montèrent dans sa chambre d'hôtel, et elle l'aida à se déshabiller.

Lorsqu'il sortit de la salle de bains, Lucie lui mit une serviette tiède sur les épaules. D'un regard discret, elle balaya la musculature fine d'Armand, mais ses yeux s'arrêtèrent sur un petit point rouge entouré d'un hématome.

– On t'a fait une piqûre à l'hôpital ce matin ? demanda-t-elle avec un peu d'inquiétude dans la voix.

– Pas du tout, répondit Armand d'un air surpris.

Elle observa de plus près la lésion.

– Des injections, j'en ai déjà fait des milliers, dit-elle avec assurance. Je peux t'affirmer que le point rouge que tu as sur le bras n'est pas la piqûre d'un insecte. En plus, celui qui t'a fait ça n'est pas du métier, car il t'a charcuté. Ou alors, tu as bougé pendant qu'on te faisait la piqûre ? Tu en as une autre au niveau de la nuque, elle est pire que la première. Tu ne te souviens de rien ?

– Tu penses qu'on m'a fait une injection pour me droguer ? Ce qui expliquerait mon trou noir d'environ cinq heures, ainsi que mon état d'ébriété lorsqu'on m'a retrouvé allongé sous la Grand-Porte de Saint-Malo.

– Tu m'as dit que tu avais pris froid durant la nuit, et que depuis ce matin, tu avais mal à la gorge. Ouvre la bouche ; je vais vérifier que tu n'as pas attrapé une angine.

Armand s'assit sur une chaise pour être à la hauteur de la jeune femme, et s'exécuta. Lucie inspecta le fond de la gorge avec minutie. Puis elle lui dit de refermer la bouche, et s'intéressa à la bosse qu'il avait sur le crâne.

– C'est vraiment curieux… D'abord, ton mal de gorge n'est pas dû à une angine, mais à une irritation, comme si l'on t'avait introduit un tube dans l'œsophage. Ensuite, la bosse que tu as sur le sommet du crâne ne provient pas d'un choc contre un rocher, il n'y a aucune plaie au niveau de l'hématome. Ce que je vais te dire tient de la folie, ou d'une histoire à la Sherlock Holmes. Je pense que tu as été assommé par une matraque. Après, on a dû t'injecter un neuroleptique. Lorsque tu étais complètement endormi par la drogue, on t'a introduit un tuyau dans la gorge jusqu'à l'estomac pour te faire absorber une bonne dose d'alcool. Plus tard, quelqu'un t'a conduit jusqu'à la Grand-Porte de Saint-Malo et t'a laissé sur le trottoir. Si la police n'était pas passée, on t'aurait retrouvé mort de froid au petit matin.

– Quelle perspicacité ! Félicitations ma chère, ton résonnement est digne d'Hercule Poirot. Mais pourquoi a-t-on fait tout ça ? Beaucoup d'événements bizarres bousculent ma vie depuis quelques jours. D'abord, Jasmine, sur le bateau…

– Quoi Jasmine ! interrompit Lucie d'un ton sec. C'est qui Jasmine ?

– Ce n'est rien, je t'expliquerai plus tard, reprit Armand.

– Non ! Tu m'expliques maintenant qui est cette Jasmine, et ce qu'elle vient faire dans cette histoire. Si tu veux que je t'aide, je dois être au courant de tout.

– Bon d'accord. Jasmine était une passagère de mon navire. Il y a quelques jours, j'ai eu une aventure avec elle, mais le lendemain elle a porté plainte contre moi. Alors, j'ai été contraint de quitter mon poste, c'est pour ça que je suis rentré plus tôt que prévu.

– Hé ben, dis donc ! fit-elle d'un ton sec. Moi qui te prenais pour quelqu'un de vertueux et de super sérieux. Tu caches bien ton jeu.

– Après tout, je ne suis qu'un homme, mais ce n'est pas ce qui nous préoccupe. Des personnes savent que nous sommes venus ici. Elles m'ont suivi jusqu'à ce que je découvre le prisonnier dans la grotte… Hier après-midi, quelqu'un a attiré mon attention dans le bateau qui m'a conduit de Saint-Malo à Dinard : une espèce de montagnard qui venait passer ses vacances à la mer. Je l'ai revu à la terrasse d'un hôtel, juste avant d'entrer dans la grotte. J'ai eu comme l'impression qu'il me suivait. Ensuite, au moment où j'approchais de la grotte, deux hommes se sont enfuis en canot pneumatique… Tout ça sent la mise en scène, tout ça me paraît trop bien orchestré. Mais je ne comprends ni ne vois ce que je représente pour eux. Pourquoi voulaient-ils que je voie cet homme enchaîné ?

– Ils jouent avec toi.

– C'est ce que je pense aussi. S'ils avaient voulu m'éliminer, une injection un peu plus forte aurait suffi, ou alors, ils m'auraient fait tomber de la falaise « accidentellement ». Mais ils m'ont laissé en vie, ça veut dire qu'ils attendent quelque chose de moi. Quoi ? Je ne le sais pas.

Armand se leva doucement et réajusta la serviette qu'il portait à la façon d'un pagne. Lucie le prit tendrement dans ses bras et se blottit contre sa poitrine nue.

– Pardonne-moi, dit-elle en l'embrassant sur la joue. Pardonne-moi d'avoir douté de toi, alors que tu avais besoin de mon soutien… Je vais t'aider à t'habiller. Ensuite, nous irons voir cette grotte !

– Allons d'abord au commissariat de police de Dinard, dit Armand en se dégageant des bras de la jeune femme. Ils prendront cette affaire en main, ça devient trop dangereux pour nous deux.

*

* *

Vers 11 h 30, Lucie et Armand entrèrent dans le commissariat de police de Dinard. Une femme d'une trentaine d'années, aux yeux bleus comme la mer des Caraïbes, assurait la permanence. Elle les accueillit d'un sourire avenant.

– Je voudrais vous signaler qu'un homme est séquestré dans la grotte de la Goule aux fées, lui dit Armand. Il faudrait lui porter secours de toute urgence.

– Je vais d'abord prendre vos coordonnées, fit l'agent. Nom, prénom, adresse.

Lorsqu'il prononça son nom, Armand vit le visage de la jeune femme se fermer immédiatement. Sans rien dire, elle décrocha le téléphone de service et appela un de ses collègues.

– Yvon, dit-elle à l'appareil, M. Verrotier est à l'accueil.

Elle écouta en silence les directives de son supérieur hiérarchique, puis elle raccrocha. Enfin, elle dit en affichant un sourire forcé :

– Monsieur Verrotier, le lieutenant Kermanec va vous recevoir dans son bureau. Premier étage, couloir de droite, deuxième porte à gauche. Son nom est inscrit sur une étiquette.

Armand remercia la jeune employée et se dirigea vers l'escalier. Au premier étage, un homme d'une quarantaine d'années les attendait.

– Lieutenant Yvon Kermanec, dit-il d'une voix forte. Venez vous asseoir dans mon bureau, et racontez-moi tout en détail.

Armand et Lucie entrèrent et occupèrent les deux chaises qui faisaient face au bureau du lieutenant. Kermanec était un homme corpulent et ventru. Il avait sur le visage une vieille cicatrice de plusieurs centimètres ; elle partait du milieu du front pour finir sous l'oreille droite. Un souvenir d'une arrestation qui avait mal tourné. Son œil, bien enfoncé dans l'orbite, avait miraculeusement échappé à la blessure. Cette balafre bien rouge lui donnait un regard sévère et difficile à soutenir.

Armand lui expliqua en détail ses péripéties de la nuit, il insista sur l'urgence d'aller sauver le prisonnier enchaîné au fond de la grotte. L'inspecteur l'écouta jusqu'à la fin, sans l'interrompre. Puis, il ouvrit un placard, et en sortit une veste.

– Reconnaissez-vous ce vêtement, monsieur Verrotier ? demanda l'inspecteur d'un ton neutre.

– Je pense que c'est ma veste ; je l'ai laissée hier soir sur les épaules de l'homme enchaîné au fond de la grotte. Vous l'avez retrouvé alors ? Comment va-t-il ?

Au lieu de le rendre à son propriétaire, le lieutenant plia le vêtement, et le posa sur une table voisine de son bureau. Puis il s'assit et prit un air sérieux.

– Monsieur Verrotier, dit-il. Hier soir vers 23 h 30, une personne nous a appelés d'une cabine téléphonique. Elle voulait nous signaler un homme blessé dans la grotte de la Goule aux fées. Nous avons pris les coordonnées de cet individu. Puis nous sommes allés immédiatement à la grotte en question avec l'assistance des pompiers… Et là, dans la grotte…

– Vous l'avez vu ? demanda Armand.

– Il n'y avait personne !

– Ce n'est pas possible, reprit Armand en hochant la tête de droite à gauche. Mais la veste ?

– J'y viens ! Ensuite, nous sommes allés à la cabine téléphonique d'où avait été passé le coup de fil. Elle se situe à proximité de la plage du Prieuré, ce qui n'est pas la porte à côté. Et là, qu'avons-nous trouvé selon vous ?

– Je ne sais pas, l'auteur du coup de fil ?

– Vous y êtes presque. L'auteur n'y était pas, mais sa veste était restée sur place. C'est cette même veste que je vous ai montrée, il y a quelques minutes.

Armand voulut protester, mais l'inspecteur lui coupa la parole :

– Ce n'est pas fini, monsieur Verrotier. Vers 6 heures du matin, le commissariat de police de Saint-Malo nous signale avoir ramassé un homme complètement ivre. Il était allongé sur le trottoir de la Grand-Porte *intra-muros*. Cet individu a été conduit à l'hôpital. Les infirmiers ont contacté mes collègues de Saint-Malo. Ils leur ont dit que ce même homme voulait les rencontrer d'urgence, car il avait vu une personne enchaînée au fond d'une grotte.

L'inspecteur se leva en mettant les deux mains sur son bureau, et regarda Armand dans les yeux.

– L'homme qui était à l'hôpital s'appelait Armand Verrotier, continua-t-il en haussant le ton. L'homme qui nous a téléphoné cette nuit s'appelait Armand Verrotier. L'homme qui vient de reconnaître la veste retrouvée dans la cabine téléphonique, comme lui appartenant, s'appelle Armand Verrotier.

Lucie voulut intervenir, mais Armand lui fit signe de se taire. Le lieutenant croyait fermement qu'Armand Verrotier s'était amusé à faire cavaler pompiers et policiers durant une bonne partie de la nuit. Kermanec avait trop roulé sa bosse en milieu hostile pour s'arrêter à de simples affirmations. Il ne s'intéressait qu'aux faits, et les faits étaient contre Armand. L'inspecteur s'y tiendrait tant que celui-ci ne lui aurait pas apporté la preuve qu'il se trompait.

Le lieutenant regardait maintenant Armand droit dans les yeux sans bouger. Il attendait une réaction de sa part qui déciderait de la suite à donner à cette affaire. Armand ne comprenait que trop bien la situation, il fit profil bas.

Après plusieurs secondes de silence, Kermanec referma le dossier et dit :

– Je passe l'éponge pour cette fois-ci. On dira que ce fut un exercice conjoint avec les pompiers. Mais je garde le dossier prêt à être ressorti en cas de récidive. Alors, monsieur Verrotier, faites-vous soigner, ça arrangera la vie de tout le monde : la nôtre, la vôtre, ainsi que celle de votre entourage.

En prononçant ces derniers mots, il jeta un regard plein de compassion à Lucie. Puis il invita ses interlocuteurs à sortir de son bureau.

Lorsqu'ils se retrouvèrent dans la rue principale, Armand et Lucie ne savaient plus trop où ils en étaient. Ils se dirigèrent comme des automates vers la plage de l'écluse, avec la désagréable sensation d'être constamment suivis ou épiés. Chaque passant était un espion potentiel. Cette dame qui promenait son chien en faisant des allers-retours devant le casino, ou alors cet homme emmitouflé dans un pardessus beige qui regardait la mer depuis trop longtemps… Tous leur paraissaient suspects.

– Ne cédons pas à la phobie, dit Armand d'un ton rassurant. La Stasi n'est pas à nos trousses quand même.

– La Stasi ? C'est quoi ce truc ?

– La Stasi, c'est la Staatssicherheitsdienst. C'était la police de la RDA avant la chute du mur de Berlin.

– Rien que le nom, ça fait déjà peur, dit Lucie en faisant une grimace. Mais pourquoi n'as-tu pas insisté auprès de l'inspecteur pour lui révéler tout ce que tu sais ? J'aurais pu témoigner que tu as reçu une injection, et un coup de matraque sur le crâne.

– Ça n'aurait fait qu'empirer les choses, cet homme ne prend en compte que le factuel. Il aurait exigé un certificat médical. Imagine un peu les problèmes pour l'obtenir. En fait, il n'avait qu'une envie : clore le dossier. Tout détail supplémentaire l'aurait embrouillé, et il aurait pu devenir très ennuyeux. De notre côté, l'essentiel était que nous sortions de son bureau le plus rapidement possible, tout en évitant une convocation chez le juge d'instruction.

– Peut-être, reprit Lucie en protestant. Mais aucune enquête ne sera ouverte pour retrouver les individus qui ont enchaîné cet homme au fond de la grotte, ni pour retrouver tes agresseurs.

– Ces gens ont l'air bien organisés. De toute évidence, ils ont un objectif bien précis, sinon ils ne dépenseraient pas autant d'énergie pour m'impliquer dans leur machination. Apparemment, je dois y jouer un rôle. Lequel ? Je n'en sais rien. Allons manger quelque chose ! Je n'ai rien avalé de solide depuis hier midi, mis à part un tuyau de caoutchouc.

Bien que les mets fussent délicieux, Lucie ne fit pas honneur au repas, une paranoïa irraisonnée avait accaparé son esprit. Elle observait en permanence le comportement des autres clients du restaurant. Chacun d'eux lui paraissait étrange. Mais comme ceux-ci se sentaient épiés, ils la regardaient à la dérobée en se demandant ce que pouvait bien leur vouloir cette charmante jeune femme. Ainsi, ils devenaient suspects à ses yeux. À plusieurs reprises, elle fit signe à Armand de se retourner vers une table où déjeunait un supposé espion.

Armand, de son côté, essayait de ne pas céder à cette hystérie ; il profitait pleinement du panorama sur l'embouchure de la Rance, et savourait tranquillement sa choucroute de la mer.

Après le repas, il émit l'intention de retourner à la grotte. Les comploteurs y avaient peut-être laissé des indices. Bien que Lucie ne soit pas rassurée, elle accepta quand même de l'accompagner.

Quand ils arrivèrent sur le sentier qui surplombait la Goule aux fées, la mer était encore basse. Un vent du sud fort et sec avait chassé le brouillard. La visibilité était de plusieurs kilomètres. La plage et le sentier étaient déserts, seuls quelques goélands chamailleurs troublaient la tranquillité du lieu de leurs cris perçants.

Lucie ne le lâchait pas d'un pouce. Armand descendit la première marche et regarda autour de lui. Tout cela lui semblait étrange, c'était à peu près à cet endroit qu'il était tombé la veille. Il ne restait aucune trace de l'incident. Aucune roche sur laquelle il aurait pu se cogner. La théorie du coup de matraque sur la nuque se confirmait. Ils continuèrent leur chemin jusqu'à l'entrée de la grotte. Armand s'arrêta devant l'énorme rocher barrant l'accès, avec son bras en écharpe, il ne pourrait jamais l'escalader seul. Mais Lucie prit les devants et l'aida, tant bien que mal, à le franchir.

– Voilà, dit Armand en balayant du regard chaque recoin de la cavité. C'est ici que je suis tombé, le prisonnier était juste à côté de moi. Il était enchaîné à ce gros rocher. On voit des traces laissées par le frottement des mailles sur le granit… Il ne pouvait ni s'asseoir, ni s'agenouiller. Comme il était nu, j'ai mis mon manteau sur ses épaules. Ce même manteau a été retrouvé dans une cabine téléphonique à quelques kilomètres de là.

– Ils l'ont traité comme un animal, dit Lucie sur un ton de dégoût. Le pauvre homme a laissé des excréments sur les galets. Pourquoi voulaient-ils que tu voies ça ?

Armand regarda sous les rochers, c'est alors qu'il trouva son téléphone portable. L'appareil était inutilisable après son séjour dans l'eau de mer.

– Voilà, dit-il en brandissant l'appareil comme s'il s'agissait d'un trophée. C'est déjà une preuve que je suis venu ici, hier soir… Cherchons bien ! Il y a peut-être autre chose.

Son regard balaya, une dernière fois, chaque détail de la couche de galets ; mais ce fut inutile, car il n'y avait que de vieux morceaux de filets. Soudain, Lucie poussa un cri de victoire.

– Là-bas, dit-elle en avançant de quelques pas vers le fond de la grotte. Regarde !

Elle s'agenouilla et ramassa avec maintes précautions un morceau d'emballage gros comme un pouce.

– Un morceau de carton ? demanda Armand.

– Bien plus qu'un morceau de carton, c'est une preuve, répondit Lucie. C'est une partie de l'emballage d'une seringue intraveineuse. Le nom du produit ne m'est pas inconnu. C'est une substance qui contient de la benzodiazépine.

– La benzodiazépine ? On en trouve dans beaucoup de tranquillisants, si mes souvenirs sont bons. L'association avec l'alcool donne un mélange désastreux pour les neurones.

– Tout à fait, c'est *Guernica* dans ton cerveau, reprit Lucie. D'où ton coma éthylique pendant plusieurs heures. Ça explique que tu ne te souviennes plus de rien. De plus, tu as eu de la chance de ne pas faire un arrêt cardiaque... Cette molécule fait partie des hypnotiques, elle a une durée de demi-vie assez courte, une dizaine d'heures maximum. Contrairement aux anxiolytiques qui ont une durée de demi-vie très longue. C'est ce que nous utilisons en extrême urgence pour calmer les patients en pleine crise.

– Eh bien ! Heureusement qu'une infirmière urgentiste est venue avec moi. Elle me soigne et en plus elle transforme les morceaux de carton en pièce à conviction.

– Avec ça, nous pouvons retourner au commissariat de police, ils seront forcés de nous croire, et d'ouvrir un dossier.

Lorsqu'ils se présentèrent à nouveau au commissariat, le lieutenant Kermanec hésita à les recevoir. Il les fit patienter une bonne heure, puis les convoqua. Enfin, il prit la déposition des deux plaignants avec une suspicion mal cachée. Cela n'étonna pas Armand. Lucie fut beaucoup plus éloquente, elle insista pour que soit inscrit le moindre détail. En commençant par le morceau d'étoffe retrouvé à proximité de l'épave du *Whitehorse*, puis le poème qui les avait fait venir à Dinard…

Bien qu'il montrât à plusieurs reprises des signes d'impatience, Kermanec fit son travail d'officier de police. Il rédigea mot pour mot les allégations de la jeune femme. À la fin de l'audition, il prit le morceau de carton avec une pince à épiler, et le plaça dans un sac plastique qu'il ferma d'un scellé. Puis, il dit :

– Voici un double de votre déposition. Le dossier sera transmis à ma hiérarchie. Elle décidera des suites à donner à votre affaire.

Après cette journée forte en émotion, Armand fut pris d'une grande fatigue. Dès qu'ils arrivèrent à Saint-Malo, il porta sa veste à nettoyer dans un pressing. Puis il s'acheta un nouveau téléphone portable. Et enfin, il invita Lucie à dîner dans une crêperie attenante aux remparts. La jeune femme paraissait moins encline à la paranoïa depuis qu'ils avaient fait leur déposition à la police. Devant la carte du restaurant, elle retrouva son appétit.

Après le repas, ils firent quelques pas dans la ville, puis regagnèrent leur hôtel. Lorsqu'ils arrivèrent devant la porte de la chambre d'Armand, Lucie se proposa pour l'aider à se déshabiller, et à desserrer son bandage pour qu'il puisse dormir correctement.

Quand elle eut retiré la chemise d'Armand, elle plaqua son visage contre son dos nu et le serra dans ses bras. Elle poussa un énorme soupir, puis elle dit d'une voix d'enfant :

– Ne me laisse pas dormir seule, j'ai peur…

Chapitre 11

Mardi 27 janvier 2009

D'une voix forte, le timonier répéta l'ordre de barre donné par le capitaine Armand Verrotier. Aussitôt, le lieutenant vérifia l'indicateur pour s'assurer que l'angle demandé avait été correctement appliqué. Avec la fatigue des fins de nuit, il arrivait que certains ordres soient mal interprétés ou mal compris. Or, la moindre erreur pouvait avoir des conséquences graves entraînant de sérieuses avaries de coque.

Ces énormes ferries traversaient sans discontinuité le détroit du Pas-de-Calais, ils effectuaient vingt manœuvres par vingt-quatre heures. Dans les ports de Douvres et de Calais, c'était un infernal balai de navires qui manœuvraient ou attendaient qu'un autre ferry ait passé les jetées pour pouvoir entrer dans l'avant-port. Toute cette frénésie était orchestrée à la seconde près, au prix d'un stress qui ne quittait pas les marins et les officiers de tout leur embarquement.

Une rafale plus forte que les autres vint déplacer l'avant du navire, juste au moment où il se présentait devant le Pier-Delta du port de Douvres. Armand eut le réflexe de mettre la manette des propulseurs d'étrave au maximum. Le navire se redressa juste à temps pour éviter l'accident.

« J'ai eu chaud, se dit-il en soufflant. À peu de chose près, l'étrave du navire allait se claquer sur le ferry voisin. »

Cela faisait maintenant trois semaines qu'il commandait ce ferry transmanche. Sa blessure au coude avait engendré un arrêt de travail d'une quinzaine de jours. Mais les soins attentionnés de Lucie avaient activé sa guérison. En peu de temps, il avait retrouvé une dextérité correcte de son bras gauche.

Il se souvenait très bien du premier jour où il avait mis les pieds à bord du navire qu'il devait commander. Il avait été reçu par un jeune homme d'à peine 30 ans. Celui-ci s'était présenté comme le commandant. Du haut de sa maigre décennie de navigation, dont la totalité avait été effectuée dans le détroit du Pas-de-Calais, il lui avait immédiatement fait un exposé très scolaire sur la façon de manœuvrer un navire. Armand avait écouté sans réagir jusqu'au moment où le jeune commandant lui avait dit sans ménagement :

– Ton arrivée dans la compagnie nous a été imposée par notre grande direction. Ce n'est pas du goût de tout le monde. Beaucoup d'officiers attendent une promotion. Ils acceptent mal qu'un inconnu vienne prendre un poste qu'ils convoitent depuis plusieurs mois. Surtout si cet officier s'est fait virer de son ancienne compagnie pour une histoire de mœurs.

Armand serra les poings. L'envie de donner une bonne leçon à ce pantin en uniforme le démangeait.

– Une affaire de mœurs ? bondit Armand en le regardant droit dans les yeux. Vous me paraissez bien renseigné sur mon passé, jeune homme. Alors, écoutez-moi bien maintenant ! Primo, la première qualité d'un officier est de ne pas juger trop rapidement. Je pense que sur ce point vous avez beaucoup de choses à apprendre. Secundo, ma venue ici est une décision de mon ancienne compagnie, dont cette société est une filiale. Autrement dit, d'une part, vos camarades de classe attendront d'avoir un peu plus d'expérience avant de prétendre à un commandement, c'est un poste qui n'est pas dû, mais qui se mérite. D'autre part, ma vie privée ne vous regarde pas. Alors, respectez-la ! Enfin, je suis ici aujourd'hui pour que vous me montriez le navire. Dans deux semaines, je dois passer mes licences de capitaine pilote pour les ports de Douvres et de Calais. Si vous n'êtes pas un peu plus coopératif, je ne manquerai pas d'en référer à mon ancienne direction. Je pense qu'ils ne manqueront pas de demander des explications à votre directeur d'armement.

Le commandant était un homme intelligent, il comprit qu'il était aussi inutile que dangereux d'insister. Il ouvrit un grand placard couleur merisier, d'où il sortit une pile de classeurs. Il les déposa sur son bureau, et s'assit en face d'Armand. Le premier portait le titre suivant : « Documents officiels du navire », il l'ouvrit à la première page, et invita son nouveau collègue à le consulter.

Depuis ce jour, nul ne se permit de faire la moindre allusion au passé d'Armand, ni de lui manquer de respect. Au contraire, marins et officiers se pressaient pour lui donner les renseignements qu'il demandait.

Après les émotions de la manœuvre, Armand partit retrouver son calme dans son bureau. Mais, au moment où il se laissait tomber dans son fauteuil, le lieutenant frappa à la porte.

– Des clandestins ont été découverts par un chauffeur routier, dit-il. Ils sont dans la remorque de son camion. Le conducteur est fou furieux, il s'est emparé d'une barre à mine.

– Où est le camion ? demanda Armand.

– Pont numéro 3, couple 138, deuxième rangée à tribord…

Sans attendre la fin du rapport, Armand se leva et descendit quatre à quatre l'escalier menant au pont-garage inférieur, là où étaient rangés les camions. Il se faufila dans le labyrinthe de véhicules et se retrouva devant le chauffeur routier. Celui-ci, rouge de colère, braillait des menaces à l'encontre des clandestins cachés dans sa remorque.

À l'intérieur, six paires d'yeux terrorisés perçaient la pénombre. Les hommes étaient allongés à plat ventre sur de grandes caisses de bois. Leur habitacle exigu ne devait pas excéder quarante centimètres de hauteur sur un mètre soixante de largeur. L'un d'eux reconnut le commandant à son uniforme, alors il avança la tête hors du chargement et hurla :

– *Cap'tain ! Please Cap'tain.*

C'est alors que le routier devint fou de rage, il escalada avec difficultés les caisses de bois, gêné par sa corpulence. Lorsqu'il arriva à mi-hauteur, il commença à donner de violents coups de barre à mine à la volée dans la cachette des clandestins.

Instantanément, Armand bondit. Il arriva en un instant à la hauteur du chauffeur routier en furie. Il lui attrapa le bras, juste avant que la barre à mine frappe le dos de l'un des six hommes. Déséquilibré, le camionneur lâcha prise en poussant un cri de rage. Il attrapa l'uniforme du capitaine pour se retenir. Armand essaya de résister le temps que le routier retrouve son équilibre. Mais la planche qui lui servait d'appui se brisa et les deux hommes tombèrent lourdement sur le pont, devant les matelots médusés.

Armand se releva sans trop de mal, puis il ramassa la barre à mine et la mit en lieu sûr. Le chauffeur fulminait et crachait des jurons incompréhensibles. Il ressemblait à une tortue sur le dos, agitant désespérément ses quatre membres pour se remettre debout. Armand s'approcha de lui et lui tendit la main pour l'aider à se relever. Mais le routier se méprit sur son geste, il le saisit par le col de son uniforme et tenta de lui décrocher un coup de poing au visage. Armand eut juste le temps d'esquiver l'impact en penchant la tête.

À ce moment, deux matelots s'interposèrent et maîtrisèrent le chauffeur routier. Quand il fut calmé, ce dernier se releva en grommelant. Puis, il expliqua, dans un anglais approximatif, qu'il était désolé de ce qui s'était passé, mais il fallait comprendre : il ne pouvait pas entrer en Angleterre avec des clandestins dans sa remorque ; s'il était contrôlé, il risquait une très forte amende, équivalant à plusieurs mois de son salaire.

Armand écouta, sans conviction, les explications du routier allemand. Il aurait aimé lui interdire de débarquer en Angleterre, mais il n'avait pas d'autres solutions que de le laisser partir et de garder les clandestins à bord. Il devait les ramener sur le sol français et signaler le problème aux autorités britanniques. Alors, il sortit son téléphone portable et appela le service portuaire pour que la Police aux frontières soit avertie de la situation. Puis, il attendit la fin du déchargement. Lorsqu'il ne resta plus que le camion du chauffeur allemand dans le pont-garage, il demanda aux clandestins de descendre de la remorque et fit signe au routier de quitter le navire.

La tête basse, les hommes s'alignèrent, un à un, le dos collé au bordé. Tous portaient un large bonnet de laine et un blouson matelassé de couleur sombre. Ces vêtements leur avaient certainement été fournis par une association d'aide aux clandestins.

Le plus jeune, qui semblait être aussi le plus hardi, s'avança vers le capitaine et se présenta. Contrairement au chauffeur routier, il parlait la langue de Shakespeare avec une grande facilité. Il raconta, en faisant de grands gestes avec les mains, que ses compagnons et lui étaient des Afghans Tadjik. L'insécurité grandissante dans leur pays les avait contraints à fuir. Cela faisait plusieurs semaines qu'ils étaient arrivés à Calais ; chaque soir, ils essayaient de passer en Angleterre.

Le temps pressait, Armand ne pouvait pas l'écouter plus longtemps, car il était attendu à la passerelle pour organiser l'appareillage. Machinalement, il lui serra la main ; mais ce geste, apparemment anodin, jeta la confusion dans l'esprit des clandestins. Ils s'interrogèrent du regard et commencèrent à dialoguer entre eux dans leur langue natale : le dari. Soudain, ils parlèrent de plus en plus vite et de plus en plus fort ; à un tel point qu'Armand pensa qu'ils se querellaient.

L'embarquement débutait dans les ponts-garages. Le bruit assourdissant des moteurs ainsi que l'odeur des gaz d'échappement des camions devinrent rapidement insupportables. Armand n'attendit pas la fin de la conversation des six clandestins ; il leur fit signe de le suivre dans les escaliers menant aux emménagements des passagers. Là, il appela l'intendant et lui demanda de les surveiller. Il suivait en fait les procédures de la compagnie. Il devait prendre des dispositions pour que, durant le voyage, les clandestins ne puissent pas s'évaporer dans les entrailles du navire. Dès l'arrivée à Calais, des agents de la Police aux frontières viendraient les prendre en charge. Ensuite, ces policiers n'auraient d'autres possibilités que de les relâcher quelques heures plus tard, le temps de rédiger un rapport. La nuit suivante, ils recommenceraient leurs tentatives de passage en Angleterre.

Armand remonta en vitesse à la passerelle, il n'avait que quelques minutes pour se préparer à la manœuvre d'appareillage.

– Encore un aller-retour Calais-Douvres, et puis nous débarquons, dit le timonier d'un air ravi.

Armand ne répondit pas. Ces embarquements de quelques jours suivis d'autant de repos définissaient un rythme de vie qu'il avait un peu de mal à prendre. D'une part, le temps passé à bord lui paraissait trop court pour s'investir à fond dans les travaux du navire ; d'autre part, sa période de congé était insuffisante pour l'assimiler à de vraies vacances. Dans sa navigation précédente, il avait pris l'habitude de passer plusieurs mois consécutifs à sillonner les mers. À la suite de cela, le retour au village était toujours une renaissance dans laquelle il devait se réadapter à une vie à peu près normale. Bien qu'au fil des années il sentît que la joie de retrouver ses amis commençait à s'effilocher. Le temps était passé si vite, il n'avait pas vu ses proches disparaître ; ces derniers lui apparaissaient maintenant comme un souvenir embrumé au détour d'une pensée furtive.

Jamais, durant ses longs embarquements, il n'avait cédé à la monotonie ni à l'oisiveté ; ces maux qui poussent tant de marins vers les idées noires. Auparavant, il pensait avoir deux vies, dont chacune était cadencée par les départs et les retours. Aujourd'hui, ces deux univers avaient fusionné en un seul monde dans lequel tout s'aplatissait vers un horizon de monotonie. Il se mit à éprouver une sorte d'admiration pour les six clandestins découverts dans le camion. Ces hommes étaient poussés par un rêve tellement fort qu'ils en oubliaient presque la misère de leur condition. Ils partaient, seuls ou en petits groupes, à la découverte d'un monde inconnu, avec une motivation démesurée pour changer leur vie.

Le lieutenant arriva à la timonerie et l'interrompit dans ses pensées.

– Rien ne vous a paru étrange dans l'attitude du routier, commandant ? demanda-t-il en ajustant les paramètres de l'écran du radar.

– Que voulez-vous dire ? demanda Armand.

– Parfois, les passeurs proposent de l'argent à des routiers. En échange, ils doivent laisser des clandestins se cacher dans leur camion, jusqu'à ce qu'ils arrivent sur le territoire britannique. Mais parfois, durant la traversée, le routier réfléchit aux risques encourus. Alors, il prend peur et, juste avant l'arrivée à Douvres, il nous fait croire que les clandestins ont grimpé dans son camion à son insu. Les portes de la remorque de son camion avaient une serrure en parfait état, sans aucune marque d'effraction. Vous laisseriez un camion chargé de marchandise sur un parking de Calais en ayant oublié de le fermer à clef ? Pourquoi ne pas y ajouter une pancarte : « *Migrands Welcome ! Free tour in England* », pendant qu'on y est.

– Ce genre d'incident arrive-t-il souvent ?

– Moins souvent qu'auparavant. Cependant, ça arrive. En général, le routier innocent n'a pas une attitude agressive vis-à-vis des clandestins. Il se sent assez piteux, et nous réclame de l'aide. Au contraire, celui qui veut les terroriser cache quelque chose. En entrant en conflit avec eux, il décrédibilise tout ce qu'ils pourront dire par la suite. Dans ce cas, on se dépêche de faire sortir le routier, et l'on enferme les clandestins devenus agressifs.

– Après ça, le routier malhonnête n'a pas intérêt à stationner près du terminal ferry, sinon il risque la vengeance de ceux qu'il a roulés.

*

* *

La dernière arrivée au port de Calais se fit sans problèmes, le vent était tombé durant la traversée. Il faisait maintenant un froid glacial sous un ciel chargé de gros cumulus gris noir. Tout ceci annonçait une chute de neige imminente. Dès que le navire fut amarré au port, la relève des équipages et officiers embarqua par les rampes. Armand accueillit son remplaçant dans le bureau du commandant, et lui exposa les divers incidents rencontrés durant les derniers jours. Puis il quitta le navire.

Lucie effectuait le service de journée aux urgences de l'hôpital d'Abbeville, ils avaient convenu de se retrouver au domicile d'Armand, dès qu'elle aurait terminé, soit vers 18 heures. Il démarra sa voiture et laissa chauffer le moteur quelques minutes, puis il sortit du terminal à vitesse réduite, pour ne pas gêner les employés du port occupés à sabler la route verglacée. Lorsqu'il arriva au niveau des hauts grillages qui délimitaient l'espace portuaire, il accéléra ; la route était dégagée. Dans une bonne heure, si tout se passait bien, il serait chez lui.

« Un bon feu de bois ! Ce sera la première chose que je ferai en arrivant chez moi, se dit-il. Je regarderai la neige tomber par la fenêtre en écoutant *Les Quatre Saisons* de Vivaldi. Puis je préparerai un copieux repas pour Lucie. Rien ne lui fait plus plaisir que ce genre d'attention. »

Depuis leur séjour à Saint-Malo, les liens s'étaient resserrés entre la jeune femme et lui. Ils s'étaient dévoilé leur attirance réciproque, sans faire de réels projets d'avenir. Lucie était jeune, remuante et aimant croquer la vie à pleines dents. Armand ne voulait pas lui faire perdre son temps en lui laissant espérer l'impossible. Il était prêt à lui donner beaucoup, mais il savait que, dans quelque temps, Lucie voudrait faire un enfant, et il se sentait trop âgé pour la suivre dans son projet.

Soudain, alors qu'il roulait tranquillement, deux hommes sortirent d'un talus juste devant lui. Ils traversèrent la voie rapide sans paraître se préoccuper des automobiles lancées à vive allure. Armand dut freiner brutalement pour les éviter. Un fourgon, aux couleurs d'une société de chauffage urbain, le suivait d'un peu trop près, la collision fut inévitable.

Les deux véhicules accidentés se garèrent sur le bas-côté ; tandis que les individus à l'origine de l'accident continuaient leur chemin, comme si rien ne s'était passé. Ces imprudents étaient visiblement des migrants à la recherche d'un moyen de passer en Angleterre. Le parking rempli de camions avait attiré leur attention. Mais les routiers avaient organisé un service de garde, ils les avaient certainement repoussés, dès qu'ils les avaient vus.

Le chauffagiste ouvrit sa portière et commença à injurier les deux hommes. Ces derniers traversèrent le parapet extérieur avec une désinvolture remarquable, puis ils disparurent dans les hautes herbes.

– Vous avez été surpris par les deux clandestins qui traversaient la route, dit-il d'une voix exaspérée.

– En effet ! Mais leur imprudence est surprenante, dit Armand. Si mes réflexes n'avaient pas été aussi bons, ces deux hommes seraient passés sous mes roues.

– Quand ils étaient regroupés dans le gymnase de Coquelles, il n'y avait pas tous ces problèmes. Depuis qu'il a été détruit, ils vivent dans la jungle comme des misérables. Heureusement pour eux qu'il existe des associations pour leur permettre de survivre en attendant de passer en Angleterre.

– La jungle ? Mais pourquoi l'appelez-vous comme ça ?

– Cet endroit porte bien son nom, il faut le voir pour le croire. À la fermeture du gymnase, ces pauvres gens se sont retrouvés sans abris. Ils se sont d'abord installés dans l'arrière-port. Mais comme ils étaient de plus en plus nombreux, ils ont squatté des terrains vagues de l'autre côté de la route. Toutefois, n'y allez pas, c'est dangereux !

– Vous paraissez bien connaître l'endroit, vous y allez souvent ?

– Moi, non ! Mais on m'en a parlé. Vous savez, ici, tout le monde est au courant de ce qui se passe.

Les deux véhicules n'étaient pas tellement endommagés, seuls les pare-chocs étaient abîmés. Mais l'homme au fourgon insista pour remplir un constat, au cas où sa société lui demanderait des explications sur l'état de la carrosserie.

Dix minutes plus tard, le chauffagiste partait avec son constat d'accident dûment rempli. Armand regarda dans la direction où il avait vu les deux clandestins disparaître. Ce qu'avait dit cet homme attisa sa curiosité :

– À quoi ressemble cette mystérieuse jungle ?

Sans se poser davantage de questions, Armand ferma les portières de sa voiture et traversa la voie rapide. Il emprunta un sentier piétiné entre de hautes herbes. Ce chemin parsemé de détritus menait à un bois. Là, sous les branches, s'élevait une multitude d'abris rudimentaires fabriqués avec de la terre, des palettes de bois et des sacs plastique.

Des hommes, accroupis autour d'un feu de branches humides, discutaient dans une langue inconnue. L'un d'eux leva la tête dès qu'il aperçut Armand. Il avertit ses compagnons en faisant un geste du bras accompagné d'une courte phrase. Immédiatement, le silence se fit, et tous les regards convergèrent dans la direction de l'intrus. D'autres personnes sortirent des huttes par curiosité.

Armand stoppa net. Visiblement, sa présence n'était pas souhaitée dans ce campement. Il allait prudemment rebrousser chemin lorsqu'il entendit une voix appeler :

– *Cap'tain. Sir Cap'tain. Come on.*

L'homme qui le hélait ainsi était l'un des six hommes retrouvés dans la remorque du camion la nuit précédente. Ses compagnons l'avaient rejoint. L'expression de leur visage était mi-interrogative, mi-inquiète. Après un moment d'hésitation, ils commencèrent à discuter entre eux avec une volubilité extrême. L'un d'eux semblait négocier avec les autres pour essayer de les calmer. Lorsqu'il termina sa conciliation, il s'avança vers Armand et lui dit :

– *Welcome in the Jungle, Captain.*

Armand le reconnut, c'était l'homme à qui il avait serré la main sur le ferry. Ses intentions paraissaient amicales et pacifiques. Il s'était approché fièrement et s'était arrêté à quelques mètres du visiteur.

« Il garde une distance de sécurité, pensa Armand. Malgré son allure tranquille, il est inquiet. Il se demande ce que je viens faire ici. Moi aussi, d'ailleurs. »

– *Welcome !* reprit l'homme. *Do you want a cup of tea ?*

– *Yes,* répondit Armand spontanément.

Les autres habitants du campement restaient immobiles et silencieux. De l'endroit où il était, Armand pouvait entendre le crépitement du feu. Il suivit l'Afghan jusqu'à l'entrée de sa tente de fortune. Les six hommes s'accroupirent autour d'une sorte de grosse bouilloire posée à même les braises. Le feu produisait une épaisse fumée blanche, car il avait été entretenu avec des branches de bois humides ramassées dans les bosquets environnants. Armand s'assit à la place inoccupée du cercle formé par les six Afghans accroupis. Aussitôt, un homme saisit la bouilloire, et commença à remplir des gobelets métalliques. Puis les quarts passèrent de main en main jusqu'à ce que chacun soit servi. Les hommes placèrent aussitôt le gobelet entre leurs mains jointes, et soufflèrent dessus pour réchauffer leurs doigts gelés. Durant cette espèce de rituel de bienvenue, les Afghans regardaient dans le vide, droit devant eux, sans bouger ni parler. Chacun d'eux devait penser à sa famille, ou au village qu'il avait quitté plusieurs mois auparavant.

Le thé était amer et léger. Pour le boire, les hommes appliquaient leur lèvre inférieure sur le bord du gobelet, puis ils aspiraient la surface du liquide. Cela faisait de grands bruits, mais aucun n'en paraissait gêné. Armand eut un doute, suivi d'un moment de honte. Il se demanda si les stewards du ferry avaient pensé à offrir une boisson chaude à ces personnes lorsqu'elles étaient sur le navire.

Les hommes jetèrent presque en même temps le fond de leur tasse dans l'herbe. Puis ils rassemblèrent les gobelets autour de la bouilloire sans les nettoyer. À ce moment, le plus hardi interrogea Armand dans un anglais impeccable :

– Vous vous inquiétiez de notre sort, capitaine ? demanda-t-il.

– J'étais curieux de voir où vous viviez, répondit Armand dans la même langue.

– Bienvenue à la jungle, alors. Ces tentes appartiennent aux Tadjiks, là-bas ce sont les Pachtouns, plus loin se trouvent les Ouzbeks. Les différentes ethnies afghanes sont séparées, car notre histoire est très compliquée. Notre culture est différente et nous ne parlons pas la même langue. Les Africains ne sont pas ici, ils ont un squat en ville.

– Pourquoi m'accueillez-vous aussi bien, alors que je ne vous ai pas permis de débarquer en Angleterre ? La terre était si proche, ça doit vous faire mal d'avoir échoué si près du but.

– Je sais que vous faites votre métier, capitaine. S'il y a une personne contre qui nous sommes en colère, c'est bien le routier qui nous a emmenés ; il a pris notre argent, ensuite il nous a trahis. Vous, capitaine, vous m'avez serré la main. Ce geste peut vous paraître anodin, mais il a été d'une grande importance pour nous ; ça fait du bien d'être considéré en tant qu'être humain. Les clandestins sont en territoire ennemi ici ; nous survivons grâce aux associations. En dehors de leurs membres, personne ne nous respecte en tant qu'homme.

– Vous voyez beaucoup de bénévoles faisant partie d'associations ?

– Tous les jours, des personnes arrivent à passer. Certaines nous apportent de la nourriture, d'autres des habits. Parfois, ils nous amènent dans un gymnase pour que nous prenions une douche. C'est très important de se sentir propre, nous avons l'impression de retrouver notre dignité. Chaque matin, des femmes viennent prendre nos téléphones portables pour les recharger, puis elles nous les ramènent en fin d'après-midi. C'est capital le téléphone portable pour nous, c'est le seul lien qu'il nous reste avec notre famille. J'appelle ma mère toutes les semaines, elle me donne des nouvelles de ma femme et de mes enfants.

– Connaissez-vous l'association *Arpage* ? Une de mes amies en a fait partie durant quelques mois.

– Il y a plusieurs associations caritatives, la plus connue s'appelle *Salam*. Ses membres bénévoles distribuent plus de sept cents repas par jour. À chaque fois, c'est une cohue gigantesque pour avoir quelque chose à manger. Mais depuis que la crise économique a atteint la France, les associations ont de moins en moins de moyens, alors ça devient très dur pour elles de faire les repas. Surtout que nous sommes de plus en plus nombreux ; ce campement a dépassé la centaine de migrants, dont certains sont ici depuis plus de trois ans. Entre Dunkerque et Boulogne-sur-Mer, nous sommes plus de mille, et je ne compte pas les campements situés à l'intérieur des terres. Il y en a jusqu'à trente kilomètres de Calais ; les migrants prennent le train le soir et reviennent à leur campement le matin, quand ils n'ont pas réussi à passer.

Les autres hommes écoutaient la conversation en silence. L'un d'eux se leva pour mettre quelques branches dans le feu. Le bois était humide, aussi une épaisse fumée blanche enveloppa rapidement le groupe d'individus. Armand toussa en inspirant ces effluves irritants. Cela fit rigoler ses hôtes, eux ne paraissaient aucunement incommodés. Questions d'habitude certainement.

– Mais pourquoi tenez-vous absolument à aller en Angleterre ? Pourquoi ne pas chercher du travail en France ? demanda Armand en balayant de la main le nuage de fumée.

– Nous ne parlons pas français, mais nous parlons très bien anglais. De plus, beaucoup d'entre nous connaissent quelqu'un en Angleterre, ça nous fait un point de chute. En France, il y a du travail. Souvent, très tôt le matin, des camionnettes s'arrêtent devant le logement des passeurs. Des Français leur disent : « il me faut six maçons » ou « cinq hommes forts ». Alors, les passeurs leur fournissent la main-d'œuvre qu'ils demandent. Les migrants vont travailler sur des chantiers. Parfois, ils en reviennent le soir même, d'autres fois, une semaine après, ou alors beaucoup plus tard. Les gens ne savent jamais quand ils reviendront, ni combien ils seront payés. Certains employeurs sont honnêtes : ils ramènent les personnes après leur journée de travail, et paient dix ou vingt euros de la journée. D'autres le sont beaucoup moins : après le travail, ils laissent les gens rentrer à pied et paient directement aux passeurs.

– Pourquoi y aller si vous savez qu'ils sont malhonnêtes ? demanda Armand avec un air de surprise.

– Les migrants n'ont pas le choix, ils sont en dette avec les passeurs. Ceci afin de différentes raisons. La première est qu'il faut de l'argent afin de trouver un camion pour aller en Angleterre. Souvent, ce sont les passeurs qui effectuent la tractation avec les chauffeurs.

– Ils doivent avoir leurs routiers habituels, je suppose, dit Armand. Comme ils sont les seuls à les connaître, ils sont prévenus de leur arrivée et conviennent d'un lieu de rendez-vous discret pour embarquer les migrants. C'est exact ?

– C'est bien ça. Le service est payant bien entendu. Il y a des moments plus propices que d'autres. Par exemple, les jours de fortes affluences, il peut passer cinq mille camions en une seule journée. Les contrôles de gaz carbonique ne peuvent s'effectuer correctement sur tous les camions. Ces jours-là sont les meilleurs pour nous.

– Et la deuxième raison ?

– La deuxième résulte de toute l'activité des passeurs en général. Au cours de son voyage jusqu'à Calais, chaque migrant a au moins une fois besoin des services des passeurs. Soit pour acheter un billet de train, soit pour trouver un endroit tranquille pour prier. L'Europe nous est totalement inconnue : ce n'est ni la même langue, ni la même culture que la nôtre. Dans la gare de Vintimille, les passeurs repèrent vite les migrants ; ils les abordent amicalement, les renseignent, les aident à parvenir à Calais. Quand ils arrivent, ceux d'ici les accueillent et les amènent dans notre jungle ; mais ils leur demandent de l'argent pour l'ensemble des services dont ils ont bénéficié.

– Et s'ils ne peuvent pas payer ? demanda Armand.

– Ils doivent payer ! S'ils n'ont pas l'argent, les passeurs les appellent lorsque les camionnettes passent. Alors, ils sont obligés d'y aller.

– Mais pourquoi restent-ils dans la jungle ?

– Si tu essaies de vivre seul, tu es rapidement agressé par d'autres ; qu'ils soient Français ou migrants d'une ethnie différente. De plus, tu ne peux pas te nourrir ni résister au froid ; et tu n'as aucune chance de passer en Angleterre, il y a la guerre des territoires ici. Pour échapper à ça, certains doivent se regrouper à plus de trente kilomètres de Calais. Mais c'est peine perdue ; un jour ou l'autre, un passeur arrive toujours à s'infiltrer. Maintenant, il va falloir que je te laisse, capitaine. Je vais rejoindre les autres pour aller prier ; et si les passeurs nous voient parler ensemble, nous aurons des problèmes tous les deux.

– Les problèmes seront pour toi, répliqua Armand. Ils ne peuvent rien contre moi.

– Détrompe-toi ! Ils peuvent croire que tu cherches à les doubler. Leur business est fructueux, mine de rien. Ce sont de petites sommes. Mais, multipliées par le nombre de migrants, ça fait un joli paquet.

À l'appel d'autres migrants, les six hommes se levèrent en même temps. Armand comprit alors qu'il ne devait pas abuser davantage de l'hospitalité de ses hôtes. Il se leva à son tour et leur serra la main. Lorsqu'il arriva à celui qui lui avait fait l'honneur de sa conversation, il lui dit :

– Je m'appelle Armand, j'ai été très heureux de faire votre connaissance. Qu'allez-vous faire comme métier en Angleterre ?

– Moi, je suis technicien supérieur électronicien. Je pense trouver du travail en Angleterre ; comme ça, je pourrai faire venir ma femme et mes enfants. Mais je suis surtout venu ici pour rechercher mon frère, cela fait trois ans qu'il a disparu. Ma mère est très inquiète.

– Je vous souhaite de réussir et de réaliser vos rêves.

Après ces dernières paroles, les hommes partirent se rassembler autour d'un tapis de prière de fortune, fait de sacs en plastique alignés sur une dizaine de mètres. Celui qui paraissait le plus âgé commença une litanie reprise en chœur par les autres priants.

Armand prit le chemin qui menait à la voie rapide. Ses jambes et son dos lui faisaient mal. Il était resté trop longtemps en position assise à même le sol humide et glacé. Il sentait quelques fourmillements, sa circulation sanguine réalimentait les vaisseaux comprimés durant sa posture inhabituelle. Dans une bonne heure, il retrouverait son fauteuil douillet près de la cheminée. Ainsi installé, il imaginerait les six migrants accroupis dans le vent glacé près d'un feu de branches humides. Un verre de thé à la main, ils seraient occupés à échanger leurs rêves.

Chapitre 12

Le 17 juin 1940

Une infirmière ouvrit en grand les hautes fenêtres de la salle commune de l'hôpital. Les blessés, qui pouvaient se déplacer, se retrouvaient chaque après-midi dans cette pièce au carrelage froid. Ils se racontaient leurs histoires, élaboraient des projets ou parlaient de leurs voisins de lit qui geignaient jour et nuit.

L'adjudant Victor Lenormand était abasourdi par la nouvelle qu'il venait d'apprendre : l'appel du maréchal Pétain avait été retransmis au poste de radio TSF. La France avait perdu la guerre, la Wehrmacht d'Adolphe Hitler occupait maintenant la moitié du territoire français.

La guerre, qui avait suscité tant d'espoir chez Victor Lenormand, fut de courte durée pour lui. En fait, il n'en avait rien vu. Le 2 mai 1940, les troupes étaient sur le qui-vive, en attente d'une attaque allemande. Cette nuit-là, l'adjudant Victor Lenormand, fraîchement promu, rejoignait son unité en Moselle. Le chauffeur du véhicule militaire qui les emmenait s'assoupit au volant. Il ne vit pas le virage en épingle au bord de la Meurthe. Son camion s'encastra dans l'épais mur de pierres bordant la route.

Ainsi s'acheva prématurément la carrière militaire de Victor Lenormand. Sans avoir tiré la moindre balle sur l'ennemi, sans même avoir vu à quoi ressemblaient ces nazis dont on parlait tant. La jambe et le bras cassés, il fut conduit à l'hôpital militaire Sédillot de Nancy. Mais l'armée allemande avançait à grands pas. Quelques jours plus tard, il fut transféré à Paris.

Il vivait donc la guerre en spectateur à partir de la salle commune de l'hôpital. Chaque jour, il regardait passer les blessés sur des brancards ensanglantés et discutait avec les plus valides. Victor avait honte de lui, mais aussi de cette armée française incapable de repousser l'ennemi. Dans quelques jours, l'Armistice serait signé, le maréchal Pétain venait de le faire savoir dans son appel à la radio TSF.

Quelques mois plus tard, Victor Lenormand sortit de l'hôpital. Sa jambe mal rétablie lui interdisait les emplois requérant de la force physique, alors il se trouva un poste dans un service de secrétariat de la ville de Paris. Son unique collègue de travail s'appelait Jean Dutilleul. C'était un homme introverti et se méfiant de tout. Leur tâche était simple, elle consistait à répertorier et à classer les courriers reçus, avant de les porter dans les différents services.

– Les temps changent, dit Jean en essuyant sa plume au buvard posé à plat sur le bureau. Certains disent que le maréchal Pétain est l'homme de « l'ordre nouveau ». D'autres expliquent que la république est responsable de la défaite de la France. Dans le cadre de ce qu'on appelle « la révolution nationale », on inaugure une politique de restauration de l'ordre moral. Avec trois mots à l'appui : « travail, famille, patrie ».

Victor Lenormand écoutait avec attention ces slogans, sans vraiment comprendre leur signification. Il ne savait quoi penser, ni quoi répondre à son collègue. Durant des années, on lui avait raconté de mauvaises choses sur les nazis. Mais depuis qu'ils occupaient le pays, il avait remarqué qu'ils travaillaient avec beaucoup d'organisation et de rigueur, ça lui plaisait.

En octobre 1940, ses derniers doutes s'envolèrent quand Jean lui tendit un journal. En première page figurait une photographie prise à Montoire. Victor la regarda avec beaucoup d'attention, comme s'il en observait chaque détail. On y voyait le maréchal Pétain de dos, il serrait la main d'Adolphe Hitler.

– Tu vois bien que les temps changent, dit Jean en pointant du doigt la photographie du journal. Les ennemis d'hier sont amis maintenant.

Victor tourna le dos à son collègue pour lire tranquillement l'article de propagande. Lorsqu'il eut terminé, il baissa la tête et réfléchit silencieusement. Toute sa vie, il s'était trompé d'adversaire.

– L'ennemi est tout autre, reprit Jean plus hargneux que jamais. Il est caché dans le pays depuis longtemps, comme une maladie invisible. C'est un envahisseur sournois qui ruine la nation de l'intérieur, j'ai d'autres articles de presse qui expliquent tout ceci.

Ils discutèrent de ce sujet jusqu'à la fin de leur journée de travail. Au fil des heures, ils s'étaient remontés mutuellement jusqu'à éprouver un sentiment de haine. Avant de se quitter, ils convinrent de deux choses. La première : de ne plus être clients des *jüdisches geschäft*, ces commerces tenus par des juifs. La deuxième : désormais, chaque lettre anonyme de dénonciation serait traitée en priorité.

Quelques jours plus tard, la chance leur sourit sous la forme d'une lettre anonyme. Ils la lurent avec attention et s'empressèrent de la porter en main propre au bureau de l'officier de service de la Gestapo. Ils ne se posèrent aucune question sur les conséquences de leur acte ; au contraire, ils avaient fait leur devoir.

Les semaines suivantes, les lettres anonymes arrivèrent de plus en plus nombreuses. Elles étaient immédiatement prises en considération et suivies d'une intervention musclée de la Gestapo.

Dès qu'ils entendaient les voitures rentrer, Victor et Jean accouraient à la fenêtre de leur bureau. Ils se collaient au radiateur et regardaient les nazis pousser brutalement des hommes, des femmes et des enfants terrorisés. Après un interrogatoire brutal, ces derniers étaient emmenés dans des lieux inconnus.

Les deux hommes n'éprouvaient aucune compassion pour ces gens. Mais ils ressentaient plutôt de la fierté d'avoir participé à ces interventions indispensables pour la bonne marche du système. Cette gloriole ne fut que de courte durée, elle s'altéra au fur et à mesure des arrestations, pour se changer en frustration de ne pas pouvoir y prendre une part plus active.

Un jour, Jean arracha des mains de Victor une lettre de dénonciation fraîchement reçue. Il la relut plusieurs fois et, contrairement à ses habitudes, hésita à la porter sur-le-champ. Il connaissait bien la région et ses habitants. Les lieux, les personnes et les détails cités dans le courrier ne semblaient pas logiques. Jean flaira le piège, il en avertit aussitôt l'officier de service au bureau de la Gestapo. L'interpellation mobilisa un grand nombre de soldats allemands, et ce renseignement permit d'arrêter une vingtaine de résistants pris à leur propre piège.

Le lendemain de cet événement, Jean entra dans le bureau avec un large sourire. Son excitation surprit Victor.

– C'est terminé les journées à s'ennuyer dans ce bureau, dit-il en parlant si rapidement que Victor eut un peu de mal à comprendre.

– Que se passe-t-il ? interrogea Victor en posant son porte-plume dans l'encrier.

– À partir de demain, la Gestapo supervise le courrier entrant, reprit Jean en s'étouffant presque à chaque mot, tant il était agité. Deux nouveaux gratte-papier vont être embauchés pour ouvrir et distribuer le courrier. Et devine sous les ordres de qui ils vont travailler ?

– Dis-moi, demanda Victor hébété.

– Jean Dutilleul et Victor Lenormand, les nouvelles recrues de la Gestapo, annonça Jean en frappant le bureau du plat de la main à chaque syllabe qu'il prononçait. À partir de maintenant, nous sommes des personnes importantes, nous avons du pouvoir. Nous emménagerons dès que possible au 93 de la rue Lauriston, dans le 16e arrondissement. Nous devrons mener des enquêtes, débusquer les contrevenants au régime, participer aux interpellations… Tu te rends compte ?

Bien entendu, Victor se rendait compte de la situation. Depuis qu'il était né, il se sentait en retrait de tout.

Aujourd'hui, c'était la première fois qu'on lui donnait l'occasion de mettre en valeur ses qualités. Cette fois, il était bien décidé à ne pas laisser passer sa chance.

Les jours qui suivirent se révélèrent de plus en plus exaltants. Motivés par la confiance que les officiers de la Gestapo leur accordaient, ils travaillaient sans relâche au nouvel ordre. Dormant peu, suspectant beaucoup et enquêtant à tout va. Ils étaient conscients de leur pouvoir et de la crainte qu'ils suscitaient. Leurs *ausweiss* spéciaux leur conféraient une immunité totale, et de ce fait, ils avaient tout pouvoir. Non Français, sans être Allemands, croyant résolument au bien-fondé de leur mission, ils se coupaient du monde, en pensant s'y intégrer. Fiers de leur travail et de leur fonction, ils vivaient sans se rendre compte que le danger était omniprésent autour d'eux.

Les interpellations leur procuraient des sensations jusqu'alors inconnues. Pour eux, les juifs et les résistants étaient du gibier. Et lorsqu'un suspect s'enfuyait lors d'une arrestation, ils sentaient monter en eux une excitation irréfrénable à l'idée de le poursuivre dans les rues désertes. Jusqu'à ce qu'ils le retrouvent épuisé, caché derrière une barrière. Alors, la main tremblante de désir, ils pointaient leur pistolet et tiraient.

Ils avaient maintenant le droit de vie ou de mort sur ces personnes. Le plaisir de les tuer, après une bonne chasse à l'homme, restait un moment fort en sensations. Parfois, l'excitation était si forte qu'il leur arrivait de vider leur chargeur sur la dépouille inerte d'un homme abattu quelques minutes auparavant par un de leurs collègues.

Le 21 juin 1944, Jean et Victor furent appelés au beau milieu de la nuit. Un groupe de personnes juives avait été signalé chez une famille de pêcheurs de la baie de Somme. Ils partirent aussitôt. Le vent soufflait en rafales et, parfois, les voitures du convoi se déportaient dangereusement sur la chaussée.

Le voyage fut long et ennuyeux. Victor n'arrivait pas à partager l'enthousiasme de Jean. Il était inquiet. D'une part, parce qu'ils devaient intervenir dans son village de naissance. D'autre part, on parlait d'un débarquement en Normandie.

Les Allemands prétendaient que les offensives des Américains s'enlisaient, et qu'ils ne passeraient jamais Caen. Mais Victor s'interrogeait sur son avenir. Il s'était rendu compte que la propagande nazie ne disait pas la vérité. Des informations contradictoires s'échangeaient en catimini. Si les Américains passaient et libéraient Paris, que deviendrait-il ? Il n'était plus Français et ne serait jamais Allemand, mais juste un nazi. Et puis, il y avait ce cauchemar qui le hantait chaque nuit depuis plus d'une semaine : il était seul, traqué à son tour par des hommes haineux proférant des menaces de mort à son égard.

Était-ce un rêve prémonitoire ? Une angoisse lui serra l'estomac. Il pensait qu'il était temps de quitter les Carlingues, ces auxiliaires de la police allemande bannis de tous. Mais il n'en avait pas la possibilité. L'entrée dans la Gestapo était à sens unique, on n'en ressortait que mort.

L'interpellation débuta, comme d'habitude, dans les cris et les pleurs des femmes et des enfants terrorisés. Trois hommes réussirent à s'échapper par une fenêtre, et s'enfuirent en courant dans les rues du village. Aussitôt, Jean et Victor les prirent en chasse dans la nuit noire.

Tout à coup, alors qu'ils débouchaient d'une venelle donnant sur le port, des coups de feu éclatèrent. Jean, touché au visage, poussa un cri et s'écroula sur le quai. Pris de panique, Victor tira, au hasard, dans la direction des coups de feu. Il entendit un homme hurler, puis le bruit sourd d'un corps tombant sur le sol.

À ce moment, la lune émergea des nuages, et ses rayons éclairèrent le port. Dans cette clarté, Victor distingua nettement la masse remuante et gémissante du fugitif. Il tira plusieurs balles dont les impacts furent accompagnés de cris étouffés. Puis il remplaça son chargeur et avança prudemment. Quelques pas plus tard, l'homme était à ses pieds, gisant dans une mare de sang. Malgré ses blessures mortelles, le malheureux implorait sa pitié.

Mais Victor ne l'écouta pas. Envahi par la colère, il pointa son arme et lui tira une balle dans le milieu du front.

L'inconnu eut un dernier soubresaut et sa respiration cessa. Il semblait regarder le ciel, les yeux et la bouche ouverts, surpris d'une mort si rapide. Un filet de sang coula de la commissure des lèvres. Victor le poussa du pied comme s'il s'agissait d'un vulgaire sac de blé. Mais soudain, il s'arrêta et l'observa. Cet homme avait le même âge que lui et la même forme de visage.

Alors, une idée lui traversa l'esprit. Il fallait faire vite avant que les renforts de la Gestapo arrivent. Déjà, on entendait le bruit de leurs bottes dans les ruelles sombres. Il ouvrit la veste du mort et fouilla ses poches pour lui dérober son portefeuille. Puis, il cacha le précieux butin dans ses sous-vêtements, et poussa le corps dans l'eau.

À quelques mètres de là, derrière les fenêtres éteintes et les rideaux entrebâillés, des dizaines d'yeux avaient suivi toute la scène. Quelques minutes plus tard, lorsque l'officier de la Gestapo éclaira le visage de Victor avec sa lampe torche, tous reconnurent le fils de Charlotte Lenormand.

Chapitre 13

Mercredi 28 janvier 2009

Un homme entra dans la salle d'attente, il était de grande taille avec des bras démesurés par rapport au tronc. À chacun de ses gestes, son immense corps se dégingandait, et les manches de son costume mal taillé remontaient jusqu'à la moitié de ses avant-bras.

– Inspecteur Lemaire, dit-il en s'adressant à Armand, c'est moi qui suis en charge de votre dossier. Je vous demande de me suivre dans mon bureau.

Cela faisait une bonne heure qu'Armand attendait d'être informé sur les raisons qui avaient amené les agents de la police nationale à l'interpeller. Dans le couloir, officiers et agents couraient dans tous les sens, les radios de service braillaient continuellement et les téléphones sonnaient sur des bureaux inoccupés. L'inspecteur ferma la porte de son cabinet de travail, ce qui réduisit légèrement le bruit de l'agitation extérieure, puis il vint s'asseoir à son bureau.

– Voilà, monsieur Verrotier, reprit l'inspecteur en ouvrant le dossier déposé sur son bureau, votre véhicule a été retrouvé stationné dans une zone gênante pour la circulation routière.

– En effet, je reconnais que ce n'était pas la meilleure place pour me garer. Je venais de faire une promenade. Mon stationnement a été de courte durée.

– Une promenade ? Vous n'avez pas choisi le plus joli coin de la côte pour vous dégourdir les jambes. Les usines d'un côté, un lotissement de l'autre et le bois de la jungle entre les deux. À quelques kilomètres de là, vous auriez pu profiter de panoramas magnifiques.

– Je n'ai remarqué aucun panneau interdisant la promenade dans ce bois. Alors si je suis ici parce que mon véhicule était mal garé, donnez-moi une contravention. Je ne discute pas, je la paie sur-le-champ. Je pense qu'aucun de nous deux n'a de temps à perdre. Je viens de débarquer du navire sur lequel je travaille, je n'ai pas dormi de la nuit et je suis épuisé. J'aimerais rentrer chez moi pour me reposer.

L'inspecteur de police ne répondit pas. Il fixa Armand droit dans les yeux durant de longues secondes. Puis il se leva et vint s'asseoir sur le bord de son bureau.

– Le 4 février 2003, ça ne vous dit rien, monsieur Verrotier ? demanda l'inspecteur en se lissant les moustaches.

– Il s'est certainement passé beaucoup de choses ce jour-là, répondit Armand avec un air évasif. Donnez-moi davantage de précisions, je pourrais, peut-être, vous répondre.

– Au niveau de la politique franco-britannique.

– Il me semble que c'est la date de la signature du traité du Touquet, répondit Armand.

– Très bien ! On avance. Alors, je suppose que vous savez pourquoi nos amis britanniques tenaient tant à la signature de ce traité.

– Ils n'arrivaient plus à gérer le flux de l'immigration dans leur pays. Mais, je présume que vous ne m'avez pas invité de force dans votre commissariat pour me faire passer un test sur l'histoire des relations franco-britanniques.

– Vous voyez juste, monsieur Verrotier, pourtant, je vais continuer à vous poser des questions. Quelle mission a été donnée à la police française par ce traité ?

– Vous devez renforcer les moyens aux frontières pour enrayer l'immigration. Mais je ne vois toujours pas la relation avec moi.

– Vous êtes incollable, monsieur Verrotier. Vous connaissez la loi sur le bout des ongles. Pourtant, vous cherchez à la contourner.

– Si vous faites allusion à la visite que j'ai rendue ce matin à quelques migrants, permettez-moi de vous dire que vous vous méprenez. C'était de la simple curiosité, j'aime voir les choses dans leur contexte et juger par moi-même.

– Voir les choses dans leur contexte ? Ne me forcez pas à être désagréable avec vous. Un capitaine de ferry qui va voir des clandestins en pleine jungle calaisienne, c'est tout à fait normal selon vous ? De surcroît, ceux qui, la nuit même, ont essayé de passer en Angleterre à bord du navire qu'il commande.

– Ce n'était que de la simple curiosité. Je suis tombé sur eux par hasard ; avant cette visite, je ne les connaissais pas.

– Admettons ! Mais maintenant, vous les connaissez suffisamment bien pour prendre le thé avec eux. Vous leur avez peut-être proposé un arrangement pour la prochaine fois.

– C'est totalement dénué de sens. J'ai un métier intéressant avec un salaire convenable, je ne vois pas pourquoi j'irais risquer ma place.

– Un policier ne doit pas s'attacher aux rumeurs, mais elles arrivent toujours à ses oreilles. Vous savez, le monde des ferries possède une particularité singulière : lorsque quelqu'un éternue sur un navire, toute la ville est au courant. De surcroît, les faits et gestes des capitaines sont toujours répétés.

– Et que dit-elle, cette rumeur, à mon sujet ? Ne tournez pas autour du pot, inspecteur, nous sommes entre personnes intelligentes.

– Hé bien ! Puisque vous le prenez comme ça, allons-y ! dit l'inspecteur en claquant sa main à plat sur son bureau. Un capitaine qui défend des migrants aux prises avec le routier qui les a trouvés dans son camion. Ce même capitaine serre la main de l'un de ces clandestins, comme s'ils se connaissaient, et lui rend visite dans son campement. Après ça, vous voulez me faire croire que vous ne les connaissez pas. Ne jouez pas avec moi, monsieur Verrotier. À chacun son métier. Vous, vous commandez un navire ; mais mon métier, à moi, est de faire des enquêtes. Ainsi, je recueille des informations. Puis, je les classe et étudie leur véracité, ainsi que les interconnexions entre elles. De tout cela, il en sort éventuellement un rapport que je transmets au procureur de la République. Ensuite, ce dernier me dit ce que je dois faire.

– Et dans mon cas, que devez-vous faire ?

– Le procureur de la République manque d'information à votre sujet. Il a décidé de vous garder ici encore un peu. Le temps de savoir dans quelle catégorie on doit vous classer.

– Vous vous imaginez que je suis un passeur, n'est-ce pas ? Votre accusation est complètement absurde et infondée. Vous pourrez chercher dans mon passé autant que vous voulez, vous ne trouverez rien.

– Je ne m'imagine rien du tout, monsieur Verrotier, lâcha l'inspecteur sur un ton cynique. Je constate. Puisque vous abordez le sujet de votre passé, je ne suis pas aussi sûr que vous qu'il n'y aurait rien d'intéressant si l'on cherchait un peu. Vous étiez bien à bord d'un paquebot, il y a quelques semaines ?

– Écoutez ! Je travaille sur la ligne Calais-Douvres depuis à peine deux mois. Si vous vous imaginez que j'ai pu monter un réseau de passeurs en si peu de temps, vous faites fausse route.

– J'ai déjà vu mieux. Mais le sujet en était à votre passé. Votre navire de croisière n'était-il pas en escale à Miami, au moment où vous avez été contraint par votre compagnie de le quitter séance tenante ?

– Que voulez-vous dire ? demanda Armand très froidement.

– La police américaine a bien enregistré une plainte contre vous.

– Certainement. Mais c'était un malentendu. La plainte a été retirée.

– Un « malentendu » qui vous a obligé à quitter votre poste de commandant le jour même. C'est très ennuyeux. Pourtant, ce n'était pas l'avis d'une passagère du paquebot dont vous aviez le commandement.

– J'ai été piégé par cette jeune femme. Tout ce qu'elle a pu dire n'est que mensonge. D'ailleurs, elle a retiré sa plainte.

– Ce n'est pas à moi d'en juger, répondit l'inspecteur en croquant son stylo. D'autre part, il y a quelques jours, vous étiez à Saint-Malo. Rappelez-vous cette fameuse nuit où des agents vous ont ramassé sur un trottoir de la ville close. Votre éthylotest s'est révélé positif. Durant la nuit, vous vous étiez amusé à faire courir la police et les pompiers de Dinard. Vous leur aviez dit que vous aviez vu un homme enchaîné dans une grotte. Malheureusement pour vous, quand ils sont arrivés complètement trempés dans cette caverne, ils n'ont trouvé personne. C'est ennuyeux tout ça. D'autant plus ennuyeux que vous ne vous êtes pas fait d'amis dans la police, bien au contraire.

Armand se sentait comme un poisson emmêlé dans les mailles d'un filet, il était inutile de continuer à discuter et encore moins de se justifier. Il fallait reconnaître que les événements des dernières semaines n'avaient pas joué en sa faveur, et l'inspecteur cherchait méthodiquement des éléments pour confirmer ses soupçons.

L'officier de police retourna s'asseoir à son bureau et commença à remplir un formulaire :

– Donc ! reprit-il d'un ton solennel. Par ordre du procureur de la République, vous êtes en garde à vue pour une durée de vingt-quatre heures, modifiable selon les éléments qui seront intégrés au dossier. Cependant, la durée ne pourra excéder les quarante-huit heures. Vous avez le droit de téléphoner à un avocat ou à un membre de votre famille.

– Puis-je appeler une amie ? demanda Armand. J'avais rendez-vous avec elle, et je ne voudrais pas qu'elle s'inquiète de mon absence.

– Je suis désolé, mais vous n'avez droit qu'à un seul coup de téléphone. Vous ne pouvez appeler qu'un membre de votre famille. Les amis proches, sans liens directs légaux, ne sont pas autorisés. Mais je peux téléphoner moi-même à cette personne, si vous voulez.

Armand ne répondit pas, il fit simplement un signe négatif de la main. Lucie aurait paniqué en entendant la voix de l'inspecteur, elle se serait imaginé le pire : un accident, une prise d'otage ou bien d'autres choses.

« Ce soir, pensa Armand, elle trouvera ma porte close et supposera que j'ai été retenu sur le ferry. Il n'y a pas lieu de s'inquiéter. »

L'officier de police était procédurier, aussi il ne tolérait aucune entrave au règlement. Toute tentative de discussion ou négociation aurait eu un effet négatif. Cela n'aurait fait qu'augmenter sa motivation à fouiller dans la vie de son suspect. Il signa le formulaire qu'il venait de remplir, puis se leva et demanda à Armand de le suivre.

– Je vais devoir vous mettre en cellule, dit-il en regardant Armand dans les yeux. En attendant de rassembler d'autres éléments pour vous interroger à nouveau. Je termine mon service dans une heure. À partir de 13 heures, mon collègue prendra en charge votre dossier. Nous allons vous apporter un repas d'ici une demi-heure.

L'inspecteur fit signe aux deux agents de police en faction devant la porte de son bureau, et leur demanda de conduire Armand dans la cellule de garde à vue.

– En principe, la cellule de garde à vue est prévue pour quatre personnes. Mais on peut être amené à y loger un peu plus de monde, ça dépend des circonstances.

Les deux agents encadrèrent Armand et l'amenèrent devant la porte de la cellule. Ils étaient polis et respectueux. Ils semblaient blasés et obéissaient aux ordres de leurs supérieurs sans se permettre la moindre remarque. Cette escorte était une routine incontournable, alors ils essayaient de la vivre au mieux.

– Il y a déjà un locataire dans la cellule, dit l'un des agents, c'est un habitué. À cause de lui, la cellule de dégrisement est en nettoyage. Alors, on l'a mis ici en attendant. S'il devient violent avec vous, vous n'avez qu'à appeler ; il y a toujours des agents dans la pièce voisine.

La pièce était sinistre et mal éclairée. Le confort se résumait à des petits bancs solidement fixés aux murs. L'homme qui occupait déjà les lieux était accroupi à même le sol dans une position prostrée. Son visage avait une expression de haine, avec la mâchoire serrée et les lèvres proéminentes en forme de U retourné. Il suivait

Armand des yeux, observant chacun de ses gestes. Ce nouveau venu dans son espace devait l'angoisser.

Les deux personnes ne se connaissaient pas. Pourtant, il y avait tellement d'animosité dans le regard de cet homme qu'un simple geste mal interprété ou une parole incomprise aurait pu le faire éclater dans une violence incontrôlable. Mais Armand était las, il n'avait pas envie de jouer les psychologues. Alors, il décida de se reposer en attendant la suite des événements.

Vers 12 h 30, des agents proposèrent des plateaux-repas. Armand fit un signe de la main pour dire qu'il n'avait pas faim. Son codétenu eut une attitude tout à fait différente, il hurla et les accabla d'obscénités. Mais dès que la porte se referma, il se tut et se recroquevilla.

La situation ne resta pas calme très longtemps. Vers le milieu de l'après-midi, des agents firent entrer dans la cellule deux jeunes adultes. Ils avaient le visage couvert d'hématomes et de pansements. Ils étaient dans un état d'excitation importante, ils parlaient fort et vite, proférant des insultes et des menaces aux policiers. Armand sentit la tension monter dans la pièce aussitôt que la porte de sûreté fut fermée.

L'homme assis au fond de la cellule l'avait senti lui aussi. Sa respiration devint plus rapide et bruyante.

– Vos gueules ! jeta-t-il à l'intention des nouveaux venus.

– C'est à moi que tu parles, espèce de bâtard, répondit l'un des deux hommes avec un fort accent. J'vais t'éclater la tête que ta mère elle va plus te reconnaître.

Avant que le provocateur ait eu le temps de se mettre debout, les deux hommes se ruèrent sur lui et lui assénèrent une série de coups de pied.

Dès les premiers cris, des policiers entrèrent dans la cellule et immobilisèrent les trois bagarreurs. Armand s'éloigna d'eux, cette agitation stupide l'énervait plus qu'elle ne l'inquiétait. Parfois, il lui semblait que les hommes pouvaient être comparés à des fauves, chez qui l'inquiétude se changeait inéluctablement en agressivité.

Un agent se présenta devant lui et lui dit d'une voix basse :

– Pouvez-vous me suivre, monsieur Verrotier, l'inspecteur va vous recevoir en audition.

Sans répondre, Armand suivit l'agent dans le couloir, heureux de ne plus avoir à supporter le stress de ses compagnons de cellule. Ces derniers se trouvaient maintenant face contre mur, pendant que les policiers leur mettaient les menottes aux poignets.

– Ils ne peuvent jamais rester tranquilles pendant cinq minutes, reprit l'agent, il faut toujours qu'ils se battent comme des chiffonniers. Même s'ils ne se connaissent pas, on dirait qu'ils se sentent entre eux. L'infirmière m'a expliqué qu'ils sentent le stress de l'autre, ça leur fait peur alors ils deviennent agressifs. Un peu comme un petit roquet qui aboie contre tout le monde. Le labrador reste serein ; il est sûr de sa force, alors il n'a pas besoin de la montrer... Enfin, c'est son avis, on en fait ce qu'on veut. Malheureusement, nous avons beaucoup de clients comme eux. Ils reviennent régulièrement. Les procès, la prison et les dommages et intérêts ne suffisent pas à leur faire comprendre qu'ils doivent se tenir tranquilles. Ce n'est jamais de leur faute, c'est toujours l'autre qui a commencé, ou alors c'est à cause de l'alcool. Enfin, ça n'est pas à moi de juger des méthodes employées, il y a des gens haut placés pour ça. Moi, je ne suis qu'un exécutant.

– Justement, ils devraient chercher à recueillir vos informations et vos avis. Ça ferait peut-être avancer les choses.

– C'est un grand débat, et ça nous dépasse, dit l'agent en faisant une grimace. Nous arrivons devant le bureau de l'inspecteur.

Sur ces derniers mots, il se tut et toqua à la porte. Armand comprit que leur conversation devait rester confidentielle. L'agent avait un avis sur cette question, mais il n'avait aucun moyen pour changer les choses.

L'officier de police qui l'attendait ne ressemblait en rien à celui qui l'avait reçu quelques heures auparavant. Il devait être proche de l'âge de la retraite, et son air placide exprimait une grande empathie.

– Inspecteur Lagache. Veuillez vous asseoir, monsieur Verrotier. Alors, comment allez-vous ?

Armand interrogea du regard cet homme aux manières avenantes. Pourquoi posait-il une question dont la réponse était d'une évidence frappante ? Comment pouvait-on demander ça à un homme emprisonné à tort ?

Les deux hommes s'observaient mutuellement. L'inspecteur se balançait nonchalamment sur sa chaise, en donnant des chiquenaudes à son stylo. Armand restait immobile, le dos droit et solide. Il cherchait la réponse la plus appropriée à la question qui lui avait été posée.

– Je n'ai pas eu d'autres choix que d'accepter votre invitation, dit-il sur un ton flegmatique. Cet après-midi, j'avais prévu la lecture d'un bon livre, assis dans mon fauteuil près du feu de bois. Vous comprendrez aisément que mes projets n'ont pas été changés de gaieté de cœur.

– Quel genre de littérature lisez-vous, monsieur Verrotier ? demanda l'inspecteur d'une voix lente.

– Cette question aurait-elle un rapport avec ma situation actuelle ?

– Peut-être.

– Votre collègue m'a fait passer un test sur l'histoire de l'immigration ce matin ; vous allez m'interroger en littérature maintenant ? demanda Armand sur un ton ironique.

– Vous aimez les romans policiers, monsieur Verrotier ?

– Je lis tous les genres de livres, inspecteur. C'est selon mon envie du moment. Mais je ne pense pas être ici pour parler du dernier thriller sorti en librairie.

– Ça pourrait être une conversation intéressante. Mais vous ne répondez pas à mes questions.

– Ce serait peut-être mieux pour tout le monde si vous alliez droit au fait. Si je suis dans votre bureau, c'est parce que vous pensez que j'ai enfreint la loi. Ma voiture était mal garée, je ne conteste pas. J'ai eu un accident de voiture en voulant éviter des migrants. Ensuite, je les ai suivis et ai discuté avec eux, mais c'était par simple curiosité.

– J'essaie de comprendre, ou plutôt de vous comprendre, monsieur Verrotier. Parfois, il arrive que certaines personnes, après avoir lu un roman policier, se prennent tellement au jeu qu'elles s'imaginent un tas d'histoires. Elles mettent leur vie en danger ou pensent que leur voisin s'est fait assassiner.

L'inspecteur retira ses lunettes et les posa sur la table. Ensuite, il se leva pour regarder par la fenêtre de son bureau. La nuit tombait amenant avec elle un brouillard épais.

– Voyez ! La nuit tombe. D'ici une heure, je vous parie que nous serons appelés pour intervenir sur une bagarre. Dans notre métier, on nous apprend à constater des faits, à rassembler des preuves pour monter un dossier, et cætera. En plus, on doit faire du chiffre. Avec tout cela, nous n'avons même plus le temps de lire entre les lignes. Alors que c'est ça le plus important.

Il se retourna brusquement et s'adossa contre la fenêtre.

– Je vais vous raconter une histoire qui est arrivée, ici, il y a quelques années. Une jeune femme venait régulièrement au commissariat pour signaler que son époux la battait. D'abord, elle a reçu l'accueil réservé à ce genre de problème. Mais le rapport du médecin qui l'avait examinée était vide. Quant aux auditions du mari, elles n'avaient rien donné. L'homme était très pris par son travail, il était très fermé. Comme les dépositions de la jeune femme devenaient de plus en plus fréquentes, avec toujours la même conclusion, elle a commencé à énerver un peu tout le monde. Alors, l'agent d'accueil lui faisait simplement déposer une main courante. Et puis un beau jour, savez-vous ce qui est arrivé ?

– Je m'en doute un peu, mais vous allez me l'apprendre, je présume.

– Cette femme a égorgé son époux. Depuis, elle est internée en hôpital psychiatrique, et son cas est irréversible selon les médecins.

– Votre histoire est très intéressante, dit Armand. Mais pourquoi m'avoir raconté tout cela ? Je ne vois pas le rapport avec moi.

– Il faut savoir lire entre les lignes. En étudiant le dossier de cette femme, on aurait dû sentir qu'il allait se passer quelque chose. Elle aurait dû être soignée en temps et en heure, ça aurait pu éviter une vie perdue et une autre qui sombre dans la folie. Au lieu de cela, on a pris note en attendant qu'il se passe quelque chose pour intervenir.

– Alors ? interrogea Armand.

– Alors, j'ai étudié votre dossier, et j'ai fait part de mes remarques au procureur de la République. Il y a deux cas de figure. Soit vous sombrez dans une espèce d'hystérie, et dans ce cas on ne tardera pas à entendre parler de vous. Soit…

– Soit ?

– Soit vous vous êtes mêlé d'affaires qui ne vous regardaient pas. Si c'est le cas, faites attention à vous. Ces histoires d'injection et d'être humain enchaîné ne me plaisent pas beaucoup. Votre garde à vue est terminée, monsieur Verrotier. Vos affaires vont vous être rendues.

– Alors pour quelle raison n'ouvrez-vous pas une enquête ?

– Il n'y a pas suffisamment d'éléments pour ça.

– Pourtant, vous en aviez suffisamment pour me mettre en garde à vue.

– Le nombre croissant des migrants a amené des organisations de passeurs. Il y a tellement d'argent à se faire sur le dos de ces pauvres gens. Les passeurs sont de plus en plus structurés, ils connaissent les prévisions de trafic du transmanche, l'effectif des contrôleurs et ils ont leur réseau de routiers. À sept cents euros le passage, vous pourriez multiplier votre salaire par dix, ils sont plus de mille à attendre autour de Calais. Ce n'est plus une entreprise aux mains de quelques anciens migrants bien implantés. Aujourd'hui, je pense que vous avez compris une chose, monsieur Verrotier. On doit faire du chiffre. Du chiffre pour prouver aux Anglais que nous faisons notre travail. Pour ma part, je serai en retraite dans quelques semaines ; alors, les seuls chiffres dont je m'occuperai seront ceux de mes rangées de radis et de salades dans mon jardin. En attendant, je vous laisse ma carte, si vous avez quelque chose à signaler à propos des migrants, vous pouvez toujours me contacter.

Chapitre 14

Mercredi 28 janvier 2009, vers 22 heures

Armand entra dans la salle de bains et vida son sac dans le panier à linge sale. Il était trop tard pour faire une lessive. Mme Quintin, sa voisine, ne supportait pas le bruit de cet appareil ; et bien que le mur mitoyen soit de bonne épaisseur, elle affirmait l'entendre de chez elle. Alors, pour éviter des querelles de voisinage, Armand avait convenu de ne plus faire tourner son lave-linge après le coucher du soleil.

Ce fichu panier de linge sale avait été l'objet de nombreux litiges dans le passé. Comme beaucoup de ses semblables, Armand avait reçu une éducation phallocrate. Ainsi, à cette époque, il pensait qu'il était tout à fait normal de déposer une chemise sale dans ce panier, pour la reprendre lavée, pliée et repassée dans l'armoire. Sans se préoccuper du travail que son épouse avait dû fournir entre-temps. Après tout, c'était un travail de femme, tout comme passer l'aspirateur, faire les courses, la cuisine, d'emmener les enfants à leurs rendez-vous, et bien d'autres tâches qui échappent à l'emploi du temps et même à la conscience de l'homme.

Anne-Marie, son épouse, en avait eu assez de cet esclavage, elle était partie en laissant le panier débordant de linge sale. D'abord, il n'avait rien compris. Pourquoi vouloir modifier quelque chose qui est établi depuis des lustres, et qui est tellement pratique ? Depuis ce temps,

Armand vivait seul. Par la force des choses, il avait appris à effectuer toutes les tâches ménagères et, bien entendu, à se prendre en main. Bien des fois, il avait essayé de reconquérir le cœur d'Anne-Marie, mais c'était trop tard. Ce malheureux événement lui avait fait ouvrir les yeux sur le partage des tâches dans un couple.

Il regarda par la fenêtre de la cuisine, Lucie n'était toujours pas arrivée. Ils devaient dîner ensemble, mais elle se faisait attendre.

« C'est bizarre, se dit-il. Lucie ne répond pas à mes messages, c'est contraire à ses habitudes. Son téléphone portable doit être éteint. »

Il ouvrit son réfrigérateur et en sortit quelques ingrédients classiques pour faire une bonne omelette au lard.

« Il est 22 heures passées, se dit-il. Elle a terminé son travail depuis plus d'une heure. Elle ne devrait pas tarder à arriver. »

Armand dressa la table basse dans le salon. Il mit la nappe préférée de Lucie, celle en broderie de Madagascar. Les figurines bleues étaient toutes différentes, elles représentaient les métiers des femmes malgaches à la campagne. Ça allait de la porteuse d'eau à la doctoresse.

Le feu crépitait dans la cheminée, une odeur de bois brûlé embaumait la maison. Armand s'étira et se laissa tomber dans son fauteuil. Il bâilla, cela faisait trop longtemps qu'il n'avait pas dormi. Aujourd'hui, l'excès de zèle de la police avait fortement contrarié ses plans. Il aurait aimé recevoir Lucie en lui offrant un repas un peu plus élaboré : un cabillaud aux petits légumes parfumé aux algues, et au dessert un feuilleté aux pommes de sa composition. Mais, vu les circonstances, il n'avait pas eu le temps de faire les courses, alors ils devraient se contenter d'un dîner très sommaire.

23 heures sonnaient, Armand regarda la pendule pour la dixième fois de la soirée. Il poussa un soupir en consultant son téléphone portable : toujours pas de message. Tout ceci était anormal, son inquiétude grandissait au fur et à mesure que les minutes passaient. Alors, il composa le numéro de téléphone de Lucie.

« C'est ridicule, se dit-il en reposant son téléphone. Je lui ai déjà laissé deux messages. Si elle veut me rappeler, elle le fera. Mais il est inutile de la harceler ainsi. Elle a certainement changé d'avis et ne passera pas. Qu'est-ce que je m'imagine ? »

Une bûche enflammée tomba sur le bord de la cheminée. Armand la repoussa du pied, sans s'apercevoir que la chaleur des braises abîmait ses chaussures. Il était épuisé, mais ne se résignait pas à aller se coucher. Il avait faim, mais ne voulait rien manger. En fait, il s'aperçut qu'il tournait en rond, en attendant Lucie. Bien qu'il fût persuadé qu'elle ne viendrait pas, il continuait à l'attendre. Pourtant, il fallait se rendre à l'évidence, elle était jeune, belle et pleine de vie. Pendant que lui affichait une bonne quarantaine grisonnante, avec les stigmates des nuits blanches sur son visage. Leur relation ne pouvait pas durer éternellement, et cette fin brutale et sans explications n'était peut-être pas plus mal.

Il débarrassa la table basse et y installa son ordinateur. Il fallait qu'il évacue le trop-plein d'émotion qu'il avait en lui, alors il se connecta sur son site de poésie et commença à écrire :

> « Dès ton premier baiser,
> Mes maux se sont envolés
> Chassés par tes mots parfumés.
> Puis à l'orée de ma passion,
> Tu t'es offerte sans condition.
> Tu es devenue ma muse sublimée
> Fleurissant ma vie d'arômes enchantés… »

Il relut en vitesse et fit une moue d'insatisfaction.

« C'est nul, se dit-il. Une bonne marche au grand air me fera plus de bien. »

Il effaça le texte en cours de rédaction, puis revint sur la page d'accueil du site. Il y avait une liste des poèmes récemment déposés. Armand y jeta un coup d'œil distrait avant de couper la communication. Soudain, son regard fut attiré par une ligne. Un texte venait d'être déposé par un dénommé : « Charlemagne ». En lisant ce pseudonyme, Armand sentit son estomac se nouer, un message était-il déposé à son intention ? Certainement. Mais la dernière fois qu'il s'était intéressé à ce « Charlemagne », cela lui avait attiré de gros ennuis. Alors, il ferma son ordinateur, décrocha son manteau et sortit dans la rue.

À l'extérieur, la brume enveloppait complètement le quartier. Les lampadaires diffusaient un halo jaunâtre qui donnait à la rue l'aspect d'une scène de théâtre abandonnée. Armand s'arrêta pour s'inspirer de cette ambiance un peu onirique. Puis, il continua en direction de la plage. Après quelques mètres, il avançait prudemment dans le noir le plus complet. Le bruit des vagues guidait ses pas dans ces ténèbres.

Lorsqu'il arriva sur la plage, il s'assit, inspira profondément l'air frais du large et écouta la mer. Rien ne le détendait plus que la répétition de ces séquences sonores ; d'abord le choc sourd de la déferlante qui s'écrase, puis le bruit des galets roulant sous les vagues. Ce va-et-vient lui faisait l'effet d'un filet attrapant ses tensions miette par miette, jusqu'à les supprimer totalement.

Lorsqu'il fut totalement détendu, le froid le fit frissonner. Alors, il se leva et prit la direction opposée à la mer. La distance pour rentrer chez lui, depuis la plage, n'excédait pas deux cents mètres. Après quelques pas, le boulevard apparut avec les premières lueurs des réverbères, il était désert comme d'habitude.

Sur un pylône électrique, il remarqua une petite affiche fraîchement collée. Elle ressemblait à celles que les familles distribuent dans leur quartier, lorsqu'elles ont perdu un animal de compagnie. Armand jeta un vague coup d'œil au texte, en passant son chemin. Soudain, il s'arrêta net et recula de trois pas pour se mettre devant l'affiche. Contrairement à ce qu'il avait pensé, ce n'était pas un avis de recherche anodin. Il s'agissait d'un message court et précis : « Charlemagne te cherche. »

Armand secoua la tête pour s'assurer qu'il ne rêvait pas. Puis il regarda autour de lui pour en chercher l'auteur. Mais le brouillard limitait la visibilité à quelques mètres.

Il n'y avait aucun bruit, les rues semblaient désertes. La seule agitation perceptible était un chat noir qui escaladait un portail. Il tira sur un coin de la feuille, le papier se détacha facilement, comme s'il venait d'être collé. La personne qui avait posé cette affiche ne devait pas être très loin d'ici. Armand courut jusqu'au prochain croisement, mais il n'y avait personne. Il était inutile de continuer les recherches.

« Ma voisine, Mme Quintin, est en permanence occupée à guetter à sa fenêtre, se dit-il. Son chien et elle sont à l'affût du moindre événement dans le quartier. Ils ont sûrement remarqué le colleur d'affiches. »

Les relations entre Armand et sa voisine n'étaient pas des meilleures. Cette vieille vipère épiait toutes ses allées et venues. Elle faisait chaque jour son rapport aux commères du village. Son chien, Gaston, était un bouledogue français amateur de biscuits et de déjections canines.

Lorsqu'il approcha de sa maison, il entendit Gaston aboyer. Aussitôt après, le rideau de la fenêtre de la cuisine se leva.

« C'est à croire qu'elle ne dort jamais, se dit-il. Il est presque minuit, je vais aller lui demander si elle a vu quelque chose. »

Armand continua. Gaston aboya de plus belle et renifla bruyamment sous la porte. Dès qu'il toqua, le chien grogna et toussa de colère. Mme Quintin vint ouvrir et attrapa l'animal dans ses bras pour éviter qu'il n'attaque le visiteur.

La vieille dame était en robe de chambre de laine grise, maculée de traces de pattes de chien et de taches de café. Son bouledogue et elle regardèrent le visiteur avec un air interrogateur. Dès qu'Armand commença à parler, le chien se remit à aboyer en montrant ses crocs ; mais sa maîtresse lui donna une tape sur le museau pour le faire taire.

– Désolé de vous importuner à cette heure tardive, madame Quintin, dit Armand en souriant. Quelqu'un a collé une affiche, il y a quelques minutes, sur le poteau électrique situé à proximité de votre maison. Auriez-vous aperçu cette personne, par hasard ?

– Mes rideaux sont fermés, je ne regarde jamais ce qui se passe dehors, répondit hypocritement Mme Quintin. Les affaires des autres ne me regardent pas, vous savez.

Armand pensa que cette vieille commère avait un sacré culot. Aucun incident de la rue ne lui échappait et elle osait dire qu'elle ne regardait jamais à l'extérieur.

– Je n'en doute pas une seconde, dit-il, mais je me demandais si, par hasard, vous n'auriez pas vu ou entendu quelque chose.

– J'ai bien vu passer une personne, c'était quelques minutes après le moment où vous êtes sorti pour aller sur le bord de mer. Ça m'a paru étrange, car elle se dépêchait en regardant derrière elle, comme si elle avait peur d'être suivie. Elle est allée jusqu'au bout de la rue, puis elle a bifurqué à droite.

– Vous pourriez me décrire cette personne ? demanda Armand.

– Oh, je ne l'ai vue que quelques secondes. Et par le plus grand des hasards. Mais je peux vous assurer que ce n'était pas quelqu'un du village. Ça, c'est sûr. Néanmoins, il m'a bien semblé l'avoir vue passer dans la rue, quelques minutes avant votre retour chez vous ce soir. Il devait être 21 h 30 environ. Elle portait un pardessus noir avec une capuche, ce qui fait que je n'ai pas bien pu voir son visage.

– Quand vous employez le féminin, c'est pour le mot « personne », je présume.

– En fait, cette personne est une femme. Au début, je croyais même que c'était votre nouvelle fiancée. Avec cette brume, on ne voit pas bien, vous savez. Mais tout compte fait, je ne pense pas, elle marchait trop vite pour que ça soit elle ; et puis, je ne l'ai jamais vue sans vous ici.

Armand remercia Mme Quintin pour la précision de ses renseignements. Son chien avait les oreilles dressées en pointe et semblait écouter la conversation avec le plus vif intérêt. Il est vrai qu'il était un témoin majeur dans cette affaire. Dommage qu'il ne sache pas parler, sinon il aurait pu apporter des renseignements indispensables sur l'odeur de cette personne ainsi que sa façon de marcher.

Ensuite, Armand rentra chez lui avec la ferme intention de se coucher le plus rapidement possible. Il s'étira en bâillant fortement, et se dirigea vers la salle de bains.

« Que signifie cette affichette de Charlemagne ? pensa-t-il en pressant son tube de dentifrice sur sa brosse à dents. Est-ce une invitation à consulter le texte sur le site de poésie ? »

La vision de l'homme enchaîné dans la grotte de la Goule aux fées lui revint en mémoire. Armand avait un affreux pressentiment : s'il lisait le poème laissé par « Charlemagne », cela risquait de l'entraîner, une nouvelle fois, dans une histoire ahurissante, avec une série de nouveaux problèmes à la clef.

Finalement, la curiosité l'emporta sur la sagesse, il connecta son ordinateur sur le site de poésie et cliqua sur : « Charlemagne ». Aussitôt, un poème apparut sur son écran, il était du même auteur et du même genre que le précédent. Une poésie sans saveur, construite comme une énigme :

« Sur des chemins perdus
La belle s'est corrompue
Mais la vengeance du Seigneur
L'a touchée en plein cœur
Sans Ariane et son fil
Se perd Dédale le vil. »

« Qu'est-ce que c'est que ce truc ? se demanda-t-il en s'arrachant les cheveux. Le “vil” est encore pour moi, je pense. Mais la “belle” doit être pour Lucie. Qui est ce seigneur qui l'a touchée en plein cœur ? Et qu'entend-il par ces mots ? »

Il saisit son téléphone portable et composa le numéro de Lucie. La messagerie se déclencha aussitôt, indiquant que l'appareil était éteint. Ce qui était contraire à ses habitudes, elle le gardait toujours en service et répondait systématiquement aux messages. Armand n'était pas d'un naturel inquiet, mais le silence de Lucie était anormal. Alors, il enfila son manteau, et partit en voiture au domicile de la jeune femme.

Lucie habitait un appartement dans un immeuble récent près du port de Saint-Valéry-sur-Somme. Il appuya plusieurs fois sur le bouton de sa sonnette, mais il n'obtint aucune réponse.

« Elle a peut-être été retenue aux urgences de l'hôpital, se dit-il en se dirigeant vers sa voiture. Il arrive parfois qu'une infirmière soit absente, et que le service soit submergé par les entrées. »

Lorsqu'il fut assis, Armand démarra son moteur. Puis il vérifia une dernière fois qu'aucune lumière n'était allumée dans la chambre de Lucie. L'appartement paraissait inoccupé. Alors, il se dirigea vers l'hôpital où elle travaillait.

La brume était de plus en plus dense. Cette ambiance lui rappelait la mauvaise surprise qu'il avait eue à Dinard en entrant dans la grotte. Il était impossible de dépasser les vingt kilomètres par heure. Pourtant, le conducteur du véhicule qui le suivait s'excitait à son volant. Il klaxonnait et faisait des appels de phares répétés pour qu'Armand roule plus vite.

« Double si tu es pressé », maugréa-t-il en baissant son rétroviseur pour ne pas être ébloui.

En bon marin, il avait l'habitude de prendre en compte les conditions météorologiques. Les imprudents l'excédaient. Ils lui rappelaient ses anciens directeurs, souvent incapables de faire la relation entre le retard d'un navire et la tempête qu'il avait croisée. Armand se rangea sur la chaussée pour laisser passer ce conducteur trop pressé.

Celui-ci le dépassa nerveusement et stoppa juste devant lui. Armand freina pour éviter la collision. Deux individus sortirent de la voiture et se dirigèrent précipitamment dans sa direction. De toute évidence, leurs intentions n'étaient pas pacifiques. Celui qui occupait la place du passager tenait une espèce de matraque et paraissait avoir la ferme intention de s'en servir.

« Qu'est-ce qui leur prend à ces deux-là ? » se demanda-t-il.

Il passa la marche arrière et recula, sans trop regarder où il allait. Si un véhicule était arrivé à ce moment, l'accident aurait été inévitable. Après avoir parcouru une bonne dizaine de mètres en sens inverse, Armand freina et passa la marche avant. Puis il accéléra et lâcha d'un coup la pédale d'embrayage. Les pneus patinèrent sur le macadam, et la voiture bondit en avant en zigzaguant. Par malheur, l'homme à la matraque se retrouva devant le capot du véhicule, sans qu'Armand eût le temps de réagir pour l'éviter. Il entendit un choc sourd, et le grand corps roula sur la carrosserie avant de retomber lourdement sur le macadam. Durant un court instant, il croisa le regard ahuri de la victime.

Armand continua à rouler le plus vite qu'il put pour échapper à ses agresseurs. Soudain, il entendit la détonation d'un pistolet, puis une autre. Par chance, les balles n'atteignirent pas leur cible. Quelques secondes plus tard, il disparaissait dans l'épais brouillard.

Dès qu'il fut suffisamment loin, il jeta un coup d'œil au tableau de bord, l'indicateur de vitesse affichait quatre-vingt-dix kilomètres à l'heure. C'était beaucoup trop rapide pour cette petite route de campagne sinueuse. Par temps de brume, il était possible de trouver des vaches perdues au beau milieu de la route. Il ralentit et tourna à la première intersection. Ses agresseurs avaient été semés, ils ne pourraient pas savoir dans quelle direction il était parti. Il continua jusqu'au parking des urgences de l'hôpital et y gara son véhicule.

« Il faut que je prévienne la gendarmerie, se dit-il en sortant son téléphone portable. Ces deux malfrats ont dû prendre la fuite. Mais comme l'un d'entre eux a été blessé, ils seront vite retrouvés. »

Après plusieurs sonneries, le gendarme de service décrocha. Alors, Armand se présenta et lui expliqua sa mésaventure : l'attitude menaçante des deux hommes, l'accrochage de l'un d'entre eux avec sa voiture, puis les coups de feu. Au bout du fil, le militaire était perplexe. Il mit quelque temps à comprendre la situation, les agressions en cette saison étaient plutôt rares ; il s'agissait, en général, de querelles d'ivrognes qui se terminaient au fusil de chasse.

Le gendarme réfléchit en silence, puis il dit :

– Nous envoyons une voiture sur le lieu du délit. Vous m'avez dit que vous êtes à l'hôpital. Êtes-vous blessé ?

– Non. J'ai réussi à m'enfuir.

– Dans ce cas, vous êtes tenu de venir faire une déposition dans notre gendarmerie le plus tôt possible.

Une nouvelle fois Armand se retrouvait dans les locaux des forces de l'ordre. Sur les lieux, la voiture de gendarmerie n'avait rien trouvé. Mis à part les traces de pneus venant corroborer sa déposition. Les renseignements pris aux entrées des urgences ne les avaient pas aidés davantage. Aucun blessé correspondant à la description de l'homme à la matraque n'était arrivé durant la nuit. Les deux comparses s'étaient littéralement volatilisés dans la brume. L'un était blessé, il serait obligé de se présenter chez un médecin assez rapidement.

– Je ne sais pas ce que les gens ont ce soir, dit l'officier de gendarmerie en se balançant sur sa chaise. En général, c'est très calme en cette saison, mis à part les querelles du week-end, bien entendu. Ça doit dépendre des phases de la lune ou de quelque chose comme ça.

– Vous avez eu d'autres agressions ce soir ? demanda Armand.

– Une infirmière des urgences a été agressée sur son lieu de travail, en début de soirée.

Le sang d'Armand se glaça. Il regarda le gendarme droit dans les yeux et lui demanda d'une voix presque inaudible :

– Connaissez-vous le nom de l'infirmière qui a été agressée ce soir ?

– Pourquoi me posez-vous cette question, monsieur Verrotier ? Vous savez bien que je ne peux vous donner aucun renseignement.

– Serait-ce Lucie Germain ?

Le gendarme ne répondit pas, mais il cligna les paupières en signe d'approbation.

– Ça peut vous paraître étrange, mais nous avions convenu de dîner ensemble hier soir. Comme elle n'est pas venue au rendez-vous, j'ai essayé de la joindre à plusieurs reprises sur son téléphone portable. Elle ne répondait pas, ce qui est contraire à ses habitudes, alors je suis allé sonner chez elle. Mais il n'y avait personne.

– Vers quelle heure avez-vous sonné chez elle ?

– Il devait être 1 heure du matin. C'est important l'heure ?

– Continuez, je vous prie.

– Comme il n'y avait personne, j'ai commencé à m'inquiéter sérieusement. Alors, j'ai décidé d'aller à l'hôpital où elle travaille pour m'assurer qu'elle y était. C'est sur cette route que les deux hommes ont voulu m'agresser.

Le gendarme regardait Armand en fronçant les sourcils. Il cherchait ce qu'il y avait derrière les mots de son interlocuteur. Soudain, il cessa de se balancer sur sa chaise. Il s'assit correctement en appuyant ses coudes sur la table et posa la tête sur ses mains.

– Comprenez, monsieur Verrotier, que les circonstances m'obligent à prendre en compte ce que vous venez de me dire, dit-il d'un ton grave. Je ne suis pas autorisé à vous donner des informations sur cette affaire. Mais demain matin, dès la première heure, vous pourrez lire la totalité de l'histoire dans la presse. Tout ce que je peux vous dire, actuellement, est qu'il est inutile d'attendre Mlle Lucie Germain, ni de lui téléphoner. Elle a été victime, en fin d'après-midi, d'une agression lui occasionnant des blessures graves. Elle se trouve actuellement au service de réanimation de l'hôpital où elle travaille. Elle est sous protection et personne n'est autorisé à la voir.

Soudain, Armand sentit une angoisse lui comprimer fortement la poitrine et l'estomac. Il avait à la fois très peur pour Lucie et se sentait coupable de l'avoir entraînée dans cette histoire. En même temps, il éprouvait un sentiment d'impuissance et de rage à l'égard de l'auteur de l'agression.

*

* *

Dès qu'il en eut terminé avec sa déposition, Armand rentra directement chez lui. Là, il se laissa tomber dans son fauteuil favori, près de la cheminée. Le feu était éteint, il ne restait que quelques braises rougeâtres, recouvertes de cendres. Avec un pincement au cœur, il regarda la table basse, la nappe brodée et les deux couverts intacts, l'assiette de Lucie et le pouf marocain sur lequel elle aimait s'asseoir pour dîner.

Dans le silence pesant de la nuit, il se sentit douloureusement seul. Il ferma les yeux et mit la tête en arrière. Des larmes brûlantes perlèrent de ses paupières closes. Tout avait commencé avec ce morceau de tissu que le pauvre Fabrice avait pris dans ses filets un matin de septembre. Ensuite, les événements dramatiques s'étaient enchaînés.

D'abord Fabrice retrouvé mort dans un accident de voiture. Ensuite, l'homme enchaîné dans la grotte. Et maintenant, Lucie, entre la vie et la mort. La police qui refusait de le croire, et ce mystérieux messager qui se faisait appeler « Charlemagne ».

Charlemagne le guidait et l'avertissait des catastrophes par ses missives codées. Charlemagne savait ce qui allait se passer, il était certainement l'initiateur de ces crimes. Il fallait l'empêcher de nuire à nouveau. Pour cela, il n'y avait qu'une solution : le démasquer et le neutraliser.

Malgré les circonstances tragiques et la fatigue, il sentit monter en lui une énergie considérable. Le manque de sommeil était courant dans son métier, et sa résistance l'étonnait encore, même après tant d'années de navigation. Il sortit un paquet de feuilles blanches de sa bibliothèque et les étala sur son bureau. Ensuite, il commença à noter, pêle-mêle, tout ce qui pouvait avoir un rapport avec l'agression de Lucie. Chaque détail pouvait avoir son importance.

Au cours de la nuit, des organigrammes prirent forme dans un enchevêtrement d'annotations. Parfois, Armand était en panne d'inspiration ou de concentration ; à ce moment, ses paupières devenaient lourdes et ses reins le faisaient souffrir. Alors, il allait se servir une tasse de café chaud dans la cuisine. Il s'appuyait sur le battant de la fenêtre et buvait le liquide brûlant par petites gorgées, en regardant la rue vide éclairée par la lumière orange des lampadaires. Ces courts moments de repos se terminaient toujours brusquement. Une idée surgissait dans son esprit, il posait immédiatement sa tasse sur la table et se remettait au travail.

Lorsque les premières lueurs du jour apparurent par la fenêtre du salon, le bureau était recouvert de feuilles griffonnées et reliées entre elles par des morceaux de ruban adhésif. Parmi cet enchevêtrement de textes et de flèches, deux rectangles apparaissaient surlignés en couleur vive. L'un marquait le début : la découverte du morceau de tissu ; l'autre indiquait le dernier fait marquant : l'agression de Lucie. Entre les deux, Armand commença à entourer des noms sur lesquels convergeaient le plus de lignes.

Au moment où il surlignait le dernier nom, il entendit toquer à sa porte. La pendule de la cuisine indiquait 8 h 30. Cela faisait déjà six heures qu'il était penché sur son bureau à manipuler crayons et règle Cras, tel un capitaine étudiant la route de son navire dans la chambre des cartes. Armand se cambra en arrière et appuya ses mains au niveau de ses reins pour soulager la douleur dorsale due à la fatigue. Puis il se dirigea vers la porte d'entrée et l'ouvrit.

Chapitre 15

Jeudi 29 janvier 2009

Gustave René, le chef de cuisine du *Dream of the Seas* serra chaleureusement la main d'Armand.

– J'ai vu de la lumière dans ton salon, dit-il. Je me suis dit que tu ne dormais pas, alors je me suis permis de frapper à ta porte.

– Tu as bien fait, Gustave, répondit Armand en lui tendant une chaise, je suis content de te voir. Ça fait longtemps que tu es rentré ?

– En début de semaine. Nous avons terminé la croisière des Antilles et la relève des équipages s'est faite à Fort-de-France. Ça se passe bien dans ta nouvelle compagnie ?

– On est bien loin des plages des Antilles, mais ça peut aller, répondit Armand en haussant les épaules.

Gustave eut un sourire entendu, mais il ne prolongea pas cette conversation. Il déplia le journal du matin sur la table de la cuisine ; puis, d'un revers de la main, il désigna un article.

Armand lui jeta un regard inquiet, puis il se pencha sur le journal et commença à lire :

« [...] Hier, en fin d'après-midi, les gendarmes et les pompiers ont été appelés pour intervenir sur un accident de la circulation. M. D. conduisait son cyclomoteur en état d'ébriété et avait chuté pour des raisons encore inconnues. Il a été conduit aux urgences de l'hôpital pour y recevoir des soins. Dès qu'il fut dans l'enceinte de l'établissement, il a vivement insisté pour être pris en charge par une infirmière qu'il prétendait connaître : Mlle Lucie Germain. Dès qu'ils se sont retrouvés seuls dans la salle de soins, l'homme s'est emparé d'un scalpel et s'en est servi pour frapper l'infirmière à la gorge.

La jeune femme grièvement blessée a été transférée immédiatement au service de réanimation. À l'heure où nous imprimons ces pages, les médecins refusent toujours de se prononcer sur son état de santé.

Quant à l'homme, il a été transféré dans une unité psychiatrique de l'hôpital. Il a affirmé avoir reçu un message divin.

Cette tragique histoire rouvre le débat sur la sécurité du personnel hospitalier [...]. »

Armand avait la gorge serrée. À nouveau, il se sentit envahi par la rage et la tristesse. Gustave lui posa amicalement la main sur l'épaule :

– Tu devrais te reposer, Armand. Ça fait combien de temps que tu n'as pas dormi ?

Mais Armand ne répondit pas, il resta immobile et figé dans ses pensées. Gustave replia délicatement le journal et le posa sur le bord de la table.

– Va dormir quelques heures. Ensuite, viens déjeuner à la maison. Antoinette sera ravie de te voir, elle nous cuisinera un cabillaud aux algues, je sais que tu adores ça... Et puis tu ne vas pas te nourrir de café, c'est mauvais pour la santé.

Armand changea alors radicalement d'humeur. À la grande surprise de son ami, il afficha un sourire avenant et sembla retrouver son dynamisme.

– Tu as raison, Gustave. Quelques heures de sommeil me feraient le plus grand bien. Et puis, un cabillaud de la mère Toinette, ça ne se refuse pas. Mais je vais te demander, en plus, une petite faveur.

– Ça me fait plaisir que tu acceptes. C'est quoi ta petite faveur ?

– Une marquise au chocolat, comme celles que tu nous fais sur le paquebot.

– Si ce n'est que ça, tu l'auras ta marquise, répondit Gustave en éclatant de rire. Mais le plus difficile sera qu'Antoinette me laisse entrer dans sa cuisine. Tu sais, je suis peut-être le chef cuisinier sur le paquebot, mais chez moi je dois rendre ma toque.

La remarque de Gustave le fit sourire. Le charisme et l'empathie naturelle du chef de cuisine étaient appréciés de tous. Gustave faisait partie de ces personnes avec lesquelles on se sentait bien, tout simplement.

Lorsqu'Armand raccompagna son collègue vers la porte d'entrée, ce dernier se retourna et lui dit :

– Tu te souviens d'un passager du *Dream of the Seas* qui avait organisé un séminaire médical à bord ?

– Antoine Delaunay, dit Armand d'une voix inquiète, le président d'un grand groupe pharmaceutique.

– C'est ça. Un de mes cuisiniers m'a parlé de lui, peu après ton départ du paquebot.

– Il est allé à la chasse avec lui ? demanda Armand d'un ton ironique.

– Tu ne penses pas si bien dire. Lorsqu'il est en congé, ce cuisinier organise des banquets de chasse pour arrondir ses fins de mois.

– Un pique-nique champêtre avec nappe blanche, vaisselle en argent et caviar à la louche ?

– C'est tout à fait ça. Ce cuisinier a travaillé pour Antoine Delaunay. Mais depuis quelque temps, les repas prennent une autre tournure. Ils font venir des jeunes filles de l'Est pour agrémenter leur dessert, si tu vois ce que je veux dire.

– Une partie de chasse qui se termine en partie de jambes en l'air. Il ne s'ennuie pas ton cuisinier.

– Non, lui ne reste pas. On lui demande de revenir en fin d'après-midi, lorsque tout le monde est parti. Alors, il reprend son matériel et s'en va.

– Quand je pense qu'Antoine Delaunay se faisait passer pour un passionné de la chasse. « La chasse n'est pas un sport, mais un art », m'a-t-il rétorqué d'une voix autoritaire quand nous avons dîné ensemble sur le paquebot. Ça ne m'étonne pas qu'il n'emmène jamais son épouse à la chasse.

– C'est plus grave que ça, en fait. Le cuisinier dont je te parle reste toujours à quelques centaines de mètres du banquet, histoire de faire une petite sieste dans sa voiture en attendant qu'on l'appelle. La dernière fois, il a été réveillé par les cris d'une femme et les aboiements de la meute de chiens. Il n'a pas pu voir ce qui s'était passé, mais peu après, il a entendu la détonation d'un fusil. Aussitôt, les cris de la femme se sont tus.

– J'espère bien qu'il a fait un signalement à la police.

– Justement non. Il pratique cette activité « au noir », pour se faire un complément de salaire. Mais depuis ce jour, il a complètement abandonné les banquets de chasse.

– Il peut être fier de lui, ton cuisinier, dit Armand sur un ton vif. Il a certainement été témoin d'un crime, et tout ce qu'il a trouvé à faire a été de prendre son chèque, de ramasser ses couverts et de rentrer chez lui regarder les informations télévisées.

– Tu sais, nous ne sommes pas tous égaux devant le courage. Et puis, ce sont des gens puissants.

– Pourquoi m'as-tu raconté cette histoire ?

– Je sais qu'il t'avait convié à une partie de chasse, je voulais te prévenir avant qu'il te vienne l'idée d'accepter son invitation.

– Ne t'inquiète pas. Je n'y serais jamais allé, j'ai horreur de la chasse.

– Quelle étrange famille, ces Delaunay ! reprit Gustave en hochant la tête. Tu sais que mon oncle avait abrité Hector Delaunay, le père d'Antoine Delaunay, durant la Seconde Guerre mondiale ?

– Quelle coïncidence ! s'exclama Armand.

– Les Delaunay sont juifs. Leur famille a beaucoup souffert durant la guerre. Hector Delaunay avait réussi à échapper aux rafles de la Gestapo. Mon oncle faisait partie de la Résistance, et il l'a recueilli et caché dans sa cave. Mais ça lui a coûté la vie. Quelques semaines avant la Libération, la Gestapo a débarqué chez lui en pleine nuit. Ils l'ont emmené et torturé jusqu'à la mort.

– Désolé, je ne savais pas... Ton oncle est mort en héros.

– C'est ce qu'on se dit, mais ça n'évite pas le chagrin. Son épouse aurait préféré le voir vieillir à ses côtés.

– Et Delaunay père, qu'est-il devenu ?

– Il paraît qu'il avait réussi à se sauver par une fenêtre de la maison, mais la Gestapo l'a rattrapé et il a fini dans les eaux du port. Pourtant, il a bien dû être secouru par quelqu'un, sinon Antoine Delaunay ne serait pas de ce monde.

– Triste histoire, en effet. J'avais déjà entendu parler de ce fait tragique par les anciens du village. Mais je ne savais pas de qui il s'agissait, et on m'avait dit que le pauvre homme avait été abattu de plusieurs balles avant d'être poussé à l'eau. Mais apparemment, il s'en est sorti.

– Et le pire dans tout ça, reprit Gustave en pointant son index pour qu'on l'écoute avec attention, c'est qu'il s'est fait tirer dessus par un gars natif de la région. Victor Lenormand, il s'appelait. C'était le fils d'une veuve de pêcheur de Saint-Valéry-sur-Somme. On raconte qu'il lui a volé ses papiers avant de le pousser à l'eau. Lui non plus, on ne sait pas ce qu'il est devenu après la Libération… Mais, je ne sais pas pourquoi je te parle de tout ça. Peut-être que si mon oncle n'avait pas caché Hector Delaunay chez lui, il serait encore vivant. À cette heure-ci, il serait dans sa barque, occupé à ramender ses filets. Antoine Delaunay n'aurait pas existé, et toi, tu serais toujours commandant du *Dream of the Seas*… Enfin, avec des si…

Gustave René sortit de la maison, après avoir rappelé son invitation à déjeuner. Armand referma la porte derrière lui. Puis il se remit à son bureau et nota méticuleusement ce qu'il venait d'apprendre. Ensuite, il attrapa un crayon-feutre rouge et entoura deux noms : « Antoine Delaunay » et « Jasmine ».

Chapitre 16

Vendredi 30 janvier 2009

À cette heure matinale, les rues de Colmar n'étaient pas encore très animées. Quelques personnes marchaient d'un pas rapide sur les trottoirs recouverts de neige fraîche. Armand trouva une place libre sur le parking de la cathédrale. Il y gara sa voiture, heureux d'avoir enfin terminé son voyage. Puis, il s'étira et jeta un coup d'œil à la pendule du tableau de bord, il était 9 h 20. Cela faisait une bonne dizaine d'heures qu'il était parti de Cayeux-sur-Mer, la route lui avait semblé interminable.

La veille, il avait déjeuné, comme convenu, chez Gustave René. L'accueil chaleureux de ce couple d'amis lui avait permis de se changer les idées ; il en était ressorti avec une paix intérieure et une insurmontable envie de dormir. Sitôt rentré chez lui, il s'était couché et avait dormi d'une seule traite jusqu'à 22 heures. Alors, il avait avalé une copieuse collation. Puis il avait rassemblé quelques affaires dans un sac de voyage, et pris la route en direction de Colmar. Au lever du jour, il avait traversé le massif des Vosges, et n'avait pu s'empêcher de s'arrêter au sommet d'un col pour faire une courte marche dans la neige. La nature était sauvage et loin des paysages industriels. Il avait respiré avec joie l'air pur et frais sentant le bois coupé. Des rochers couverts d'une épaisse mousse verte émergeaient de la neige entre les arbres. Armand avait pensé à ce vieux film tourné dans les environs, dans lequel un homme embauche des repris de justice pour faire tourner sa scierie. Il se souvint du titre du film : *Les Grandes Gueules.* Déjà à cette époque, des industriels peu scrupuleux venaient harceler les braves gens jusqu'au fin fond de leur retraite.

Armand déplia le papier qu'il avait déposé la veille dans le vide-poche de la portière. Puis il prononça l'adresse à voix basse, comme s'il avait voulu l'apprendre par cœur : « Jasmine Kristen, numéro six, rue du Lac. Je me demande quelle sera sa réaction lorsqu'elle me verra. Après ce qui est arrivé sur le paquebot, je ne dois pas m'attendre à un accueil chaleureux. Elle est capable de déposer une plainte pour harcèlement. Elle doit toujours avoir un double de la déclaration faite à Miami. »

Il chiffonna le papier et le jeta dans une poubelle. Sa visite pourrait avoir des conséquences juridiques, cela l'inquiéta. Les forces de l'ordre ne l'avaient pas épargné ces derniers temps. Et de toute évidence, il serait inopportun d'avoir, une nouvelle fois, affaire à elles.

D'un pas vif, il arpenta les rues du centre de la ville, une promenade lui donnerait le courage d'aller sonner à la porte de Jasmine. Après ce qui était arrivé sur le paquebot, la réaction de la jeune femme pouvait être totalement imprévisible, il ne devait pas s'attendre à un accueil chaleureux.

Un panneau d'information municipal près de l'office du tourisme comportait un plan de l'agglomération. Armand se localisa rapidement sur la carte et trouva facilement le chemin à suivre pour rejoindre la rue où habitait Jasmine. Il devait y avoir un bon quart d'heure de marche depuis l'endroit où il était, cela lui permettrait de découvrir la ville et de se dégourdir les jambes après une nuit passée dans la voiture.

La ville avait beaucoup de charme avec ses rues sinueuses, ses maisons à encorbellement et sa rivière. Jasmine habitait un appartement juste à la sortie du quartier des tanneurs. L'immeuble en béton armé avait été construit dans les années soixante-dix ; visiblement, sans aucun effort d'esthétique de la part de l'architecte, ce qui jurait avec le centre-ville historique.

En arrivant devant l'entrée numéro six, Armand s'approcha du tableau de sonnettes. Il y avait bien une étiquette au nom de Jasmine Kristen, mais un autre nom l'accompagnait, celui d'un homme : « David Friekstinen ». L'opération risquait d'être plus délicate que prévu.

La jeune femme ne vivait pas seule. Armand se voyait mal lui demander des renseignements sur Antoine Delaunay, il serait obligé de lui parler de la croisière devant son ami. Après une rapide réflexion, il décida qu'il était plus prudent de lui téléphoner avant toute chose. Au mieux, elle acceptera de le rencontrer ou de répondre à ses questions par téléphone ; au pire, elle lui raccrochera au nez.

Armand était dans ses pensées quand, derrière lui, une voix le fit sursauter :

– Vous cherchez quelqu'un, monsieur ? Puis-je vous aider ?

Il se retourna. Une jeune femme avec un landau attendait qu'il libère le passage pour entrer dans le hall de l'immeuble. Elle ressemblait étrangement à Jasmine : le même visage rectangulaire, les mêmes yeux en forme d'amande, les mêmes cheveux longs et bouclés. Pourtant, ce n'était pas elle : sa voix était plus aiguë et accompagnée d'un fort accent alsacien, celle de Jasmine était suave et parfumée d'un accent d'Europe du Nord.

Armand sourit sans répondre, puis il se dégagea sur le côté pour laisser passer la jeune femme au landau. Celle-ci avança et appuya sur un bouton de sonnette pour qu'on lui ouvrît la porte. Armand écarquilla les yeux et vérifia qu'il ne s'était pas trompé, elle venait de sonner chez Jasmine Kristen.

– Vous êtes de la famille de Jasmine Kristen ? demanda-t-il.

La jeune femme regarda, d'un air surpris, cet étranger qui lui parlait avec un accent dont elle essayait de trouver l'origine.

– Je suis de la famille de Jasmine Kristen, en effet, répondit-elle en imitant exagérément l'accent de l'inconnu. Puis-je savoir ce que vous lui voulez ?

– Ma démarche va certainement vous surprendre. Aussi, je ne sais pas par quel bout commencer. Mlle Kristen a fait une croisière en novembre dernier à bord du *Dream of the Seas*.

La jeune femme l'interrompit brusquement d'un geste de la main et fit entrer le landau dans le hall de l'immeuble.

– Je ne sais pas qui vous êtes, monsieur, ni ce que vous cherchez. Mais sachez que Mlle Kristen n'a pas fait de croisière en novembre dernier, pour la bonne et simple raison qu'elle accouchait.

– Jasmine Kristen accouchait en novembre dernier ? Ce ne devait pas être la même personne qui effectuait une croisière alors. Pourriez-vous dire à Mlle Kristen que je souhaite la rencontrer ? J'ai des questions très importantes à lui poser. Ensuite, je la laisserai tranquille.

– Et qui dois-je annoncer ?

– Dites-lui que le commandant du *Dream of the Seas* cherche à la contacter. Elle pourra me joindre à ce numéro.

Armand lui tendit sa carte de visite, mais la jeune femme n'y accorda aucune attention.

– C'est quoi votre drimof machin ? demanda-t-elle d'une voix agacée.

– C'est un paquebot. Jasmine Kristen y a fait une croisière de quelques jours en fin d'année passée. C'est cette personne que je recherche.

– Je vous répète qu'il n'y a jamais eu de croisière. Je suis bien placée pour le savoir, parce que Jasmine Kristen, c'est moi. Alors, laissez-moi en paix avec vos histoires à dormir debout.

La jeune femme claqua la grande porte d'entrée et poussa son landau jusqu'à l'ascenseur sans se retourner. Armand mit un moment pour réaliser ce qu'il venait d'entendre. Il y avait deux solutions. Soit cette jeune femme était la sœur de Jasmine, elle savait ce qui était arrivé sur le bateau et lui avait menti pour abréger la conversation. Soit elle disait la vérité, mais dans ce cas, cette histoire devenait complètement surréaliste.

Il observa d'un air suspicieux la jeune femme monter dans l'ascenseur. Celle-ci lui adressa un dernier regard avant que la porte coulissante se ferme. Puis il se dirigea vers le parking où il avait garé sa voiture. Un camion poubelle passa près de lui en faisant un bruit assourdissant. Des hommes en descendirent pour vider des containers dans la grande benne. L'odeur devint aussitôt insupportable. Armand rebroussa chemin et traversa la rue pour continuer son chemin sur l'autre trottoir. À ce moment, il entendit quelqu'un appeler derrière lui.

Comme il était dans ses pensées, il ne réagit pas immédiatement. Ce ne fut que lorsque le camion poubelle s'éloigna qu'il se rendit compte que cet appel lui était destiné. Il se retourna et vit la jeune femme qu'il venait de quitter à une fenêtre du premier étage de l'immeuble. Elle lui faisait signe en appelant :

– Monsieur, attendez !

Ce changement d'attitude était surprenant. Que s'était-il donc passé depuis que la porte de l'ascenseur s'était refermée ? Elle agita la main pour lui faire comprendre de se rapprocher de la porte d'entrée.

– Attendez-moi à la porte ! dit-elle. Je descends.

Armand s'exécuta. Peu après, la jeune femme apparut et l'invita à entrer dans le hall.

– Ici, nous serons mieux pour discuter. Je me suis méfiée tout à l'heure, votre histoire semblait tellement absurde. Un inconnu qui m'aborde pour me parler d'une croisière invraisemblable et d'une autre Jasmine Kristen… Mettez-vous à ma place.

– Je m'attendais à une réaction de ce genre, mais il fallait que je rencontre Jasmine Kristen. Qu'est-ce qui vous a fait changer d'attitude si rapidement ?

– Laissez-moi parler, sinon je n'y arriverai pas.

À ce moment, la jeune femme tourna la tête. Un homme âgé d'une bonne soixantaine d'années descendait bruyamment l'escalier. Lorsqu'il arriva au niveau des boîtes aux lettres, il feuilleta les magazines publicitaires déposés sur la tablette prévue à cet effet.

– L'endroit n'est pas le plus adapté pour ce genre de discussion, dit Jasmine d'une voix basse. Retrouvez-moi à l'intérieur de l'abbatiale dans une demi-heure environ.

– Je meurs de faim, je vous attendrai dans la brasserie située juste en face.

– Ça ne sera pas simple, il y a plusieurs restaurants autour de l'abbatiale.

– Dans ce cas, prenez mon numéro de téléphone portable. Vous m'appellerez en arrivant.

*

* *

Pour la deuxième fois en peu de temps, le serveur demanda à Armand s'il comptait déjeuner. Celui-ci regarda la pendule de l'établissement, elle indiquait midi vingt. Cela faisait une heure qu'il attendait Jasmine Kristen. Son estomac lui rappelait douloureusement qu'il n'avait rien mangé depuis la veille. Alors, il rappela le serveur et lui commanda le plat du jour.

À ce moment même, son téléphone sonna. Jasmine Kristen lui expliqua qu'elle avait rencontré quelques soucis pour faire garder son bébé. Armand la rassura et lui dit qu'il s'était fourvoyé dans la ville et venait juste d'arriver. Il savait que lorsqu'elles sont en retard, les femmes ont toujours une bonne raison. Alors, elles apprécient vivement qu'on n'y prête aucune attention.

Quelques secondes plus tard, elle se présentait timidement à la table d'Armand.

– À cette heure-ci, le restaurant sert les déjeuners, dit Armand en faisant asseoir la jeune femme. Je viens de commander un plat du jour. Voulez-vous m'accompagner ? Je vous invite.

La jeune femme hésita à répondre, visiblement elle n'était pas coutumière de ce genre d'invitation. Puis elle sourit et dit :

– Je vous remercie, mais je n'y tiens pas.

– À cause de M. Friekstinen ?

– Ça n'a rien à voir, M. Friekstinen est parti avant la naissance du bébé. Je ne sais pas pourquoi je n'ai pas retiré son nom sur la sonnette. Mais nous ne nous connaissons pas suffisamment pour que je déjeune avec vous.

– Désolé de vous avoir mis dans l'embarras, mais mon plat va arriver d'une seconde à l'autre. C'est moi qui vais être gêné de manger devant vous. Prenez au moins une consommation.

– Rassurez-vous, j'ai bien compris. Je prendrai un café, s'il vous plaît. En fait, je n'ai pas grand-chose à vous dire. Mais je pense que ça pourra vous aider autant que moi.

– Autant que vous ? Éclairez ma lanterne, je vous prie.

– Je vous propose du donnant-donnant, vous me dites ce que vous savez à propos de cette usurpatrice d'identité et moi aussi. Ça vous va ?

– Je comprends de moins en moins, mais je suis d'accord sur le principe.

– Vous allez comprendre. Premièrement, il y a plusieurs semaines, les « croisières scéniques » m'ont appelée pour répondre à une enquête à propos d'une croisière à laquelle j'aurais participé, d'après eux. Deuxièmement, j'ai reçu, il y a environ trois mois, une convocation au commissariat de police. L'inspecteur qui m'a auditionnée m'a parlé d'une histoire de prostitution. Vu mon état de grossesse avancée, je n'ai pas eu de mal à lui démontrer qu'il y avait erreur sur la personne. Mais je suis fichée comme prostituée maintenant.

– Une histoire d'usurpation d'identité ? Cette fausse Jasmine est un danger public.

– Apparemment, vous avez eu quelques problèmes avec elle. Alors si nous pouvions réunir nos renseignements sur cette personne, ça nous rendrait service à tous les deux. À vous de me dire ce que vous savez sur elle maintenant.

– Comme je vous l'ai déjà dit, je l'ai rencontrée lors d'une croisière. J'ai passé la nuit avec elle. Et le matin suivant, j'ai eu la désagréable surprise d'être convoqué par la police américaine, elle avait porté plainte contre moi. Un capitaine qui couche avec une passagère est inconcevable selon mes dirigeants, alors ça m'a coûté mon poste.

– En effet, je comprends que vous soyez en colère contre elle.

Le serveur déposa le plat sur la table. Armand reformula son invitation à déjeuner.

– N'insistez pas, je ne peux pas. Mais vous pouvez manger devant moi, ça ne me dérange pas du tout. Et n'attendez pas, la purée froide c'est dégoûtant.

– Merci. Il n'y a pas que ça, reprit Armand en dépliant sa serviette. Mon amie s'est fait agresser par un malade mental avant-hier, elle est entre la vie et la mort. Comme la police ne fait rien, j'ai l'intention d'essayer de trouver qui a fait ça.

– Vous pensez qu'il y a un rapport entre l'agression de votre amie et la fausse Jasmine ? Ce serait terrible.

– J'essaie de trouver des liens entre les choses, alors je pioche un peu au hasard, en espérant tirer une bonne carte.

– J'ai l'impression que la pioche n'a pas été bonne avec moi, dit Jasmine d'un ton désolé. Vous tombez sur la vraie Jasmine Kristen, et elle ne vous apprend rien de vraiment intéressant.

– C'est avec de petites pierres que l'on construit les châteaux. Et puis, des détails insignifiants, de prime abord, peuvent avoir une grande importance quand on s'aperçoit qu'ils étayent des faits conséquents.

– Je sais, dit Jasmine. Je suis généalogiste.

– Quel rapport ? demanda Armand en fronçant les sourcils.

– Certaines personnes font appel à moi pour retrouver un ancêtre perdu, un cousin dont ils n'ont plus de nouvelles ou leurs parents naturels. Je dois étudier la vie de leur famille en détail.

– C'est un vrai travail de détective privé.

– Pas plus que ce que vous faites en ce moment, répondit Jasmine. Finalement, ça me donne faim de vous regarder manger. Je pense que je vais commander la même chose que vous, ça a l'air très bon.

– J'ai pris le plat du jour. C'est alsacien. Le nom est totalement imprononçable, et je ne pourrais pas vous dire exactement ce qu'il y a dedans, mais ça se mange très bien.

La jeune femme fit un signe pour appeler le garçon et passa sa commande.

– Mais dites-moi, dit Armand, vous n'avez jamais réussi à savoir qui était cette fausse Jasmine ?

– Ça sort de mes compétences. Je n'ai aucun nom, aucun visage. Je sais juste qu'elle a effectué une croisière, et qu'elle se livre à la prostitution. Que voulez-vous faire avec aussi peu de renseignements ?

– J'ai deux avantages sur vous. Premièrement, je la connais physiquement. Sur ce point, je dois dire que la ressemblance avec vous est frappante. Ça doit lui faciliter l'utilisation de votre carte d'identité. Deuxièmement, je sais qu'elle avait été invitée par Antoine Delaunay.

– Antoine Delaunay ? L'industriel ? s'exclama Jasmine.

– Vous connaissez cet homme ?

– Je ne l'ai jamais rencontré. Mais il y a environ un an, j'ai travaillé sur son dossier. Une personne anonyme m'avait demandé une étude généalogique sur lui. Notamment, sur ses liens avec une autre personne. J'ai reçu un premier versement en liquide assez considérable. Et puis, plus rien.

– Comment ça ? Votre client ne vous a pas recontactée ? s'étonna Armand.

– Depuis je n'ai pas eu de nouvelles. Le client m'avait contactée par téléphone ; le lendemain matin, j'ai trouvé une enveloppe dans ma boîte aux lettres. J'ai effectué le travail demandé, mais personne ne m'a rappelée.

– Vous n'avez jamais cherché à retrouver ce mystérieux client ?

– Il m'a payé très cher, c'est l'essentiel. Maintenant, c'est à lui de me contacter pour récupérer le fruit de mon travail.

Chapitre 17

Samedi 7 février 2009

Une bonne semaine s'était écoulée depuis l'agression de Lucie. Malgré les efforts des chirurgiens et les soins attentionnés de ses collègues, son état ne s'était guère amélioré. À chaque fois qu'Armand s'était rendu à l'hôpital, il s'était vu refuser l'accès à sa chambre par la famille de la jeune femme. Leur prétexte était toujours le même : elle devait se reposer et ne pouvait recevoir ses amis. En vérité, les parents de Lucie n'acceptaient pas que leur fille puisse avoir une relation avec cet homme de plus de vingt ans son aîné. Alors, le cœur serré, Armand avait décidé d'attendre que Lucie aille mieux, avant de tenter de lui rendre à nouveau visite.

Depuis qu'il était rentré de Colmar, il passait son temps libre à essayer de démêler et de comprendre les derniers événements. L'histoire de la fausse Jasmine avait brouillé davantage les pistes, et, paradoxalement, n'avait fait qu'accroître sa motivation à continuer son enquête.

Son organigramme de recherche devenait de plus en plus illisible. Seul l'auteur pouvait se retrouver dans cet entrecroisement complexe de flèches et d'annotations de couleurs différentes. Au milieu d'une feuille, posée en évidence sur le bureau, de nombreuses flèches convergeaient vers un rectangle. Au centre de ce quadrilatère, un nom, récemment gommé, avait été remplacé par un gros point d'interrogation.

Armand attrapa la pile de photographies envoyées, à sa demande, par le commissaire du *Dream of the Seas* et commença à les passer en revue. Elles avaient été prises quelques semaines plus tôt, lors de la croisière séminaire organisée par la société d'Antoine Delaunay. Sur quelques-unes apparaissait la fausse Jasmine, rayonnante de beauté. Il eut un pincement au cœur en regardant ce visage aux traits si réguliers et si doux. Comment cette femme au regard d'ange avait-elle pu lui faire une chose aussi odieuse, après la nuit qu'ils avaient passée ensemble ? Il posa le paquet de photographies sur son bureau en pensant qu'il avait été trop naïf ce soir-là. Il s'était laissé ensorceler par un simple baiser, qui avait fait naître en lui de fortes émotions.

Il but une tasse de thé et commença à taper sur le clavier de son ordinateur. Plusieurs fois, il s'était connecté sur les sites d'escort-girls de la région de Mulhouse à la recherche de la fausse Jasmine. Mais ça n'avait rien donné. Ensuite, il avait essayé les sites des personnes disparues, sans résultats. Il finit par admettre qu'il n'arriverait à rien de cette manière. Alors, il décida de repartir en Alsace et d'effectuer ses recherches sur place.

Il partit le lendemain vers 7 heures du matin. Après une journée de route, il se retrouva dans un hôtel assez impersonnel, non loin du centre-ville de Mulhouse. Le soir même, il sortit prendre un verre au bar du plus grand hôtel de la ville. Il se disait que la jeune femme fréquenterait peut-être cet endroit pour aguicher les hommes seuls. Ses chances étaient minimes, mais il n'avait pas d'autres choix. Dès qu'il s'installa au bar, il entama la conversation avec un des barmans. Justement, ce dernier avait travaillé durant quelques mois à bord d'un paquebot dans sa jeunesse. Comme Armand sentait que le courant passait, il lui montra une des photographies prises à bord du *Dream of the Seas*. On y voyait distinctement le visage de la fausse Jasmine.

– Lors de mon dernier passage à Mulhouse, dit-il en lui faisant un clin d'œil complice, un de vos collègues m'avait recommandé cette fille. Malheureusement, j'ai oublié son nom et perdu son numéro de téléphone. Pourriez-vous m'aider à la contacter ? Je suis seul à Mulhouse ce soir, et j'aimerais un peu de chaleur humaine. Si vous voyez ce que je veux dire.

Le barman ne parut pas surpris par cette demande. Apparemment, il semblait habitué à ce genre de service, il prit la photographie et la regarda minutieusement. Sous le cliché, Armand avait discrètement glissé un billet de banque.

– Je pense connaître cette personne en effet, dit-il en se caressant le menton.

Armand lui donna subrepticement un autre billet. L'homme mit rapidement les coupures dans sa poche, puis il se pencha en avant pour s'approcher du visage de son interlocuteur.

– Elle ne fait que les VIP cette fille, expliqua-t-il en vérifiant que personne n'écoutait ce qu'il disait. Comprenez-moi, je ne peux pas divulguer ses coordonnées. Mais je peux éventuellement la contacter pour lui demander de passer ici ce soir, si elle est libre, bien entendu.

Armand acquiesça d'un signe de tête et lui donna un autre pourboire.

– Je suppose que vous connaissez ses tarifs ? reprit le barman en faisant une grimace.

– Dites-lui que j'ai une affaire à lui proposer, coupa Armand d'un ton neutre.

*

* *

Une heure plus tard, une jeune femme entra dans le salon du bar et se dirigea d'un pas assuré vers la table où était assis Armand. Aussitôt, il la reconnut. C'était bien avec elle qu'il avait passé la nuit, à bord du *Dream of the Seas*. Il se leva pour l'accueillir :

– Vous m'avez rapidement trouvé.

– Jasmine Kristen. Votre commissionnaire m'a indiqué votre table.

Leur rencontre ressemblait à un rendez-vous d'affaires. La jeune femme était habillée d'un tailleur gris et coiffée d'un chignon impeccable. Lorsqu'ils s'étaient salués, elle l'avait regardé droit dans les yeux, lui adressant un sourire très conventionnel. Sa poignée de main avait été ferme et féminine à la fois.

Armand s'était préparé à une réaction de surprise ou de fuite de sa part, voire même une attitude agressive. Mais elle était restée impassible. Avec un sang-froid remarquable, elle avait continué à mentir en se présentant sous une fausse identité.

Elle s'assit sur le bord du fauteuil qu'Armand lui avait indiqué. Puis elle le fixa.

– Vous êtes bien Jasmine Kristen ? demanda Armand.

– Nous nous sommes déjà rencontrés ? dit-elle en faisant mine de chercher dans sa mémoire.

– Effectivement, nous nous sommes déjà rencontrés, reprit Armand d'un air grave. C'était lors d'une croisière sur les côtes américaines, en fin d'année passée.

– C'est possible, il m'arrive de faire des croisières. Il y a tellement de monde à bord de ces grands bateaux.

– Un paquebot nommé *Dream of the Seas*, ça vous dit quelque chose ?

– C'est un joli nom pour un bateau. C'est très poétique, mais ça ne me dit rien. D'autant plus que je ne retiens jamais le nom des bateaux.

– J'étais le capitaine de ce navire.

– Ravi de faire votre connaissance. Je vous ai dit que je ne retenais jamais le nom des navires, et encore moins ceux des capitaines. Mais je suppose que vous ne m'avez pas fait venir ici pour me parler de votre carrière ? Alors que puis-je faire pour vous ?

Armand était stupéfait par l'assurance de la jeune femme. Durant un instant, il se demanda si cette personne était bien la passagère du *Dream of the Seas*. Elle jouait avec lui, comme elle l'avait fait lors de la croisière. S'il n'entrait pas maintenant dans le vif du sujet, elle manipulerait la conversation à son avantage, jusqu'à le convaincre qu'ils se rencontraient pour la première fois de leur vie.

– Arrêtez de jouer avec moi, dit Armand d'un ton doux, mais ferme. Il y a une semaine, mon amie a été agressée par un inconnu, elle est en ce moment entre la vie et la mort. Je dois retrouver qui a fait ça, et vous êtes le point de départ de mon enquête.

– Je ne vois pas où vous voulez en venir, dit la jeune femme en se levant. Mais, de toute évidence, je n'ai rien à voir avec cette histoire d'agression. Alors, je vais vous laisser passer une soirée tranquille dans ce magnifique salon, et vous allez me laisser rentrer chez moi.

Il la saisit par le bras avant qu'elle parte.

– Lâchez-moi ou je crie, dit-elle en le regardant dans les yeux.

– Je vous conseille de rester bien sagement ici. Vous ne vous appelez pas Jasmine Kristen. Je sais de quoi je parle, j'ai rencontré la vraie Jasmine Kristen à Colmar, il y a un peu plus d'une semaine. Je pense que les services de police seraient très intéressés si je leur racontais, preuves à l'appui, comment vous avez usurpé son identité, lors d'une croisière aux États-Unis. *A priori,* ils détiennent déjà des charges contre vous, cela pourrait alourdir votre dossier.

La jeune femme posa délicatement sa main libre sur le poignet d'Armand, pour lui faire comprendre qu'il pouvait la libérer sans crainte. Puis, elle s'assit dans le fauteuil qu'elle venait de quitter, et attendit qu'il en fasse de même avant de reprendre leur conversation.

– D'accord ! Je me rends. Je m'appelle Christelle Varange et non Jasmine Kristen. Je t'ai reconnu trop tard, sinon je ne me serais jamais assise à ta table… Ça te gêne si l'on se tutoie ?

– Après ce qui s'est passé entre nous, c'est la moindre des choses, non ?

– Ne crois pas qu'il y ait eu quelque chose de sentimental entre nous. Pour moi, tu faisais partie d'un contrat, c'est tout.

– Rassure-toi, je ne me fais aucune illusion à ce sujet. Et je pense avoir payé le prix fort pour avoir passé une nuit avec toi.

– Que veux-tu dire par là ? demanda Christelle.

– Tu m'as très bien compris. Tu savais ce que tu faisais, lorsque tu as déposé une plainte contre moi dans les bureaux de la police de Miami.

La jeune femme pinça ses lèvres, et réfléchit quelques instants avant de répondre. Pour la première fois de la soirée, son regard devint fuyant. Elle quitta son rôle de femme d'affaires et laissa tomber son armure.

– Pour moi, tu représentais un contrat, comme les autres, dit-elle d'une voix presque maternelle. Je ne pose pas de questions à mon employeur ; il me donne une mission et je l'exécute au mieux. Je ne sais pas ce qui se passe ensuite. Généralement, ce genre de mission aide à renégocier un contrat mal établi, si tu vois ce que je veux dire.

– Excuse-moi, mais je ne vois pas très bien ce que tu veux dire. Le mot « mission » me paraît inapproprié pour ce que tu as fait. J'ai l'impression que tu es en plein délire de film d'espionnage.

À ces mots, Christelle pouffa d'un rire vite étouffé, puis elle secoua la tête.

– Tu me prends pour une prostituée. Ou alors une escort-girl, puisque ce mot est à la mode. Mais sache que la femme qui est devant toi a obtenu un diplôme d'ingénieur-chimiste. Ma carrière a débuté dans les laboratoires d'Antoine Delaunay. Malheureusement, mon physique a été davantage remarqué que mes compétences en chimie. Un jour, Antoine Delaunay, en personne, m'a convoquée dans son bureau du top-étage. Il m'a expliqué qu'il avait un important contrat à signer le soir même, lors d'un dîner d'affaires. Il ne voulait pas s'y rendre seul, alors il m'a demandé de l'accompagner. Pour me convaincre, il a avancé que ma connaissance de l'entreprise et mon excellente présentation seraient un atout majeur. Enfin, il m'a donné l'ordre de tout faire pour aider à la signature du contrat. En échange, il me gratifierait de l'équivalent d'un mois de salaire en espèces.

– Un mois de salaire pour un dîner ?

– Oui, je sais, c'est peu par rapport à la somme que ce contrat représentait pour l'entreprise. Mais depuis, mes tarifs ont augmenté. J'étais naïve à l'époque, je ne connaissais pas les règles. Bref, mon assistance fut de plus en plus sollicitée. Antoine Delaunay me proposa de collaborer avec quelques-uns de ses amis : des présidents de groupe ou des directeurs de grosses sociétés.

– Tu as eu une promotion rapide dans l'entreprise, alors ?

– Bien au contraire, mes collègues de travail sont devenus jaloux. J'ai été rapidement mise à l'écart. En quelques semaines, c'est devenu l'enfer au laboratoire. Alors, j'ai démissionné pour essayer de trouver un autre emploi ; mais il y a plus de demandes que d'offres dans ce domaine.

– Et tes relations ? demanda Armand.

– Mes relations, ricana Christelle. Elles ne m'appelaient que pour m'inviter à des dîners d'affaires, c'était le seul travail qu'elles me proposaient. Alors, j'y allais. Après tout, on rencontre des gens intéressants. C'est parfois agaçant, parce qu'ils vivent dans un monde complètement déconnecté de la réalité.

– Tu n'as pas l'impression d'être leur larbin parfois ?

– Et toi, le capitaine de paquebot, dans ton bel uniforme blanc à quatre barrettes dorées, tu n'es pas le larbin de tes patrons ? Ils t'ont jeté comme un sac-poubelle, sans même chercher à comprendre ce qui s'était réellement passé. En moins d'une matinée, tu as été éjecté et remplacé.

– Vu sous cet angle, tu n'as peut-être pas tort, répondit Armand, un peu vexé de la comparaison. Mais ton activité n'est pas sans risques, j'ai entendu dire que tu avais été interpellée par la police pour prostitution.

– Tu es au courant de cette malheureuse histoire ? Après avoir été éjecté de ton paquebot, serais-tu devenu détective privé ?

– Je le sais ! C'est tout.

– C'est venu d'une mésentente entre deux grands patrons. L'un d'eux m'a tendu un piège pour casser ma réputation. De cette façon, il m'empêchait d'assister à la signature d'un important contrat. Une collaboratrice fichée à la brigade des mœurs n'est plus invitée aux dîners d'affaires. Il y a trop de risques. Ces messieurs ont une notoriété, ils ne tiennent pas à retrouver leur photographie en première page des journaux à scandales, avec un titre en grosses lettres : « Un grand patron dîne avec une prostituée chez *Maxim's.* »

– Dites donc ! s'exclama Armand, c'est la jungle dans votre milieu.

– Le mot « guerre » définirait mieux ce milieu. Mais c'est leur milieu, pas le mien. J'ai rapidement compris que je n'étais qu'une employée pour eux ; ils se rappellent que j'existe quand ils ont besoin de moi. Mais c'est bien rémunéré, alors je fais ce qu'on me dit de faire, sans poser de questions.

– La société Delaunay est bien située dans le secteur de la recherche et du développement de nouvelles molécules pharmaceutiques. Tu dois connaître celles en études. C'est très risqué pour lui de te faire rencontrer des personnes étrangères à sa société, tu pourrais vendre des renseignements à la concurrence.

Christelle fit une moue désabusée.

– S'il apprend que j'ai laissé filtrer la moindre information à la concurrence, volontairement ou non, je suis morte. Donc, je ne m'amuserai jamais à ce jeu, même pour un énorme chèque.

– Mais tes clients doivent essayer de te faire parler, demanda naïvement Armand.

Il y eut un moment de silence, durant lequel la jeune femme soutint le regard d'Armand. Puis, elle secoua la tête pour montrer son désaccord.

– Tu es long à comprendre, dit-elle d'une voix fatiguée. Je n'ai pas de clients, mais des employeurs. Ces derniers me confient une mission. Je dois me faire passer pour un cadre supérieur de leur entreprise. Pour y arriver, je dois en connaître les fondamentaux et être à même de discuter du contrat. Il est vrai que certains directeurs essaient parfois de me faire parler des projets en cours. Mais je suis là pour les déstabiliser…

– Et ça marche ?

– Ce sont des hommes. Les négociations se passent le plus souvent lors d'un déjeuner ou d'un dîner. Avant même que les cartes des menus soient distribuées aux convives, mes charmes les intéressent plus que les clauses du contrat qu'ils négocient. Alors, ils abrègent les négociations au plus vite pour se retrouver seuls avec moi.

– Et ensuite ?

– Ensuite ? Tu es bien curieux… Alors, sache que tout ce qui peut arriver entre adultes consentants ne regarde qu'eux-mêmes.

– Qu'espérais-tu trouver ce soir lorsque je t'ai appelée ?

– Mon Dieu ! Quel interrogatoire ! Tu t'adresses toujours aux femmes avec autant de délicatesse ?

– En général, elles ne déposent pas une plainte abusive contre moi, et elles ne me font pas perdre mon emploi.

Le visage de Christelle se transforma instantanément.

– Je suis désolée de ce qui t'est arrivé. Le scénario ne m'avait pas été présenté de cette façon. J'ai déposé une plainte contre toi, comme Delaunay me l'avait demandé. Ensuite, c'est l'avocat de la société qui a traité l'affaire. J'ignorais que les conséquences seraient si importantes. Je pensais qu'il s'agissait de forcer ta compagnie de navigation à accorder une remise supplémentaire ou quelque chose dans ce genre.

– D'après ce que tu me dis, Delaunay me visait directement. Il voulait que je sois licencié de ma compagnie. Mais quel intérêt ? Je représente quoi pour lui ? C'est un homme que je ne connais même pas. J'ai simplement dîné avec lui. De plus, comme sa conversation sur la chasse me fatiguait, j'ai quitté la table avant même que le dessert soit servi.

– C'est peut-être quelque chose d'autre qui t'a incité à quitter la table, non ? fit-elle avec un sourire entendu, suivi d'un petit rire.

Comme Armand ne sembla pas apprécier sa remarque, elle changea de sujet :

– Je ne sais pas ce que Delaunay a contre toi. Toutefois, je peux te dire que s'il a commencé à mordre, il ne lâchera pas. Je le connais, c'est un vrai pitbull. Quand il a quelqu'un dans le collimateur, ça devient une idée fixe chez lui, il va jusqu'au bout.

– C'est lui qui t'envoie ce soir ? demanda Armand en joignant les mains sur ses genoux.

– Mais arrête de jouer les détectives paranoïaques. Je suis venue parce que tu m'as demandé de venir.

– Je pensais que tu ne faisais que les VIP. Or, un inconnu t'appelle en pleine soirée et tu accours sans poser de questions ?

– Tu m'ennuies avec tes observations à deux centimes, grogna Christelle. Les VIP ne me donnent plus signe de vie depuis cette fameuse nuit où la police m'a interpellée dans une soirée coquine. Je suis grillée maintenant, alors je n'ai plus de revenus. J'ai bien envoyé des curriculum vitae aux entreprises, mais le secteur est bouché. On me propose une mission aux Kerguelen pour y étudier la pollution, je devrais partir le mois prochain si tout se passe bien. En attendant, il faut bien que je vive, mais pas en faisant n'importe quoi bien sûr. Alors, cesse de me juger… Oui, je suis venue ce soir pour du fric, et certainement pas pour le plaisir… Je pense que je vais rentrer chez moi. Tu n'as pas d'affaires à me proposer, tu m'as fait perdre mon temps.

– Je ne tiens pas à te payer, en effet. Je pense que j'ai déjà payé assez cher pour une nuit passée avec toi. Cependant, je peux te raccompagner chez toi en taxi.

– Pourquoi pas ? Allons-y maintenant, je suis fatiguée.

*

* *

Dès qu'elle fut installée dans le taxi, Christelle commença à retirer les épingles de son chignon. Puis elle secoua ses cheveux pour les démêler. Un parfum chaud et sensuel s'en dégagea et se répandit à l'arrière du véhicule.

Armand était assis à ses côtés, il ne put s'empêcher de respirer discrètement cette irrésistible fragrance. Elle portait la même, lorsqu'ils s'étaient rencontrés à bord du paquebot. Il se rappelait qu'il l'avait inconsciemment suivie sans la voir, jusqu'à la retrouver sur le pont arrière du navire. Et maintenant, il ressentait le même trouble.

– En fait, je t'ai menti, dit-elle d'une voix douce. La nuit que j'ai passée avec toi sur ton paquebot a été formidable. Je ne l'ai pas oubliée. Parfois, quand ça ne va pas, j'y pense. Ta présence à mes côtés, cette nuit-là, était rassurante, je me suis sentie bien. Tout comme maintenant, je me sens libérée.

– Libérée de quoi ?

Christelle ne répondit pas. Elle lui prit le bras et posa tendrement sa tête contre son épaule. Un peu gêné, Armand jeta un regard au rétroviseur central pour observer la réaction du chauffeur de taxi. Mais l'homme, un jeune asiatique, ne paraissait pas faire attention à la conversation de ses clients, la discrétion devait être une règle majeure chez lui.

– Je m'en souviens, le matin tu avais une sacrée forme, ironisa Armand.

– Crois-moi ! Ça n'a pas été facile pour moi.

Armand ricana bruyamment.

– Tu penses peut-être que ça a été plus facile pour moi, dit-il sèchement.

– Ne sois pas cynique. Dis-moi plutôt ce que je peux faire pour me faire pardonner.

Elle indiqua au chauffeur de taxi l'endroit où elle voulait descendre. Puis elle se blottit contre le bras d'Armand en prenant un air mélancolique.

– Viens prendre un verre chez moi. Je suis certaine que tu t'es trouvé un hôtel sordide, avec un lit qui sent le moisi et la douche qui fuit.

Il sentit la chaleur du corps de la jeune femme irradier son épaule. Elle s'était accrochée à lui naturellement, comme s'ils se connaissaient depuis toujours, puis elle avait posé sa tête contre sa poitrine. Armand sentait son cœur battre de plus en plus fort. Le parfum de Christelle l'envoûtait. Il se surprit à l'inspirer à pleins poumons, mais il se reprit aussitôt et se dégagea de l'étreinte.

– La prochaine fois peut-être, dit-il d'un air absent. Il faut que je rentre.

– Maman t'attend ? Tu risques d'être puni si tu ne rentres pas à l'heure ? dit-elle en imitant une voix de petite fille.

– Rentre chez toi ! Je pense que c'est mieux pour tous les deux. Bonne chance pour les Kerguelen.

– Tant pis pour toi.

Christelle lui donna un rapide baiser sur la joue et sortit du véhicule. Armand était complètement groggy. Il fit signe au chauffeur de démarrer et se tourna vers l'autre côté de la rue pour ne pas voir la jeune femme rentrer chez elle. Quand le conducteur du taxi lui demanda où il comptait aller, il lui indiqua machinalement le nom d'un hôtel.

Armand était ailleurs, il regardait passer les voitures sans les voir. Pendant ce temps, le chauffeur asiatique discutait par radio avec une autre personne. Tout à coup, il s'arrêta et dit d'une voix saccadée :

– Il y a un problème, monsieur, le nom de l'hôtel que vous m'avez annoncé n'existe pas à Mulhouse. Où dois-je vous conduire ?

Armand était stupéfait, il ne se souvenait plus du nom de l'hôtel. Il chercha dans son portefeuille la facturette de carte bleue qui lui avait été remise quand il avait payé sa chambre, mais il ne la trouva pas.

– Ça va vous paraître étrange, mais j'ai oublié le nom de mon hôtel. Je vous ai donné celui où j'étais à Colmar.

– Si vous ne savez pas où aller, je vous ramène chez la dame qui vous invitait chez elle. Elle sera très heureuse de votre retour.

Armand sourit et donna son accord au chauffeur. Christelle avait raison, l'hôtel qu'il avait choisi était sordide et la douche fuyait certainement. De toute façon, il devait retourner chez elle, car il avait oublié de prendre ses coordonnées. Il pourrait avoir besoin de la contacter pour les besoins de son enquête.

Le taxi fit demi-tour et retourna à l'appartement de Christelle. Elle habitait dans une grande bâtisse des années cinquante, entourée d'un petit jardin. La rue était étroite, et l'immeuble était le seul du genre parmi les pavillons individuels. À une centaine de mètres de l'arrivée, le taxi fut bloqué par un sens interdit non indiqué par le GPS. Il voulut faire le tour du pâté de maisons, mais Armand l'arrêta, paya la course et descendit. Un peu de marche lui remettrait les idées en place avant de se rendre chez Christelle.

La rue était éclairée par de vieux lampadaires à la lumière froide. En arrivant devant la porte du jardin de l'immeuble, il faisait trop sombre pour lire les noms sur le panneau de sonnettes. Alors, il escalada le portail de bois, puis il fit le tour du bâtiment et s'arrêta devant la porte d'entrée. La serrure avait été forcée, des éclats de bois jonchaient encore le sol. Il entra et appuya sur l'interrupteur de la minuterie.

« Une porte fracturée. C'est curieux pour un immeuble de ce standing », pensa-t-il.

Un grand escalier de bois sculpté laissait à penser que la bâtisse avait appartenu à une riche famille avant d'être divisée en appartements.

« Il n'y a qu'un seul appartement par palier et l'immeuble ne fait que trois étages, se dit-il. Ce sera facile de la trouver. »

La sonnette du premier appartement n'avait pas de nom, il monta les marches grinçantes jusqu'au premier étage. Là, l'étiquette indiquait : « Ruffin Robert ». Le dernier palier était au nom de : « Sylvie Mentraux ».

« Elle doit habiter au rez-de-chaussée, pensa-t-il. L'appartement sans nom doit être le sien. »

Au moment où il allait descendre, l'éclairage de l'escalier s'éteignit. Il chercha à tâtons l'interrupteur de la minuterie. Soudain, il entendit la porte du rez-de-chaussée s'ouvrir, la lumière revint au même instant. Un homme de forte corpulence apparut dans le hall, puis un autre du même gabarit. Il portait sur son dos une femme en chemise de nuit ; c'était Christelle, elle était inanimée.

Armand devait réagir rapidement, il ne pouvait pas la laisser entre les mains de ces deux malfrats.

Il descendit silencieusement les marches, tandis que le trio passait la porte d'entrée. Lorsqu'il arriva dans le hall, il les entendit parler à l'extérieur. Armand regarda discrètement par l'embrasure de la porte, l'un d'eux partait chercher sa voiture tandis que l'autre venait de déposer Christelle sur le trottoir de briques. La jeune femme ne bougeait pas, elle paraissait inconsciente.

L'occasion était trop belle. Armand devait agir pendant que le type était seul. Il s'empara d'un extincteur trouvé dans le hall de l'immeuble et le dégoupilla. Sans faire de bruit, il franchit la porte d'entrée et s'approcha de l'individu. Ce dernier venait d'allumer une cigarette et en aspirait les premières bouffées.

Dès qu'Armand fut suffisamment proche, il appela d'un « hé » bref. L'autre fut surpris, il se retourna immédiatement en faisant tomber sa cigarette sur le sol. À ce moment, Armand lui envoya le jet de produit d'extinction au visage. L'homme ferma les yeux, en poussant un juron, et voulut se protéger avec les bras. Armand en profita pour le frapper au plexus. Le souffle coupé, il se courba, alors, Armand lui asséna un deuxième coup derrière la nuque. Il s'écroula sur le sol.

Les phares de la voiture éclairèrent les portes de garage situées au fond du jardin. Le grincement du portail automatique se fit entendre. D'un moment à l'autre, le véhicule entrerait dans la cour.

Armand souleva l'homme par les aisselles, puis il le traîna dans le hall de l'immeuble. La voiture s'arrêta à quelques mètres de Christelle. Le conducteur en sortit sans tarder. Stupéfait de ne pas trouver son coéquipier là où ils s'étaient quittés, il sortit son pistolet et regarda autour de lui. Puis il avança vers Christelle et s'accroupit près d'elle. Il secoua son épaule pour s'assurer de son état inconscient ; la jeune femme ne réagit pas. Ensuite, il scruta l'obscurité et appela son partenaire d'une voix étouffée pour ne pas attirer l'attention des habitants de l'immeuble.

Juste à côté de la porte entrouverte, Armand attendait sans bouger, il regardait par l'embrasure. Il réfléchissait à la façon dont il allait se sortir de ce mauvais pas. Au point où il était, il ne pouvait plus faire machine arrière. Dans quelques instants, l'homme qu'il venait d'assommer se réveillerait, son compagnon l'entendrait gémir et comprendrait instantanément ce qui venait de se passer. Armand était coincé dans cette cage d'escalier, et son adversaire avait une arme. Sans aucun doute, il n'hésiterait pas à s'en servir.

L'individu s'avança vers la porte et l'ouvrit d'un coup de pied sec. Le hall était trop sombre pour qu'il puisse voir son coéquipier allongé sur le carrelage. Sa main gauche chercha à tâtons l'interrupteur de la minuterie. Avant qu'il n'appuie sur le bouton, Armand saisit son extincteur à deux mains, et fit un pas de côté pour se retrouver face à son adversaire. L'effet de surprise fut imparable, Armand lui envoya le gros cylindre métallique au visage. Il frappa trois coups successifs. L'homme lâcha son arme et s'effondra sur la dalle de ciment.

Armand donna un coup de pied dans le pistolet. L'objet s'envola et atterrit à l'intérieur d'un massif de plantes. Le malfrat gisait sur le sol dans un état semi-inconscient. Il avait le nez éclaté et l'arcade sourcilière ouverte, son visage était recouvert de sang. Il était dans un sale état, mais Armand n'avait pas le temps de s'en apitoyer. Il avança rapidement vers Christelle et la porta sur son dos jusqu'à la voiture. Par chance, les clefs étaient restées sur le tableau de bord. Il allongea délicatement la jeune femme sur la banquette arrière, s'installa à la place du chauffeur et démarra le véhicule.

Le bruit de la bagarre avait réveillé des occupants de l'immeuble. Quand Armand appuya sur la commande d'ouverture du portail électrique, un homme souleva le voilage d'une fenêtre et regarda partir la voiture.

Il roula vers la sortie de la ville, un peu au hasard des panneaux. Il voulait s'éloigner le plus rapidement possible. Alors, sans réfléchir, il prit la direction de Colmar.

Sur la banquette arrière, Christelle gémit, elle se réveillait. Elle ne bougea pas, mais ouvrit des yeux hagards. Elle commençait à prendre conscience de ce qui venait de lui arriver : les deux hommes et l'agression. Des scénarios morbides parcouraient son esprit. Armand s'arrêta sur le parking d'un centre commercial et se retourna pour la rassurer.

– Ne crains rien. Nous les avons semés.

La jeune femme continua à le regarder sans rien dire, en affichant une expression de terreur. Apparemment, elle semblait se demander comment elle s'était retrouvée avec Armand dans cette voiture. Ils s'étaient quittés froidement malgré ses avances, elle avait vu le taxi s'éloigner dans la rue, tourner à droite en direction du centre-ville, puis le bruit du moteur avait peu à peu disparu, alors elle était rentrée chez elle.

Maintenant, elle avait mal à la tête et se sentait faible.

– Après t'avoir quitté, je suis revenu sur mes pas, et j'ai surpris ces deux hommes qui t'emmenaient. J'ai réussi à les neutraliser. Tu dois me faire confiance. Je te propose de prendre une chambre dans cet hôtel là-bas. Il doit y avoir un guichet automatique de nuit, comme ça, personne ne nous remarquera. Tu y seras en sécurité, le temps que je règle quelques affaires.

Christelle se releva et s'assit sur la banquette, sans le quitter des yeux. Elle grelotta nerveusement durant quelques instants en refermant les bras sur elle pour se réchauffer. Puis, elle se ressaisit et acquiesça d'un signe de tête, comme une petite fille perdue.

Chapitre 18

La chambre était petite et impersonnelle. Tout à fait caractéristique de ces hôtels de périphérie de ville : un bâtiment froid, construit rapidement avec des blocs pré-assemblés sans souci d'esthétique. Elle sentait le tabac froid et les produits désinfectants ; Armand dut ouvrir la fenêtre pour ne pas attraper une migraine.

Il avait choisi cet hôtel, car l'accueil se réduisait à un simple guichet automatique. L'appareil ne lui avait demandé rien d'autre que sa carte bancaire. Alors, il avait pu porter Christelle de la voiture à la chambre, sans se faire remarquer. La jeune femme grelottait nerveusement. Apparemment, elle n'était pas encore sortie de son mutisme.

Il l'allongea sur le lit et borda la couverture avec le plus grand soin. Puis il essaya de la rassurer, en lui expliquant qu'elle était en sécurité. Elle écouta en silence et sans bouger ; ses grands yeux hagards fixaient un point imaginaire sur le plafond.

– Je dois sortir durant deux heures au plus, dit-il. Mais ne t'inquiète pas, tu ne crains rien ; à part moi, personne ne sait que tu es ici.

Lorsqu'il se leva, la jeune femme sortit enfin de son mutisme. Elle émit un cri de protestation incompréhensible, bondit hors du lit et lui attrapa l'avant-bras pour le retenir auprès d'elle. Alors, Armand la prit dans ses bras et la réconforta le temps qu'elle s'habitue à la chambre, et qu'elle se remette un peu de ses émotions.

– Il faut que je parte, dit-il en se libérant de son étreinte, c'est indispensable. Il est 1 h 30. Avant 4 heures du matin, je serai de retour.

Doucement, il se dégagea et partit s'asseoir sur la chaise placée à côté du lit. Christelle se calma peu à peu ; elle ressemblait à une enfant perdue, à la recherche d'une sécurité paternelle. Doucement, elle s'allongea sur le côté et commença à se frotter le bout du nez avec un morceau de drap.

Cinq minutes plus tard, Armand quittait la chambre. La jeune femme insista pour laisser la lumière allumée. Avant de partir, il lui promit de tout faire pour la sortir de ce mauvais pas au plus vite.

« Dans quel merdier me suis-je mis une fois de plus ? se dit-il, en ouvrant la portière de la voiture. Je me retrouve en pleine nuit à jouer à la baby-sitter, alors que je pourrais être tranquillement sous ma couette. Pourquoi faut-il toujours que je me mêle des problèmes des autres ? Cette femme est une catastrophe ambulante, je ne peux pas la rencontrer sans que la situation se dégrade aussitôt. »

Il démarra le moteur du véhicule et alluma le GPS encastré dans le tableau de bord. Il pianota sur l'écran tactile pour essayer de retrouver l'hôtel où il était descendu. Le nom lui revint en listant les hébergements de la ville :

« *Les Tourelles*, c'est bien ça, se dit-il. Il y avait un commissariat de police à moins de cinq cents mètres de cet hôtel, c'est parfait pour le plan que j'ai imaginé. »

Avant de quitter le parking, il fouilla dans la boîte à gants. Parmi de nombreux paquets de chewing-gum, il découvrit un téléphone portable. Il devait appartenir à l'un des deux agresseurs de Christelle. Une mine d'or de renseignements. Grâce à ce petit appareil, on pouvait découvrir beaucoup de choses sur son propriétaire.

Sans attendre, il recopia soigneusement les numéros de téléphone du répertoire, puis les appels émis et reçus. Un nommé Charly, d'après le libellé du téléphone, avait été contacté à minuit douze. Juste au moment où l'homme était parti chercher la voiture, pendant que son acolyte surveillait Christelle. Ce Charly avait lui-même appelé plusieurs fois dans la soirée.

Ce mystérieux Charly était peut-être l'instigateur de l'enlèvement de Christelle. Son homme de main l'avait appelé pour s'enquérir de la suite à donner.

Armand interrogea ensuite la mémoire du GPS ; cet appareil pourrait donner des informations sur les lieux fréquentés par les kidnappeurs. Parmi les points récemment entrés, il y en avait un qui attira particulièrement son attention. Il se situait en pleine forêt vosgienne et portait le nom de : *Manoir du cheval blanc*. Y avait-il un rapport avec l'épave du *Whitehorse* ? La coïncidence est flagrante.

Il nota les coordonnées sur son carnet, puis il roula en direction du centre-ville. La circulation à cette heure de la nuit était quasiment nulle. Quelques camions se dirigeaient vers le centre commercial ou le dépôt de livraison de leurs marchandises. Lorsqu'il passa devant l'hôtel *Les Tourelles*, il poursuivit sa route sur une distance d'environ cinq cents mètres. Puis il gara le véhicule dans une petite rue sombre, loin des caméras de surveillance urbaine. Ensuite, il appela la police à partir du téléphone portable trouvé dans la voiture. Après le générique habituel, un homme lui répondit avec le timbre de voix de quelqu'un qui lutte contre le sommeil :

– Police nationale, brigadier Peyrat à l'appareil. Veuillez donner vos nom, prénom, adresse, ainsi que le motif de votre appel.

Ils recommençaient avec leur habituel : « Nom, prénom, etc. »

– Un cambriolage a mal tourné au 17 rue Montjoie, dit Armand en masquant sa voix. Deux hommes armés sont mal en point dans cet immeuble. Leur voiture, une BMW noire, est garée rue Montherlant. Le GPS et le téléphone portable contiennent des informations intéressantes.

– Vos nom et prénom, s'il v…

Armand coupa la conversation et rangea le téléphone dans la boîte à gants, après avoir essuyé ses empreintes. Puis, il sortit de la voiture et marcha en direction de son hôtel. Pour ne pas se faire repérer, il emprunta les petites rues désertes, évitant ainsi les grands axes beaucoup moins discrets. Il savait qu'après un appel de ce genre à la police, des agents scrutaient leurs écrans de vidéosurveillance pour essayer d'identifier l'auteur du coup de fil.

En approchant d'un carrefour, une voiture de police passa à toute vitesse sans respecter les feux tricolores. Armand resta caché dans le renfoncement d'une entrée cochère jusqu'à ce que le bruit de la sirène ait complètement disparu.

« Comme discrétion, on peut faire mieux, pensa-t-il. Ils partent certainement à la recherche de la voiture. »

Dès que la voie fut libre, il continua son chemin en regardant de part et d'autre pour s'assurer qu'il n'était pas suivi. Peu de temps après, il se retrouva face à son hôtel. Sa mémoire visuelle et son sens de l'orientation ne l'avaient pas trompé. En entrant dans le hall de la réception, il attrapa sa clef au fond de sa poche et monta jusqu'à sa chambre. Là, il rassembla rapidement ses affaires, puis il descendit quatre à quatre les escaliers et quitta l'hôtel après avoir déposé la clef dans la boîte prévue pour les départs de nuit.

Sa voiture était garée une dizaine de mètres plus loin, dans une rue adjacente. Il la retrouva facilement. Une fois installé, il put enfin souffler. Mais son répit ne fut que de quelques secondes ; il ne fallait pas traîner dans le quartier, car la police devait y rôder. Alors, il démarra son moteur et partit en direction de l'hôtel où l'attendait Christelle. Il était 3 h 10, les rues étaient un peu plus animées que précédemment.

Après avoir tourné dans le centre-ville, il aperçut enfin un panneau indiquant la direction de Colmar. Il arriva rapidement sur la voie rapide et reconnut la bifurcation qui menait à l'hôtel.

Une énorme sensation de fatigue l'envahit lorsqu'il entra dans la chambre. Christelle semblait avoir retrouvé ses esprits, elle était allongée sur le lit et regardait un film en noir et blanc.

– C'est un Billy Wilder, dit-elle en souriant. J'adore ses films.

Armand était étonné. Cette jeune femme venait de se faire agresser, puis elle avait été droguée et kidnappée. Et maintenant, elle regardait tranquillement un film de Billy Wilder. Comme si rien n'était arrivé. Sa capacité de récupération était surprenante.

Elle remarqua son air surpris, alors elle baissa le son du téléviseur et s'assit sur le bord du lit.

– Je sais ce que tu penses, Armand. Je devrais être en train de me lamenter sur mon sort ou être en pleine crise de larmes. Hé bien, non ! Ma vie n'a pas toujours été facile, alors j'ai appris à relativiser les événements, et surtout, à détourner mon attention. J'ai pleinement conscience de ce qui m'est arrivé hier soir. Mais si je me focalise dessus, ça n'y changera rien. Je savais que tu reviendrais, alors je n'avais aucune raison de paniquer.

– J'admire ta capacité de récupération, c'est tout.

– Tu croyais me retrouver pendue dans la chambre avec les draps du lit ?

– Dieu merci, non ! J'ai eu ma dose de problèmes, je commence à saturer. J'espère que la police va trouver les indices que j'ai laissés dans la voiture et saura les analyser. Il y avait un téléphone portable et un GPS. Tous les deux bourrés de renseignements sur tes ravisseurs. Ils n'auront qu'à les cueillir dans le hall de ton immeuble et remonter la filière jusqu'au commanditaire, un certain Charly.

– Pourquoi n'es-tu pas allé directement à la police ?

– La police ? J'ai visité bon nombre de leurs bureaux ces derniers temps. À chaque fois, ça ne s'est pas très bien passé. Avec la chance que j'ai, je pourrais être inculpé pour avoir tabassé tes ravisseurs. Bien que je considère ça comme de la légitime défense, il faudra que je le prouve, et j'ai des raisons d'être méfiant.

– Tu veux parler de la plainte de Miami ? demanda Christelle.

– Pas seulement. Depuis quelques mois, il m'arrive un tas d'histoires rocambolesques. Tout a commencé par un morceau de tissu, trouvé dans le filet d'un marin pêcheur. Un véritable sortilège, ce morceau de tissu ; celui qui l'a pêché est décédé, peu de temps après.

– Le battement d'ailes d'un papillon qui provoque une catastrophe. C'est à cause d'un morceau de tissu que tu es ici, ce soir avec moi ?

– Il doit bien y avoir un rapport entre ce morceau de tissu et toi. Ce serait intéressant de le trouver… Je me permets de relever au passage que le mot « catastrophe » est approprié en ce qui te concerne… Toujours est-il que depuis la découverte de ce morceau de tissu, ma vie est plutôt mouvementée.

– Raconte-moi, lui demanda Christelle en écarquillant les yeux d'impatience.

– Ça sera bien moins intéressant que ton Billy Wilder à la télévision. Et en plus, je raconte très mal les histoires, tu vas vite te lasser.

– Allez ! Ne te fais pas prier comme une star ! Tu m'as bien fait parler de ma vie tout à l'heure. Je ne t'ai rien caché. Alors, à toi maintenant !

Armand hésita un instant, puis il se lança. Quelqu'un s'intéressait à son histoire, alors il se dit qu'en parler lui ferait le plus grand bien. Il raconta tout depuis le commencement : le morceau de tissu, la mort de Fabrice, les messages, la grotte à Dinard, les migrants de Calais, Lucie, etc.

– Le plus curieux dans cette histoire, termina-t-il, est qu'un mystérieux Charlemagne m'envoie des messages codés sous forme de poèmes. C'est exactement comme s'il voulait me guider dans mes recherches.

– Charlemagne ?

– Ça te dit quelque chose ? demanda Armand.

Christelle éclata de rire :

– J'ai appris l'histoire de Charlemagne à l'école, bien entendu. Mais il est mort depuis longtemps. Ne t'arrête pas sur ce pseudonyme, mais cherche plutôt les raisons qui le poussent à agir ainsi.

– Que veux-tu dire ?

– Ce Charlemagne t'appâte comme un chasseur appâte un ours, avec le but de t'emmener là où il le veut. Il te surveille et sait où tu es en permanence. À ce Charlemagne, on pourrait lui donner le surnom de Charly ? Qu'en penses-tu ?

– Tu sais quelque chose que j'ignore, alors aide-moi à comprendre ce qui se passe.

– Ce qui se passe crève les yeux, mon pauvre Armand. Tu es une personne idéale pour les jeux de ce Charlemagne. Tu es curieux et intelligent ; il suffit d'un petit rien pour te lancer sur une piste. Plutôt que de regarder un film à la télévision ou de jouer aux jeux vidéo, il est bien plus intéressant de s'amuser avec un humain en chair et en os.

– Tu connais notre Charlemagne ? C'est ça ? Alors, démasquons-le ! Et si nous avons assez de charges contre lui, nous irons porter plainte au commissariat le plus proche.

La jeune femme fit une grimace.

– Ce Charlemagne est plus malin que ça. Nous n'avons aucune charge contre lui. Pour ce qui est d'aller à la police, je préfère éviter cette démarche pour le moment, j'ai peur qu'ils me reconnaissent et m'interpellent pour l'histoire d'usurpation d'identité… Mais dis-moi, tu as noté l'adresse du *Manoir du cheval blanc* ?

– J'ai la position en tête, répondit Armand en bâillant. C'est entre le ballon d'Alsace et la vallée de la Moselle. Il y a deux petits lacs à proximité.

– C'est à une quarantaine de kilomètres de Mulhouse, dit Christelle d'une voix neutre, comme si elle se parlait à elle-même.

Dès qu'elle eut terminé sa phrase, elle fila dans la salle de bains. Visiblement, le *Manoir du cheval blanc* l'inquiétait, elle craignait que ce soit là que les deux hommes voulussent l'emmener.

Armand s'étira, il se demandait encore comment il en était arrivé à se retrouver dans une chambre d'hôtel avec cette superbe jeune femme en nuisette de satin. Il caressa l'oreiller sur lequel reposaient quelques longs cheveux. Un parfum chaud le fit frissonner, il avait envie d'étreindre les draps, son sang le brûlait. Mais c'était impossible, son désir pour Christelle lui avait déjà joué des tours. Il fallait penser à autre chose.

La fatigue commençait sérieusement à alourdir ses paupières. Alors, il profita de son absence pour se déshabiller et s'installer confortablement dans le lit voisin. Puis, il s'endormit aussitôt.

*

*   *

– Monsieur, s'il vous plaît ? entendit Armand dans son rêve.

Quelqu'un lui secouait énergiquement l'épaule depuis plusieurs secondes, quand il se réveilla. Armand ouvrit les yeux difficilement à cause de la lumière du soleil et regarda la femme de chambre avec un air ébahi.

– Il est midi, monsieur. Si vous voulez garder la chambre, vous devez descendre à la réception.

Une femme noire, d'une quarantaine d'années et de forte corpulence, se tenait debout à côté du lit. Les mains appuyées sur son balai, elle le dévisageait avec un air sévère. Armand regarda autour de lui, Christelle n'était pas dans la chambre.

– Vous savez où est passée la jeune femme qui était avec moi ? demanda-t-il en bâillant et en se frottant le sommet du crâne.

– Il n'y a qu'une seule femme ici, c'est moi. Et je dois faire la chambre au plus vite sinon je vais prendre du retard. Allez voir ma collègue à la réception et dites-lui que vous gardez la chambre, comme ça vous pourrez remonter prendre votre douche. La jeune femme vous a beaucoup fatigué et vous ne pouvez plus vous lever…

En sortant de la chambre, la femme de ménage continua à le chahuter au sujet d'une prétendue nuit d'amour avec la jeune femme. Elle parlait avec un fort accent antillais, terminant chacune de ses phrases d'un rire éclatant.

Dès qu'elle eut fermé la porte, Armand se leva et s'habilla au plus vite. En voulant fermer son sac, il s'aperçut que ses habits de rechange avaient disparu. À la place, il y avait une feuille de papier pliée en quatre.

Armand la déplia délicatement et lut : « Ne m'en veux pas si je t'ai emprunté quelques vêtements, ainsi que ta voiture. Je serai de retour dans l'après-midi. Repose-toi bien ! »

Chapitre 19

La pluie tombait de plus en plus fort. Armand courbait le dos pour avancer. De temps en temps, il fulminait contre l'impudence de Christelle. À ses risques et périls, il l'avait sauvée des mains de ses ravisseurs, et elle était partie avec sa voiture. Maintenant, il devait la récupérer chez un garagiste du quartier Rebberg de Mulhouse.

Mais ça faisait maintenant presque une heure que le chauffeur de taxi l'avait déposé aux portes du jardin d'acclimatation. Il avait parcouru de long en large le labyrinthe de rues pentues et étroites, sans apercevoir le moindre garage de réparation automobile.

Le quartier était composé de grandes et belles villas, cachées derrière de hauts murs d'enceinte doublés d'une végétation luxuriante. Elles devaient dater, en majorité, du début du XXe siècle, mais quelques-unes arboraient une architecture beaucoup plus contemporaine. Personne dans les rues, pas même un courageux qui avait eu le cran de braver le vent de noroît pour sortir son chien. Les habitants passaient en voiture, puis ils entraient dans leur propriété après avoir télécommandé à distance l'ouverture de leur portail électrique. Un quartier résidentiel sans abribus ni commerce de proximité où il aurait pu se renseigner ou s'abriter quelques minutes.

La nuit commençait à tomber, il regarda sa montre : il était 18 h 45. Dans quinze minutes, le garage fermerait ses portes jusqu'au lendemain, et s'il ne l'avait pas trouvé d'ici là, il devrait se chercher un taxi pour retourner dans son hôtel préfabriqué.

Dès que la pluie cessa, il fouilla dans sa poche et sortit le message que la réceptionniste de l'hôtel lui avait transmis. Puis, il s'abrita du vent, derrière un haut mur et le relut : « J'ai laissé ta voiture chez le garagiste Sanchez dans le quartier Rebberg, à côté du parc floral. Signé : Miss Catastrophe. » Le texte était court, et il n'y avait ni explications ni mot d'excuse.

Au moment où il reprenait sa marche, une grosse voiture noire s'arrêta à son niveau. Un homme en costume de chauffeur baissa la vitre et lui adressa la parole.

– Êtes-vous M. Armand Verrotier ? demanda-t-il d'une voix grave.

– C'est moi, en effet.

– Je suis M. Sanchez, garagiste et chauffeur de M. Victor Von Reinmark. Puis-je vous demander de monter dans cette voiture ? Je vais vous conduire jusqu'à votre véhicule.

– Mais comment m'avez-vous trouvé ? Vous me connaissez ?

– Je vous attendais devant l'entrée du jardin d'acclimatation. Nous étions censés nous y retrouver d'après mes directives. Il y a quelques minutes, je vous ai aperçu, marchant sur le trottoir. Vous ressemblez à la description qu'on m'avait donnée, alors je me suis permis d'aller à votre rencontre.

Le garagiste en question n'avait rien à voir avec l'image qu'on se fait habituellement de ce genre de personne. Il ne portait pas de combinaison tachée d'huile de vidange, mais il était en costume-cravate noir, il portait des lunettes de soleil et une paire de gants en cuir. Armand fit le tour de la voiture et tenta de monter à la place du passager avant, mais la portière était fermée. Le chauffeur lui fit signe d'aller à l'arrière.

Il s'installa confortablement dans un fauteuil de cuir et se laissa conduire jusqu'à une grande villa. Durant le trajet, il essaya de parler avec le chauffeur, mais ce dernier évitait toute conversation en faisant des réponses polies, mais courtes et évasives.

Ils traversèrent le jardin et entrèrent dans un vaste garage. Il y avait plusieurs véhicules reluisants à l'intérieur, dont deux Cadillac, une Porsche, une Citroën des années trente, un gros 4x4 astiqué de frais, et enfin la voiture d'Armand. Cette dernière faisait pâle figure au milieu des autres.

Dès que le moteur fut arrêté, le chauffeur descendit et ouvrit la porte arrière pour que son passager puisse sortir. Puis il prit un trousseau de clefs dans la poche de sa veste et le mit en évidence.

– Votre patron aime les belles voitures à ce que je vois, dit Armand en regardant partout autour de lui.

– Votre voiture vous attend, monsieur, répondit le chauffeur imperturbable.

La réponse était décalée, et le ton froid. Armand vit qu'il était inutile de continuer à discuter avec cet homme ; il faisait partie de ces domestiques dressés à la discrétion, car c'était la condition *sine qua non* pour garder leur place. Il prit son trousseau de clefs et s'installa au volant de son véhicule. Au moment de partir, il remarqua une enveloppe déposée en évidence sur le tableau de bord. Il voulut l'ouvrir, mais le chauffeur lui faisait signe de sortir et commençait à s'impatienter.

La nuit était maintenant complètement tombée. Un chemin balisé de petits luminaires traversait la propriété. Le grand portail s'ouvrit automatiquement, dès que la voiture se présenta devant.

« Il y en a qui ont du fric, pensa Armand. Mon salaire d'un an de capitaine ne suffirait même pas à payer l'installation des luminaires du jardin. »

Dès qu'il arriva sur la voie publique, il rangea sa voiture sur le côté et ouvrit l'enveloppe. Elle contenait un texte imprimé sans nom ni signature. Mais dès les premières lignes, Armand n'eut plus de doute sur l'auteur :

« Quand tu auras lu cette lettre, tu comprendras pourquoi je n'y ai écrit aucun nom propre. J'espère que tu pardonneras ma fuite ainsi que le temps perdu à venir récupérer ta voiture. De plus, je te demande expressément de ne plus chercher à me revoir.

Un programme de recherche et d'étude a été mis en place, ces derniers mois, par une société fantôme. Ce projet s'appelle C2M, soit en littéral : « Controlled Mind Man ». Le but étant de transformer un être humain quelconque en une sorte d'esclave. Un implant lui est introduit au niveau de la nuque. Selon la destinée du C2M, l'effet de cet implant peut être immédiat ou à retardement. Pour un serviteur dévoué corps et âme à son maître, un implant de type A, c'est-à-dire à diffusion lente et continue, est utilisé. Pour une mission ponctuelle, des implants de type C à K sont employés. Ces derniers ne deviennent efficaces qu'en présence d'un catalyseur. Ce dernier peut être une phrase entendue à la radio ou une substance diffusée dans un plat, dans une boisson ou même dans l'air ambiant. Nous manquons d'informations à ce sujet. Les C2M de ce type sont utilisés pour des actions bien définies, violentes et kamikazes. Un acte que la personne n'accomplirait pas en temps normal.

Le marché d'implants de ce type est très important. Beaucoup de pays ou de particuliers sont déjà clients. L'avantage sur les robots les plus sophistiqués est considérable : autonomie, coût et apparence, ce sont des humains. Des démonstrations d'efficacité de l'implant sont réalisées couramment afin de convaincre de nouveaux clients.

Les études initiales ont été effectuées sur des clandestins de Calais. En général, ce sont des personnes jeunes, en bonne santé et saines d'esprit. En plus, elles ont un avantage de taille : ce sont des gens qui n'existent pas pour l'état civil de notre pays. En cas de décès, aucune enquête n'est entreprise.

Le projet C2M nous concerne personnellement, car nous avons été implantés, tous les deux. Passe le bout de tes doigts au niveau de ta nuque, tu sentiras une sorte de petite aiguille souple sous la peau. Un conseil, ne cherche pas à le faire retirer par un chirurgien, l'implant est composé de nanoparticules instables, tu serais empoisonné aussitôt. Nous avons été programmés pour quelque chose que nous ne connaissons pas. Un jour, l'implant se réveillera et nous effectuerons notre mission.

Pour te remonter le moral, sache qu'une étude a relevé des cas résistants chez certains humains. Ces cas isolés posent quelques soucis au fabricant d'implants. Je pense faire partie de ces rebelles. Peut-être en fais-tu partie aussi ? Je ne te donne aucune explication sur mes sources, mais je t'assure qu'elles sont bien réelles. Les hommes n'ont jamais compris que les jolies femmes ont des oreilles et un cerveau ; il suffit de faire la potiche lors d'un repas et ils parlent entre eux comme si l'on n'existait pas.

Maintenant, tu comprends pourquoi je ne pouvais pas rester plus longtemps avec toi. L'histoire que tu m'as racontée hier a éveillé ma vigilance. Dès que tu t'es endormi, j'ai palpé ta nuque et j'y ai découvert l'implant. Alors, j'ai su que je ne pouvais plus te faire confiance ; à tout moment, tu peux avoir une réaction complètement anormale. Je dois assurer ma sécurité avant tout. Ne cherche pas à me joindre, j'ai tes coordonnées ; en cas de besoin, c'est moi qui te contacterai.

Bonne chance.

Miss Catastrophe. »

Machinalement, Armand se palpa la nuque. Il sentit immédiatement la petite aiguille souple sous sa peau. Quelqu'un l'avait fait venir à Dinard pour lui mettre un implant. Il se souvenait de son mal de crâne le lendemain de cette mésaventure. Lucie avait découvert sa blessure. Ses déambulations nocturnes ainsi que son coup de fil à la police avaient probablement été des tests de bon fonctionnement de l'implant.

Quelle était sa mission ? Était-il résistant ? Qui lui avait mis l'implant ? Pourquoi lui ? Il n'en savait rien, mais cette histoire était très inquiétante. Un jour, son esprit et son corps ne lui appartiendraient plus, il deviendrait alors une espèce de robot vivant au service d'un inconnu. Sans le vouloir, il effectuerait, peut-être, pour lui une mission monstrueuse. Il fallait qu'il démasque cet inconnu avant ce jour fatal. Après, ce serait trop tard.

Les données enregistrées dans le téléphone portable et le GPS des kidnappeurs constituaient sa seule piste. Le soir même, il acheta des cartes topographiques du massif vosgien et les étudia une bonne partie de la nuit. Le *Manoir du cheval blanc* se situait en altitude, isolé en pleine forêt vosgienne. L'endroit était difficilement accessible, il se trouvait sur la pente abrupte d'une corniche, et seule une route forestière y menait.

Cette nuit-là, Armand dormit peu. Des cauchemars horribles hantèrent son sommeil. Le pire fut celui durant lequel il attrapait un scalpel et tranchait la gorge de Lucie. Sa volonté n'arrivait pas à arrêter son bras. Un doute affreux lui occupa l'esprit à partir de ce moment : était-ce lui l'agresseur de Lucie ? Allait-il plonger dans la folie ?

Lorsqu'il se réveilla, sa montre indiquait 5 h 15. Il était couvert de sueur et trop angoissé pour retrouver le sommeil. Alors, il prit une douche en vitesse et quitta l'hôtel. Son corps était affaibli par la fatigue et le manque de nourriture. Il emprunta la route des Hautes-Vosges et s'arrêta dans la première station-service qu'il rencontra. Il y prit un café et essaya de manger une de ces pâtisseries industrielles, riches en sucre et en graisses hydrogénées. Mais ses mains tremblaient et son estomac se serra dès la première bouchée.

Un bus de voyage scolaire débarqua sa horde d'enfants. Le bruit devint assourdissant. Les gamins, excités par leur excursion, hurlaient tous en même temps, chahutaient et se poussaient pour accéder aux distributeurs de boissons. Ce vacarme lui devint rapidement insupportable ; il termina son café et partit en emportant son paquet de gâteaux, tout en sachant qu'il n'y toucherait pas.

Le jour pointait. Au loin, les massifs vosgiens apparaissaient sous une épaisse couche de nuages noirs.

« Il doit certainement neiger là-haut », se dit Armand en regardant les sommets.

Il roula, sans s'arrêter, jusqu'à la petite route sinueuse qui menait au *Manoir du cheval blanc*. Puis il s'arrêta à l'embranchement du chemin forestier. La neige tombait en gros flocons serrés, ce qui réduisait la visibilité à quelques mètres. Des panneaux en interdisaient l'entrée et signalaient la présence de chiens méchants. Un peu plus loin, une barrière métallique coincée entre de hauts murs de pierres en bloquait l'accès. La chaussée était à flanc de montagne. D'un côté, il y avait la vallée, de l'autre la propriété du manoir. Un mur de roche vertical, résultant de la taille de la route départementale dans la montagne, était surmonté d'une végétation dense. Cet ensemble constituait une défense infranchissable contre les intrus.

Armand regarda sa carte topographique et chercha les principaux points de repère, le seul accès possible au manoir était le chemin privé. Mais celui-ci était malheureusement fermé. Il reprit la route en direction de la vallée. Environ dix kilomètres plus loin, il arriva dans un petit village, où la seule activité matinale semblait se concentrer autour de la boulangerie. Il gara sa voiture au parking de l'église et descendit se détendre les jambes. L'odeur du pain chaud sortant du four réveilla sa faim. Il se gratta la nuque machinalement avec le faible espoir que son implant se soit miraculeusement volatilisé ; mais l'aiguille était toujours cachée sous sa peau, prête à cracher son venin d'un moment à l'autre.

Ravi de se rendre compte que la faim prenait le pas sur ses angoisses, il marcha, d'un bon pas, en direction de la boulangerie. L'établissement faisait, en même temps, débit de boissons, alors, il entra et demanda si l'on pouvait lui servir un petit déjeuner. La boulangère était de ces personnes à qui l'on ne peut donner un âge. Elle avait le cheveu rare et un visage de bûcheronne d'où pointaient deux pommettes rouges et pleines de vie. Elle acquiesça d'un signe de tête, puis elle disparut dans sa cuisine. Quelques minutes plus tard, elle revint et déposa sur la table une copieuse assiette de munster blanc et de tranches de jambon fumé. Le tout était accompagné d'une baguette de pain craquante à souhait. À la vue du regard ébahi de son client, elle gloussa et lui dit :

– Vous ne sortirez pas d'ici avant d'avoir terminé votre assiette. C'est la règle de la maison.

– J'ai l'impression que vous soignez bien vos clients. Tout ceci est très appétissant, répliqua Armand.

– On essaie de les retenir comme on peut. Il passe beaucoup de monde, mais les gens s'arrêtent de moins en moins. Avant, nous avions beaucoup de randonneurs. Ils faisaient une halte gastronomique chez nous, mais depuis que le manoir a été vendu, c'est triste.

– J'en suis désolé pour vous. Mais dites-moi, je ne vois pas le rapport entre les randonneurs et le manoir ?

– Le manoir a été vendu avec les bois environnants. Le nouveau propriétaire en a aussitôt interdit l'accès. Comme il n'y a plus de sentier, il n'y a plus de randonneurs. De plus, les gens du village ne peuvent même plus aller y ramasser des brimbelles.

– Des quoi ?

– Des brimbelles. Des myrtilles, si vous préférez.

– Vous voulez parler du *Manoir du cheval blanc* ? Je l'avais remarqué sur ma carte topographique, et j'avais justement envie d'aller faire une marche dans ce coin.

– Malheureux ! Vous voulez vous faire dévorer par les chiens ? Pour ça, il ne risque pas de se faire cambrioler ; des espèces de gros chiens divaguent en liberté dans ses bois. Mieux vaut ne pas tomber sur eux.

– C'est fou ça ! s'exclama Armand en étalant du munster blanc sur son pain. Vous connaissez le propriétaire ?

– On ne voit que ses employés. Ils viennent acheter du pain et repartent aussitôt. Ce sont des gens discrets, ils ne prennent jamais le temps de boire un café ou un petit verre. On ne sait rien d'eux… D'ailleurs, quand on parle du loup…

La boulangère fit un signe de la tête pour désigner une camionnette qui venait de s'arrêter devant son magasin. Armand se retourna pour regarder par la fenêtre. Il y avait trois hommes dans le véhicule : un grand à la démarche pataude, un petit vif et un troisième emmitouflé dans un anorak.

Armand écarquilla les yeux. Les deux premiers étaient les hommes qu'il avait vus sortir de la grotte à Dinard. Quant au troisième, c'était… Rudolf Deal, le membre de l'association *Arpage* à qui il avait rendu visite avec Lucie.

Chapitre 20

Mardi 10 février

Depuis qu'il avait constaté la présence de son implant, Armand ne cessait de se gratter la nuque. Ça devenait une obsession, il ne pouvait s'empêcher de toucher cette petite excroissance pas plus grosse qu'une tête d'épingle. Mais la bombe à retardement ne bougeait pas de sa place initiale.

D'un œil distrait, il regarda l'heure en bas de l'écran de son ordinateur. Il était 3 h 10 du matin. Cela faisait trop longtemps qu'il n'avait pas dormi. Son corps le lui rappelait par des alertes douloureuses, matérialisées par des courbatures du dos ou de fortes migraines. La veille, il était dans ce petit village des Vosges, où il avait aperçu Rudolf Deal, en compagnie des deux individus de la grotte à Dinard. Sur le moment, cette scène inattendue avait augmenté son niveau de stress. Mais il n'avait rien laissé paraître de son trouble devant la brave boulangère. Comme si rien ne s'était passé, il avait terminé son assiette de charcuterie. Puis il avait repris la route et était rentré directement chez lui. Depuis cet épisode inquiétant, il n'avait ni mangé ni dormi. Son unique souci était de trouver un moyen de se sortir de cette étrange situation.

Vers 4 h 10 du matin, une forte migraine l'obligea à stopper ses recherches. Alors, il quitta son bureau et sortit de sa maison pour s'oxygéner. L'air frais, venant du large, avait toujours eu sur lui cet effet vivifiant et régénérant. Il aurait pu se mettre au lit et prendre le repos dont il avait besoin ; mais cette nuit-là, il n'avait qu'une idée en tête : se débarrasser de son implant. Pour cela, il devait trouver celui qui lui avait mis cette horrible chose sous la peau.

Dès qu'il eut retrouvé l'énergie nécessaire pour se remettre au travail, il rentra chez lui et s'assit devant son ordinateur. Puis, il classa les coupures de journaux qu'il venait de télécharger. Ses recherches se concentraient sur l'École polytechnique. Les premières pages ne lui fournirent aucun renseignement intéressant, il s'agissait d'études sur l'architecture des bâtiments de cette vieille école.

Après une bonne heure de recherche, il ouvrit un article intitulé : « Un professeur de polytechnique accusé de racisme par un étudiant. » Les articles des jours suivants n'étaient pas moins éloquents : « Un professeur de physique nucléaire démissionne. », etc.

Armand regarda la date du dernier article de presse, c'était le 24 février 1988. Ça correspondait à peu près à l'époque à laquelle Rudolf Deal avait donné sa démission de l'École polytechnique. Aucun nom de professeur n'apparaissait dans cet article. Mais Armand était certain que le professeur accusé de racisme était Rudolf Deal. Bien que ce dernier laissât entendre qu'il avait démissionné parce qu'il ne supportait pas la vulgarisation de la science qu'il enseignait.

Rudolf Deal faisait bonne figure en vivant comme un philosophe dans sa maison perdue dans les bois, et passant une bonne partie de son temps dans une association caritative. Mais cette bonne figure avait une face cachée, sinon que faisait-il dans les Vosges avec les hommes de la grotte à Dinard ?

Armand savait qu'il avait mis le doigt sur quelque chose d'important. Il ferma son ordinateur, décrocha son manteau et sortit. Sa voiture était stationnée sur le trottoir juste devant chez lui, il s'y installa et démarra. Son implant le démangeait de plus en plus, il n'avait pas de temps à perdre. Il était 5 h 05. Rudolf Deal avait été vu dans les Vosges vingt et une heures auparavant. Avec un peu de chance, il n'était pas encore rentré chez lui en forêt de

Crécy. C'était l'occasion de visiter la petite maison où il habitait.

La pluie avait laissé place à un temps brumeux et froid. La visibilité était médiocre. Armand tourna plusieurs fois dans le même secteur, sans arriver à localiser la maison. La lumière des phares était rapidement absorbée par l'épaisse brume. Et dans cette forêt, rien ne ressemblait plus à un carrefour bordé d'arbres qu'un autre carrefour bordé d'arbres. Soudain, la demeure de Rudolf Deal apparut juste devant lui, comme par enchantement. Il arrêta le moteur à une centaine de mètres de la maison. Puis, il descendit de sa voiture et prit une grosse barre de fer dans son coffre.

Il alluma sa lampe de poche et avança. Son cœur battait de plus en plus fort. À tout moment, il s'attendait à voir surgir un fantôme de derrière un arbre. Soudain, ses appréhensions rejoignirent la réalité, une chouette, volant à la recherche d'une souris imprudente, passa juste devant lui. Il ne put retenir un cri étouffé et trébucha dans les feuilles humides, jonchant le sol. Ses jambes fébriles eurent le plus grand mal à lui faire reprendre son équilibre. Pourtant, il continua à avancer malgré la peur qui lui serrait le ventre.

Il balaya la façade du faisceau de sa lampe torche, tous les volets étaient fermés. L'ancien physicien devait toujours être absent. Ce n'était pas le genre de personne à dormir ainsi, barricadé. Pour s'en assurer totalement, il sortit son téléphone portable et appela le numéro de téléphone de la maison. Il approcha son oreille d'un volet et entendit distinctement l'appareil sonner. Par chance, il n'y avait pas de répondeur. Alors, il compta les sonneries : au bout de la septième, personne n'était venu décrocher. C'était bon signe, ça indiquait que la voie était libre.

En arrivant devant la porte d'entrée, il enfonça la grosse barre de fer entre les persiennes du volet, puis il la secoua de haut en bas pour faire éclater le bois. Lorsque l'ouverture fut suffisante, il passa sa main gantée et tira jusqu'au moment où la serrure se brisa. La porte ne résista pas plus longtemps. Le temps de casser un carreau, de crocheter la serrure et il entrait dans la maison de Rudolf Deal.

À l'intérieur, il y avait de forts relents de moisi et de saleté. La maison devait être inoccupée depuis plusieurs jours, car Armand n'avait pas remarqué cette désagréable odeur, la première fois qu'il était venu.

Il avança, d'un pas timide, à l'intérieur. Le faisceau de sa lampe torche balaya rapidement le sol et les murs pour s'assurer qu'il n'y avait aucun danger. L'intérieur était aussi sobre que lorsqu'il était venu avec Lucie. Rien n'avait bougé, mis à part l'ordinateur qui n'était plus à sa place, près de la grande cheminée.

La vieille armoire picarde, qui servait de bibliothèque, était maintenant juste devant lui. Il l'ouvrit doucement. Les deux portes grincèrent si désagréablement que le bruit lui glaça la colonne vertébrale.

Il écouta et regarda autour de lui, rien n'avait bougé. Alors, il reprit courage et commença à regarder les livres et les classeurs. Rudolf Deal devait être une personne très méticuleuse, ses documents étaient judicieusement classés par thème et par taille. Parmi eux, il y avait des traités de radioactivité écrits et signés de sa main. Les titres étaient aussi évocateurs qu'alarmants : « Effet de la radioactivité sur le cerveau humain », « Interprétations des études menées durant la Seconde Guerre mondiale », « Iode-131 et modification du comportement », « Modification de l'ADN en présence de rayonnement ionisant », etc. Chaque document contenait d'interminables suites de formules chimiques, mathématiques et physiques complexes, dont la lecture n'était accessible qu'à une poignée de savants dans le monde.

Après les avoir feuilletés, Armand les remit à leur place. Le seul paragraphe qu'il réussit à comprendre fut le suivant :

« L'hypophyse produit l'hormone TSH qui pousse la thyroïde à produire les hormones T3 et T4. Si leur taux est trop élevé, les fonctions s'emballent : c'est l'hyperthyroïdie. Dans le cas d'insuffisance, les fonctions s'endorment.

Le but de cette étude est de modifier radicalement le comportement des êtres humains par action sur la thyroïde… »

Seul un expert en la matière pouvait déchiffrer la suite. Mais cette introduction était suffisamment claire pour faire un lien avec la lettre de Christelle. Rudolf Deal avait participé au développement d'un implant capable de modifier le comportement humain.

Dans le bas de la bibliothèque se trouvait un gros classeur intitulé : « Arpage ». Du nom de l'association caritative d'aide aux clandestins, dont l'ancien physicien faisait partie. Armand le posa sur la table et commença à le feuilleter. Il découvrit une quantité impressionnante de fiches. Chacune d'elles comportait la photo d'une personne ainsi que certains renseignements. Elles étaient classifiées selon un matricule indépendant du nom de famille, mais il ne fallait pas être un détective expérimenté pour voir que les premières lettres définissaient l'origine ethnique, les suivantes la taille, grande ou petite, et pour terminer il y avait un classement indéfinissable. Ainsi, un Afghan de petite taille était répertorié en AFPxxx. S'il ressemblait à un molosse, son matricule devenait AFGxxx.

Un calcul rapide lui indiqua qu'il devait y avoir entre quatre cents et cinq cents fiches dans le classeur. Il en attrapa une au hasard et la lut rapidement. Elle comportait des renseignements de base décrivant, entre autres, l'apparence physique de la personne, son âge, la région d'où elle venait, ainsi que ses habitudes alimentaires. Bien en évidence au centre de la feuille, il y avait deux cases surlignées d'un cadre noir foncé. Dans la première se trouvait une date assez récente ; dans la seconde, il y était écrit le mot : « pellet », suivi d'une lettre. Un rectangle accolé donnait une série de remarques sur le comportement ou les réactions de la personne.

Les soupçons se confirmaient, Rudolf Deal profitait de l'association *Arpage* pour approcher les clandestins en toute quiétude. Il les sélectionnait et les éloignait de leur campement en leur promettant un travail rémunérateur. Ensuite, dans des conditions et pour des raisons encore inconnues, un implant leur était inséré dans la nuque. Dès leur retour, il pouvait observer librement leur comportement et remplir tranquillement ses fiches.

Armand rassembla, grossièrement, les feuilles de papier et remit, tant bien que mal, le classeur en place. Le temps pressait, le soleil allait bientôt pointer ses premiers rayons à travers la brume. Les bûcherons entameraient alors leur dure journée de labeur. Une voiture inconnue, circulant en pleine forêt au lever du jour, attirerait indubitablement leur attention. Sans même s'en rendre compte, ils en mémoriseraient le type et la couleur. Rudolf Deal connaissait la voiture d'Armand. Il lui suffirait d'interroger les ouvriers forestiers des chantiers voisins pour qu'il fasse immédiatement le lien avec le cambriolage de sa maison.

Au moment où Armand refermait le volet, un grincement de porte se fit entendre à l'intérieur de la maison. Ce bruit lugubre lui glaça davantage le corps, ses mains tremblèrent et ses gestes devinrent maladroits et désordonnés. Quelqu'un était-il dans la maison, alors qu'il feuilletait les documents ?

Une angoisse paralysante le submergea, il était seul en pleine nuit dans cette forêt envahie par une brume fantomatique. Un système de télésurveillance avait peut-être averti des comparses de Rudolf Deal. Ils pouvaient l'attendre en silence quelques mètres plus loin, le surprendre et le faire disparaître définitivement, sans témoin pour avertir la police. Mais il n'avait plus le choix, il devait surmonter sa peur et partir d'ici au plus vite.

En voulant rejoindre sa voiture, il se prit les pieds dans un pot de fleurs de la terrasse. Déséquilibré, il tomba sur le battant du volet qu'il venait de fermer. Sous le choc, le bois du panneau éclata et la porte d'entrée s'ouvrit. Armand ne put retenir un râle lorsqu'il sentit une douleur vive dans le milieu du dos. Malgré la souffrance, il se releva en vitesse et éclaira de part et d'autre de la pièce pour s'assurer qu'il n'y avait personne. Le grincement venait de la porte de la bibliothèque. Sous la pression des classeurs remis à la hâte, celle-ci s'était rouverte.

À ce moment, une idée aussi stupide que providentielle lui vint à l'esprit : il voulut refermer les portes du grand meuble. Pour ce faire, il avança jusqu'à la bibliothèque et poussa les classeurs récalcitrants. Mais sous l'effort, une étagère sortit de son logement et la pile de documents s'écroula sur le sol.

Il jura et maudit sa maladresse. Il se pencha pour ramasser les classeurs, éparpillés sur le sol. En posant sa lampe torche près de l'amas de papiers, il remarqua une pochette contenant un disque informatique. Celle-ci devait être scotchée sous une tablette et était sortie de sa cachette lorsque l'étagère s'est écroulée. Il la ramassa et approcha le faisceau de lumière. Par chance, le disque n'était pas cassé. Sur une face, il y avait une étiquette : « Projet C2M ».

*

* *

Du bout du pied, Armand poussa le linge sale accumulé depuis plusieurs jours sur le carrelage de sa salle de bain. Puis, il entra dans la douche. En temps normal, il aurait fait tourner son lave-linge bien avant que le panier déborde. Mais rien n'était normal en ce moment, et le temps était trop compté pour penser aux tâches ménagères.

Le froid ou la peur continuaient à le faire trembler depuis qu'il était rentré chez lui. L'eau chaude de la douche le réchauffait peu à peu. Dès qu'il se sentit en meilleure forme, il sortit de la salle de bains et enfila un peignoir éponge.

Puis, il partit s'asseoir devant son ordinateur et y inséra le CD trouvé chez Rudolf Deal. Après quelques secondes, l'icône d'un fichier nommé « C2M » s'afficha sur l'écran. Il cliqua dessus et un tableau apparut.

Chaque ligne correspondait à une personne. En cliquant sur la première case d'une ligne prise au hasard, une fiche apparut sur l'écran. Cette fiche ressemblait fortement à celles du classeur « Arpage » trouvé chez Rudolf Deal. Mais il y avait davantage de renseignements, notamment, des cases avaient été ajoutées avec une lettre ou une simple croix. Tout cela n'était déchiffrable que pour celui qui en connaissait l'utilisation. Les seuls rectangles qui retinrent son attention se trouvaient complètement à droite de la feuille. Leurs libellés respectifs étaient les suivants : « 21 mars » et « 27 juin ». En visionnant plusieurs fiches, il s'aperçut que ces cases étaient vides pour certaines ; alors que pour d'autres, il y avait une croix.

Il revint sur la première page où se trouvait le tableau. Plusieurs milliers de personnes, venant de divers horizons de la planète, y étaient fichées. Le classement était identique à celui des fiches du classeur « Arpage ». Il essaya le préfixe FRG, soit : « Français de grande taille ». Bien qu'il s'y attendît, la découverte de son nom lui donna une sorte de vertige. Il ferma les yeux quelques secondes pour retrouver sa pleine concentration, puis il cliqua pour ouvrir sa fiche.

En en-tête, il y avait sa photo en uniforme, certainement prise sur le paquebot lors d'une réception. Depuis ce moment, il avait été choisi par le machiavélique distributeur d'implants. Sur quels critères ? Pour quelle mission ? Envoyer un navire et ses deux mille passagers à pleine vitesse contre la coque d'un navire transporteur de gaz liquéfié ? Quel plan diabolique ce malade mental avait-il conçu ?

Un détail lui apporta une précision supplémentaire. Le rectangle : « 21 mars » était vide, alors que celui : « 27 juin » était coché d'une croix. Qu'allait-il faire le 27 juin ? Il regarda son planning d'embarquement et constata qu'il naviguait ce jour-là. Donc, si quelque chose devait se passer, ce serait sur le ferry qu'il commandait. Jusqu'à cette date, il pouvait s'estimer tranquille. Le 27 juin, il lui suffirait de modifier sa période d'embarquement avec un de ses collègues et de rester enfermé chez lui toute la journée.

La liste des Français était longue, mais il prit le temps de l'étudier scrupuleusement. Il mit de côté sa fiche et celle de Christelle Varange, les autres noms lui étaient complètement inconnus.

Chapitre 21

Jeudi 5 mars 2009

Le garçon disposa les entrées sur la table du carré des officiers. Armand déplia sa serviette et regarda son assiette d'un air inquiet, il se demandait s'il allait avoir suffisamment d'appétit pour manger. Pour lui, les repas n'étaient plus synonymes de détentes ; mais c'étaient des calvaires durant lesquels il devait se forcer à manger, faire bonne figure devant ses collègues, rire de leurs plaisanteries, participer aux conversations et faire semblant de s'intéresser à la vie de chacun. Mais en lui-même, tout cela l'importunait, car il était ailleurs. Son instinct de survie l'obligeait en permanence à chercher une solution pour se débarrasser de son implant.

Alors qu'il suivait distraitement la conversation de son second capitaine, un bout de phrase retint son attention. L'officier venait de prononcer les mots suivants :

– … Il sera là le 21 mars.

– Qui sera là le 21 mars ? demanda Armand, légèrement ébahi.

Le second capitaine s'appelait Rafael, Yvon Rafael. C'était un homme grassouillet à la tête ronde, il avait l'habitude excentrique de rouler entre ses doigts les pointes de ses longues moustaches. Il le regarda d'un air surpris, puis après un moment de silence, il fronça les sourcils et expliqua :

– Le ministre de l'Immigration sera à Calais le 21 mars, pour traiter du problème des migrants. Nous en parlons depuis le début du repas, je pensais que vous suiviez la conversation.

– J'étais distrait, répondit Armand. J'ai mal dormi depuis le dernier coup de vent. D'où tenez-vous cette information ?

– Toute la presse en parle, ce matin. Vous n'avez pas lu les journaux ? demanda le second capitaine avec un petit sourire narquois.

L'impudence de l'officier commençait à l'agacer.

– J'ai eu beaucoup de travail ce matin et n'ai pas eu ce loisir, répondit Armand en regardant son second droit dans les yeux. Mais il me semble que vous étiez de quart en timonerie ce matin, monsieur Rafael ?

– C'est exact, commandant, répondit l'officier en cherchant où voulait en venir son supérieur hiérarchique.

– Vous savez, comme chacun de nous ici, que la lecture de journaux est interdite durant le quart en timonerie. Alors, après le déjeuner, vous viendrez dans mon bureau afin de m'expliquer à quel moment vous avez eu le temps de lire votre journal.

Piqué au vif devant ses collègues, le second capitaine quitta la table et sortit du carré, en maugréant. Par expérience, Armand savait que certains officiers, avides d'avancement, considéraient leur supérieur hiérarchique comme des incompétents séniles. C'est pourquoi ils étaient à l'affût de chaque détail qui pouvait les conforter dans leur pensée. Critiquant sans cesse les décisions du commandant devant les membres d'équipage, Yvon Rafael faisait partie de ces jeunes officiers ambitieux dont Armand se méfiait. Depuis quelques semaines, il attendait le moment opportun pour lui rabattre son caquet. Aujourd'hui, celui-ci lui servait cette opportunité sur un plateau.

Cet incident passé, il se tourna vers l'officier électronicien et lui demanda si son dernier stage d'informatique s'était bien déroulé.

Le jeune homme fut d'abord surpris de cette question sortant du cadre de la conversation précédente. Il regarda le commandant avec des yeux hagards, puis il répondit d'une voix hésitante :

– Très intéressant. Je pense qu'il sera très utile pour mettre en place le nouveau réseau informatique du bord.

– J'espère que les ordinateurs des officiers supérieurs seront sécurisés cette fois, dit Armand.

– En théorie, ils le seront. Maintenant, un crack en informatique arrivera toujours à ouvrir les verrous.

– Il n'y a donc pas de solutions totalement sécurisantes en informatique, la feuille de papier reste encore le moyen le plus sûr.

– La feuille de papier peut aussi traîner sur votre bureau et être lue par des yeux indiscrets, dit un lieutenant qui suivait la conversation.

– Pour en revenir à la sûreté informatique, reprit l'officier électronicien. À partir du moment où le pirate a réussi à obtenir certaines données, votre ordinateur devient transparent pour lui.

– Expliquez-vous ! insista Armand. De quelles données parlez-vous et comment réussit-il à les obtenir ?

– Chaque ordinateur est nommé par son adresse IP. C'est la trace laissée sur le web. Dès que vous vous connectez à Internet, vous prenez un risque ; car, s'il connaît cet identifiant, un pirate peut entrer en liaison avec votre ordinateur, dès lors qu'il est connecté.

– Vous voulez dire que vous pourriez retrouver de quel ordinateur a été envoyé un message.

– Les sites de messageries sont un peu particuliers dans ce domaine, mais en mettant les bons pièges, tout est possible.

L'officier électronicien n'avait pas terminé sa phrase qu'Armand lui demandait de passer dans son bureau après le déjeuner. Là, il lui donna une tâche aussi délicate que confidentielle : retrouver l'auteur du dernier poème signé Charlemagne ; les autres ayant été supprimés de la base de données du site de poésie. La recherche ne fut pas aisée, mais deux jours plus tard, l'officier frappait à la porte de son bureau avec une feuille à la main.

En voyant son air embarrassé, Armand devina que quelque chose n'allait pas. Mais il fit semblant de n'avoir rien remarqué et lui demanda de s'asseoir.

– J'ai réussi à identifier l'auteur du message, dit timidement l'officier électronicien.

– Parfait, répondit Armand en affichant un sourire de satisfaction.

– Le problème est que cette personne est loin d'être une débutante en informatique, elle a rapidement remarqué ma présence et m'a bloqué. Malgré cela, j'ai réussi à imprimer une partie de ce qu'elle tapait sur son ordinateur.

Il tendit la feuille de papier au commandant et demanda s'il y avait autre chose pour lui. Armand prit le document et le posa devant lui. Puis, il le remercia pour son travail et l'autorisa à partir.

Le texte était court et incompréhensible au premier abord :

« … répondu favorablement à ma demande… étude de l'impact de la pollution maritime en Antarctique… »

Ça lui rappelait une partie de la conversation qu'il avait eue avec Christelle Varange. La jeune femme lui avait fait part de son projet de partir travailler en Antarctique.

Il retira ses lunettes et se pinça le haut du nez, juste entre les yeux, pour effacer une migraine naissante. Le mauvais temps des jours précédents l'avait épuisé. Il se leva et regarda la mer par le sabord de son bureau : le vent de nord-ouest fraîchissait à nouveau.

Ensuite, il prit son carnet et y inscrit ce qu'il venait d'apprendre. D'une part, il soupçonnait une manifestation ou un attentat contre le ministre de l'Immigration lors de sa visite à Calais, le 21 mars ; d'autre part, l'auteur des poèmes signés Charlemagne était démasqué, c'était la belle Christelle Varange.

*

* *

Lorsqu'il était en mer, Armand se sentait en sécurité. Son travail lui permettait d'oublier temporairement cette histoire d'implant, et il se sentait protégé par l'immense masse d'eau qui l'entourait.

Néanmoins, il profitait de ses moments de repos pour mettre à jour et classer les renseignements qu'il avait collectés. L'étude de la liste des victimes d'implants lui avait permis de dégager certaines hypothèses. Il était clair que les responsables du projet C2M, dont faisait partie Rudolf Deal, manigançaient quelque chose le 21 mars à Calais. Apparemment, les migrants seraient impliqués, malgré eux, dans cette action. Mais il y avait certainement d'autres opérations envisagées ou en cours dans d'autres régions. Un travail de recherches lui avait permis de tracer une carte géographique des lieux de résidence des victimes d'implants. Curieusement, elle correspondait, à peu de choses près, à la carte du lieu d'exercice des médecins qui avaient suivi le séminaire organisé à bord du *Dream of the Seas*.

La société Delaunay ne se contentait pas de vendre des médicaments psychotropes. Une organisation diabolique et secrète s'était créée, dans laquelle des médecins complaisants implantaient une saloperie dans la nuque de leur patient.

La liste qu'Armand avait entre les mains était une véritable bombe à retardement. Mais il ne se voyait pas entrer dans un poste de police et raconter cette chose incroyable à un agent. De plus, il devrait s'expliquer sur la manière dont il se l'était procurée.

La meilleure solution était de contacter les victimes une à une et de les convaincre de porter plainte. Devant le nombre de dépositions, la police serait bien obligée d'ouvrir une enquête.

Deux jours plus tard, c'était la relève des officiers et membres d'équipage. Le temps était pluvieux comme souvent en mars. Dès qu'ils débarquèrent du navire, les marins rejoignirent leur véhicule en courant pour éviter de se faire mouiller. Certains râlèrent en passant devant leur capitaine, et l'un d'eux dit d'une voix forte :

– On embarque à un poste à quai, et l'on débarque à un autre situé huit cents mètres plus loin. Quand il pleut fort comme aujourd'hui, ce n'est pas marrant.

– Un marin n'a pas peur de la pluie, leur répondit Armand en souriant.

Les hommes s'éloignèrent rapidement, pendant qu'une bourrasque de vent leur faisait plier le dos. Armand enfila son bonnet et ferma le col de sa veste jusqu'au menton, puis il avança jusqu'à sa voiture sans se préoccuper du mauvais temps. Il réfléchissait à ce qu'il allait faire durant cette journée. La sagesse aurait voulu qu'il prenne un peu de repos, il travaillait depuis 1 heure du matin, et la fatigue devenait de plus en plus importante. Mais il ne pouvait pas. Tant qu'il n'aurait pas avancé dans cette affaire d'implant, il ne serait pas tranquille.

Lorsqu'il fut installé dans sa voiture, il sortit une liste des personnes à contacter. Il s'agissait d'hommes ayant reçu un implant et vivant dans la région de Tourcoing. Ce répertoire avait été rédigé, grâce aux données du cédérom C2M trouvé chez Rudolf Deal. Il avait choisi la ville de Tourcoing, car c'était la plus proche de Calais, et un médecin de cette agglomération avait participé au séminaire de Delaunay.

En fonction des noms, Armand avait trouvé les adresses et coordonnées téléphoniques. Il sortit son téléphone portable et commença à appeler. Malheureusement, beaucoup d'appels restèrent sans réponse. D'autres ne firent pas plus avancer les choses, les épouses répondaient qu'elles étaient en instance de divorce et ne voulaient plus entendre parler de leur mari. Le douzième nom de la liste était Fernando Jésus. Une femme décrocha. Elle avait un accent portugais assez prononcé et paraissait sympathique. Elle refusa de parler de son époux au téléphone, mais elle accepta de rencontrer Armand chez elle. Alors, il prit la route pour Tourcoing. Et une heure et demie plus tard, il sonnait à la porte de l'appartement de Fernando Jésus.

Une femme vint lui ouvrir et le fit entrer. Elle devait avoir la trentaine, mais elle était marquée par la fatigue et une vie difficile.

– Comment avez-vous connu mon mari ? demanda-t-elle.

– Je ne le connais pas à proprement parler. Je cherche des personnes qui auraient été soignées par le Dr Tiébot.

– C'est un psychiatre. Mon époux a été soigné par lui lorsqu'il a fait sa dépression.

– A-t-il été content des soins de ce docteur ?

– Mon époux est sorti de sa dépression assez rapidement.

– Il n'a pas eu de troubles du comportement par la suite ?

– Je ne sais pas si l'on peut parler de trouble, mais son comportement a radicalement changé. Avant sa dépression, mon époux était technicien supérieur dans un groupe de chauffage urbain. Du jour au lendemain, il a tout quitté pour entrer dans une société de nettoyage. Personne n'a compris ce qu'il se passait. Son salaire a nettement diminué et il fait des heures à n'en plus finir.

– Est-il content de son emploi ?

– Il vénère son directeur comme s'il s'agissait d'un dieu. On ne peut plus parler de son emploi devant lui, sinon il devient immédiatement violent. Il ne fait plus rien pour sa famille. On dirait qu'il n'y a que son travail à *CleanSem* qui compte. Avant, nous avions une maison, nous avons dû la vendre à cause des emprunts qu'on ne pouvait plus rembourser. Mon mari travaille tard, aucune heure supplémentaire ne lui est payée. Lui trouve que c'est normal. Mais moi, je me retrouve seule avec des dettes qui s'accumulent, je n'ai plus d'amis. Je n'en peux plus, vous comprenez ?

La femme fondit en larmes. Apparemment, elle était au bout du rouleau. Après quelques secondes, elle se leva et se mit devant la fenêtre pour essuyer son visage.

– Je suis désolée, dit-elle. Je ne voulais pas vous montrer ça.

– Ne vous inquiétez pas. Ça fait du bien de pleurer quand on est malheureux.

– On s'en passerait bien, vous savez.

– Ça m'ennuie de vous demander ça, dit Armand. Mais c'est important pour mes recherches. Votre époux a-t-il une cicatrice de la taille d'une tête d'épingle au niveau de la nuque ?

– Une sorte de piqûre d'insecte qui guérit mal ? Effectivement, il a ça sur la nuque. J'ai essayé plusieurs fois de désinfecter sa plaie, mais il ne veut jamais qu'on y touche. Pourquoi ? Ça a un rapport avec ce que l'on vient de dire ?

– Je pense que oui. Madame Jésus, je vais vous montrer une liste. Pourriez-vous me dire si vous reconnaissez les noms de certaines personnes ?

La jeune femme prit la liste et alla chercher ses lunettes. Au bout d'un moment, elle dit :

– Il y a des collègues de travail de mon mari. Pour les autres, je ne sais pas. Ils font peut-être partie de *CleanSem.* Comment avez-vous eu cette liste ?

– Ces personnes sont les victimes du Dr Tiébot. Il leur a introduit un implant dans la nuque pour annihiler leur personnalité. Ainsi, elles deviennent les esclaves de la société *CleanSem.*

– Vous êtes fou, dit la jeune femme soudain terrifiée. Sortez d'ici. Vous racontez n'importe quoi.

Armand essaya de discuter, mais il n'y avait rien à faire. Il avait été trop direct, et Mme Jésus était effrayée par ce qu'elle venait d'entendre. Il sortit de la maison et rentra chez lui.

Le lendemain matin, il chercha des informations sur la société *CleanSem.* La raison sociale était assez confuse, c'était une entreprise récente, mais en pleine expansion. Son chiffre d'affaires suivait une courbe exponentielle depuis sa création. Des agences s'installaient un peu partout dans le pays. En poussant ses investigations, il découvrit l'actionnaire principal de la société : c'était le groupe pharmaceutique Delaunay.

Chapitre 22

Dimanche 8 mars 2009

Le feu de bois crépitait dans la cheminée. De belles flammes couraient sur les bûches et diffusaient une douce chaleur dans le salon. Assis dans un fauteuil, Armand écoutait le petit Jules répéter ses partitions de clarinette.

Dans l'après-midi, il avait essayé de rendre visite à Lucie. Quelqu'un lui avait appris qu'elle était rentrée chez elle depuis plusieurs jours et se remettait doucement de ses blessures. Les parents de la jeune femme restaient aux petits soins pour elle. Ils débordaient d'énergie pour lui faire oublier son agression. Mais avec une rancœur mal dissimulée, ils avaient reçu Armand sur le pas de la porte. Ils lui avaient donné quelques nouvelles sur l'état de santé de Lucie, puis ils l'avaient remercié de sa visite, sans même l'autoriser à la voir. Ensuite, Armand était rentré chez lui, déçu de ne pas avoir pu échanger quelques mots avec son amie. De plus, le regard inamical de sa mère l'avait mis mal à l'aise.

En fin d'après-midi, Anna avait encore eu un problème de nourrice, alors qu'elle était de service de nuit à l'hôpital. Prise au dépourvu, elle avait couru au domicile d'Armand pour lui confier son fils, Jules, jusqu'au lendemain. Puis elle était partie sans se poser de questions ni écouter les réticences de son ami.

En temps normal, Armand acceptait avec joie la compagnie du jeune garçon, il lui avait même aménagé une chambre rien que pour lui. Mais la situation avait changé depuis quelques semaines. De toute évidence, il n'était pas prudent d'héberger un enfant chez lui en ce moment.

Tout à coup, le garçon s'arrêta net de jouer et se tourna vers lui.

– Tu sais que les canards peuvent encore courir avec la tête coupée, dit-il, pointant le bec de sa clarinette vers la base de son cou.

– La nature nous cache encore bien des mystères, répondit Armand en retirant ses lunettes. Tous les jours, des savants se cassent la tête sur des problèmes de ce genre.

– Je veux être savant plus tard, annonça fièrement le petit Jules.

– Je suis certain que tu y arriveras, mon cher Darwin. Mais avant cela, tu dois aller te coucher. Un cerveau toujours en ébullition comme le tien a besoin d'une bonne nuit de sommeil.

– Tu te souviens du soir où l'on avait parlé de l'épave du *Whitehorse* ? C'était moi qui avais trouvé que le nombre de naufragés coincés dans la cale correspondait exactement au nombre de personnes retrouvées mortes dans le petit bateau.

Armand acquiesça d'un signe de tête, puis il envoya le garçon dans sa chambre.

– Il y avait peut-être autre chose dans le *Whitehorse*, personne n'a visité ses cales, dit le petit Jules en montant les escaliers.

Puis il disparut dans la salle de bains. Son rituel de coucher était toujours très long. Armand le savait. L'enfant se brossait les dents, redescendait chercher un livre, posait une question, remontait se mettre en pyjama, redescendait chercher sa peluche, demandait qu'on lui lise une histoire. Enfin, il se couchait et s'endormait aussitôt... Souvent, lorsque Armand montait, il retrouvait l'enfant assoupi, un livre ouvert à la main.

Cette fois-ci n'échappa pas aux habitudes, Armand monta border le lit du jeune garçon et éteignit sa lampe de chevet. Ensuite, il retourna à son bureau. Puis d'un geste maladroit, il plia la liste des numéros de téléphone trouvés dans la voiture des kidnappeurs de Christelle. Il les avait essayés un à un ; mais aucun ne lui avait apporté de renseignements intéressants. Le numéro libellé Charly n'existait plus, son possesseur l'avait certainement fait modifier par mesure de sécurité.

Il repensa à ce que lui avait dit Jules avant de se coucher. Quel rapport y avait-il entre le *Manoir du cheval blanc* et le navire *Whitehorse* ? Cette épave renfermait peut-être un secret au fond de ses cales. D'après ce que les anciens pêcheurs du village racontaient, ce navire était parti de Hambourg à destination de New York. À la suite d'une erreur de navigation, il avait fait naufrage au large de la baie de Somme. Le capitaine, un nommé Dungelbear, fut le seul survivant. Après avoir été repêché par des pêcheurs de la région, il avait vécu, quelque temps, avec une veuve de marin. Durant cette période, il lui avait fait un enfant, puis il était parti un matin sans prévenir. Depuis ce moment, personne n'avait plus entendu parler de lui. L'enfant, appelé Victor Lenormand, avait été placé dans un orphelinat après la mort de sa mère. Durant l'Occupation allemande, il était entré dans la Gestapo et avait tiré sur le père d'Antoine Delaunay. À la libération, plus de nouvelles.

Armand fit une grimace, ce lien, entre Antoine Delaunay et le *Whitehorse*, était trop ténu pour être retenu. Il avança jusqu'à sa bibliothèque et prit son livre d'histoire maritime de la région. Puis, il s'assit près de la cheminée et commença à le feuilleter. Le texte relatant l'histoire du *Whitehorse* était court et concis, il ne lui apprit rien de nouveau. Mais, la bibliographie de l'auteur, Désiré de Rochebonne, indiquait ses autres ouvrages. Dans la liste figurait un « traité sur l'économie mondiale du début du XXe siècle et le commerce maritime ». Ce maître de conférences à l'université de Paris, comme il était écrit dans la préface, avait peut-être étudié les chartes-parties du *Whitehorse* et connaîtrait probablement le contenu de ses cales.

*

* *

Le lendemain matin, le petit déjeuner de Jules fut composé d'un bol de chocolat chaud et de tartines à la confiture de mûres. Ensuite, Armand l'accompagna sur le chemin de l'école.

Le soleil, encore frileux du mois de mars, éclairait d'une belle lumière les jardins, où les premiers bourgeons hésitaient à pointer le bout de leur nez. Sur le chemin, Jules lui expliqua comment on pouvait faire sauter le bouchon d'une bouteille en y mélangeant du bicarbonate de soude et du vinaigre blanc.

Soudain, l'enfant stoppa net la description de son expérience de chimie :

– Armand ! J'ai oublié mes CD chez toi.

– Je ne sais pas pourquoi ta mère te donne toujours des CD quand tu viens chez moi, puisque tu ne les utilises jamais. Cours les chercher, la porte est restée ouverte.

Jules posa son cartable et courut à toute vitesse vers la maison. Il n'avait qu'une bonne centaine de mètres à parcourir dans le labyrinthe étroit des ruelles du village. Mais soudain, Armand fut pris d'une forte inquiétude. Compte tenu des événements récents, il n'était pas prudent de laisser l'enfant se déplacer seul. Quelqu'un de mal intentionné avait pu les voir sortir de la maison, et toutes sortes de scénarios étaient envisageables. Alors, son cœur se mit à battre, et il courut sur ses traces.

À un angle de rue, Jules arriva avec son sac de CD à la main. Armand fut tellement heureux et rassuré de le voir, qu'il l'embrassa.

– Nous sommes en retard, lui dit-il. Je vais te conduire en voiture.

Dès qu'il rentra chez lui, Armand commença à se renseigner sur les travaux du Pr Désiré de Rochebonne. Les recherches effectuées sur Internet ne lui apprirent pas grand-chose, alors il tenta d'appeler le service d'enseignement des universités de Paris. Après plusieurs essais infructueux, une personne lui répondit enfin. Elle avait un fort accent alsacien et se présenta comme un ancien élève du maître de conférences. Elle lui indiqua que le professeur avait pris sa retraite depuis une bonne dizaine d'années ; il vivait maintenant dans un petit village, proche de Monaco.

Une rapide recherche sur Internet lui indiqua les coordonnées téléphoniques ainsi que l'adresse du professeur. Vers 10 h 30, il appela. Après quelques sonneries, une jeune femme lui répondit. Alors, il lui expliqua les raisons de son appel :

– Je suis occupé à faire des recherches sur l'épave d'un navire. Or, je sais que le professeur a beaucoup travaillé sur le sujet. J'aurais aimé bénéficier de ses connaissances.

– Le professeur ne vous répondra pas au téléphone, dit la jeune femme. Il s'isole beaucoup depuis qu'il a quitté l'université. Si vous n'avez pas d'autres solutions pour obtenir vos renseignements, je vous conseille de venir le voir chez lui. Avec un peu de chance, il acceptera de vous recevoir et peut-être de vous documenter.

Après les formules de politesse habituelles, Armand raccrocha, un peu déçu de voir une nouvelle porte se fermer devant lui. Malgré tout, il s'installa à son bureau et reprit ses notes concernant cette affaire d'implants. Plus il les relisait, moins il savait dans quelle direction orienter ses recherches. Ses moyens d'investigations lui paraissaient minables et complètement inefficaces. Pourtant, sa nuque lui démangeait toujours, et lui rappelait qu'il n'y avait pas de temps à perdre.

Soudain, un courant d'air froid, provenant de la chambre de Jules, le fit frissonner. L'enfant avait dû oublier de fermer sa fenêtre. Armand monta et poussa les battants, mais ils se rouvrirent aussitôt. Il recommença, mais la même action se reproduit instantanément. Une inspection rapide du bâti lui montra que le petit Jules avait voulu lui faire une farce, avant de partir à l'école. Il avait judicieusement fixé des morceaux de caoutchouc dans le bâti de la fenêtre. À chaque fois qu'Armand essayait de la fermer, celle-ci se rouvrait immédiatement comme par magie.

Il retira les minuscules blocs d'élastomère et les examina. Un sourire s'afficha sur ses lèvres ; une fois de plus, le petit Jules venait de lui donner une idée pour continuer ses recherches : parfois, il suffit d'un petit rien pour éviter que les portes ne se ferment devant nous. Il fit rebondir le caoutchouc dans ses mains et partit consulter les horaires SNCF sur son ordinateur.

Pour ne pas rater le prochain train pour Monaco, il fallait qu'il soit à la gare de Noyelles-sur-Mer à 11 heures. Il fit un rapide calcul, s'il partait dans les minutes qui suivaient, il pourrait avoir la correspondance. Alors, il rassembla quelques affaires en toute hâte et les plaça dans un sac de voyage. Avant de partir, il appela Anna pour s'assurer qu'elle récupérerait le petit Jules à l'école, puis il prit la direction de la gare.

Il attrapa son premier train de justesse. Après Paris, il put enfin souffler en s'installant dans le TGV, il n'y avait plus de changement jusqu'à Monaco. Alors, il se reposa en regardant tranquillement le paysage défiler à toute allure.

*

* *

Vers la fin d'après-midi, le train s'arrêta en gare de Monaco. Armand prit son sac et descendit sur le quai, heureux d'être enfin arrivé à destination. Durant tout le voyage, son voisin, un homme d'affaires stressé, n'avait cessé de l'importuner avec la situation économique de son entreprise.

Après avoir effectué quelques pas sur le quai bétonné, il sortit de la gare et découvrit le magnifique panorama sur le rocher et le port rempli de yachts. Il entra dans un ascenseur public et en descendit huit étages plus bas, au niveau du quai des États. En cette fin d'après-midi, des capitaines de yacht en uniforme étaient accoudés à la coupée de leur navire et discutaient avec leurs collègues.

Au loin, amarré à la digue de l'avant-port, il aperçut un énorme paquebot. C'était le *Prestige*, un navire sister-ship de celui qu'il commandait il y a encore quelques mois. En voyant les centaines de sabords illuminés, il eut un pincement au cœur. À bord de ce géant des mers, derrière le sixième sabord, à tribord du pont numéro 18, le capitaine devait organiser sa navigation de nuit et sa prochaine escale. Cet homme devait lui ressembler en beaucoup de points, mais il ne savait pas que sa situation ne tenait qu'à un fil. En effet, il suffisait de quelques détracteurs pour tout faire chavirer.

En y pensant, Armand eut le cœur plein de tristesse et d'amertume. Les derniers mois lui avaient apporté leurs lots d'adversités et de tragédies. Voir ce paquebot illuminé lui rappelait de mauvais souvenirs. Que se serait-il passé si son regard n'avait pas croisé celui de la belle Christelle Varange ? Aujourd'hui, il serait penché sur la table à carte de sa passerelle et dispenserait ses ordres à ses officiers. Mais Armand n'était pas le genre d'homme à se lamenter sur son sort, il était plutôt de ceux qui font face à l'adversité et réagissent en conséquence.

Il tourna le dos aux prestigieux navires et partit en direction de la gare routière. Monaco était un vrai labyrinthe de rues entremêlées. Le chevauchement des ponts et des tunnels rendait quasiment impossible la lecture d'un plan de circulation. Mais la principauté avait l'avantage d'être de taille modeste et bien construite, les déplacements à pied y étaient rapides pour celui qui en connaissait les passages.

Un ascenseur public lui donna un accès direct à la gare routière. Le temps de se renseigner, il prit le bus en partance pour La-Turbie. Une dizaine de minutes plus tard, il descendait sur la place principale du village, loin des paillettes et de l'agitation monégasque.

La nuit était tombée, l'éclairage orangé des lampadaires était diffusé par la brume montante. Cela donnait un aspect pittoresque aux rues étroites et pavées de cet ancien village romain. Armand emprunta une petite rue sinueuse à la recherche d'un hôtel. Arrivé à une intersection, il croisa une jeune femme brune, dont le sourire avenant et de bon augure invitait à la conversation. Comme il ne savait pas quelle direction prendre, il fit un signe de la main pour lui indiquer qu'il avait besoin d'un renseignement. Elle s'arrêta, alors il lui demanda s'il y avait un hôtel dans le village. Elle jeta un coup d'œil au sac de voyage qu'il avait à la main. Puis, elle réfléchit :

– Vous tombez mal, les deux hôtels du village sont fermés en ce moment. Vous allez devoir retourner sur Monaco pour vous loger.

– J'aurais dû me renseigner avant, répondit Armand, un peu embarrassé. Je suis venu en autobus, et je pense avoir pris le dernier de la journée.

– Il y a toujours les taxis. Vous en trouverez un en face de la mairie.

La jeune femme allait continuer son chemin, lorsque Armand la retint.

– Attendez ! J'ai encore un renseignement à vous demander. Je cherche la maison du Pr Désiré de Rochebonne.

– Vous êtes la personne qui a téléphoné ce matin ? demanda la jeune femme en dévisageant son interlocuteur.

– J'ai effectivement appelé Désiré de Rochebonne, ce matin. Les nouvelles vont vite dans ce village.

– Vous avez de la chance, je suis la personne qui vous a répondu. Je m'appelle Myriam Chatel.

Soudain, un chat vint se frotter contre les mollets de la jeune femme. Elle voulut le caresser, mais l'animal sauta sur le bord de l'ancien puits.

– Armand Verrotier. Ravi de vous rencontrer. Vous pensez que le professeur pourra me recevoir ?

– Très difficile, dit Myriam en faisant une grimace. Le professeur vit coupé du monde depuis qu'il a quitté l'université. Il ne sort que le dimanche pour aller à la messe. Le reste du temps, il le passe à prier, à écouter de la musique classique ou à s'occuper de ses oiseaux. Ses sautes d'humeur sont imprévisibles. Il peut être aussi charmant le matin qu'infect l'après-midi. Je préfère vous prévenir, si vous passez demain matin, je ne garantis pas qu'il pourra vous recevoir. Êtes-vous historien ou économiste ?

– Ni l'un ni l'autre, je suis officier de la marine marchande. Mais ma requête est d'un tout autre ressort.

– Dans ce cas, je suis désolé de vous dire que vous n'avez aucune chance. Si vous n'êtes pas un historien ou un économiste de renom, le professeur refusera de vous recevoir. Il s'oppose catégoriquement à la vulgarisation de l'Histoire.

– Vous travaillez pour lui ?

– En quelque sorte, je lui prépare ses repas plusieurs fois par semaine, et j'effectue diverses tâches ménagères. En échange, il me laisse accéder librement à ses archives. Je prépare une thèse sur le commerce maritime du début du XXe siècle. Après ma maîtrise, il m'a fallu une lettre de recommandation de mon professeur d'histoire pour que Désiré de Rochebonne daigne m'ouvrir sa porte.

– En effet, ce n'est pas aussi simple que je le pensais. Pourtant, il me faut absolument des informations sur l'épave d'un navire qu'a étudiée le professeur. Peut-être pourriez-vous me renseigner ?

Myriam Chatel toisa son interlocuteur du regard, puis elle bloqua sa respiration, comme si elle hésitait à parler.

– Ce serait mieux qu'on en parle ailleurs qu'ici, dit-elle soudain. Il commence à faire froid.

– Dans ce cas, permettez-moi de vous inviter à dîner. Ce sera plus agréable pour discuter.

– Vous êtes sacrément à l'aise avec les femmes, vous, dit-elle en riant. J'accepte votre invitation à condition que notre sujet de conversation ne déborde pas du contexte historique qui vous préoccupe. Je vous préviens, je suis fiancée. Alors, toute tentative de drague est vouée à l'échec.

– Soyez certaine que mes intentions sont honnêtes. Il me faut juste un renseignement, ensuite, vous n'entendrez plus jamais parler de moi.

Cet inconnu cherchait un détail précis, et elle était, sans doute, en mesure de le lui donner. Alors, elle en fut intriguée au point d'accepter son invitation.

Elle l'emmena dans un restaurant, situé au centre d'un parking. Le bâtiment était quelconque, mais la vue sur la mer était surprenante. Dès qu'ils furent attablés, Armand en vint à l'objet de sa visite :

– Vous auriez la possibilité de me dire ce que contenaient les cales d'un navire qui a fait naufrage au large de la baie de Somme en 1902 ? Son nom était le *Whitehorse*.

– Vous êtes pilleur d'épave, dit Myriam soudain suspicieuse. Vous voulez savoir si les frais engagés dans votre pillage seront rentabilisés par la vente de votre butin. Je suis désolée de contrecarrer vos plans, mais je ne mange pas de ce pain-là.

Soudain, la jeune femme se leva et s'apprêta à quitter la table. Mais Armand la rattrapa par le bras.

– Attendez ! Ça n'est pas du tout ce que vous pensez, lui dit-il. Il s'agit d'une affaire mettant en danger la santé, voire la vie de plusieurs centaines de personnes.

– Une histoire de pollution ?

– En quelque sorte. Mais ne me posez pas davantage de questions. Cette histoire est tellement incroyable.

À moitié convaincue, Myriam se rassit. Elle était à la fois surprise et intéressée par ce que venait de lui dire Armand. Il lui avait demandé de ne pas poser de questions, alors elle essaya de résister à sa curiosité et évita de l'interroger directement. À plusieurs reprises, elle tourna autour du sujet en y faisant des allusions discrètes. Mais au fur et à mesure que le repas avançait, ses questions devinrent de plus en plus précises. Au moment où Armand demanda l'addition, la curiosité de la jeune femme supplanta sa patience :

– Dites-moi au moins ce que je dois chercher dans le dossier du *Whitehorse* ; les archives du professeur sont tellement importantes.

– Le problème est que je ne le sais pas moi-même. J'aimerais faire le lien entre ce navire coulé en 1902 et certaines personnes de notre époque. Les cales du *Whitehorse* renferment peut-être un secret.

– Avec un peu de chance, je pourrai vous dire cela demain soir, même table, même heure. Cela vous convient-il ?

Armand acquiesça d'un mouvement de tête accompagné d'un sourire. Cette jeune femme était obligée de préparer les repas d'un vieux professeur pour rédiger sa thèse.

Pourtant, elle semblait adorer se faire inviter au restaurant.

Le lendemain soir, Armand occupait la même table que la veille. Il était impatient de revoir Myriam, pour qu'elle lui annonce le fruit de ses recherches. La journée avait été ensoleillée et chaude pour un mois de mars. Le contraste de température avec les plages de la Côte d'Opale était saisissant. Il dut résister à l'envie de se baigner, tellement l'eau était limpide.

Le clocher de l'église venait de sonner les huit coups de 20 heures. Voyant qu'il avait posé la carte des menus, la serveuse s'approcha pour prendre la commande.

– J'attends quelqu'un.

– Voulez-vous boire quelque chose en attendant ?

Armand s'apprêtait à répondre, lorsqu'un bruit de talons aiguilles résonna sur le carrelage. Myriam faisait une entrée remarquée dans le restaurant. Elle portait une robe fuseau rouge, parfaitement assortie à son petit sac à main, son maquillage et ses chaussures. Ses longs cheveux noirs et bouclés flottaient sur ses épaules au rythme de ses pas. Sous son bras droit, elle tenait une chemise cartonnée vert pâle. C'était le seul détail qui tranchait avec cette harmonie quasi parfaite.

Elle s'assit à la table en faisant un large sourire entendu. Son parfum ambré se répandit dans l'atmosphère. D'un geste ample de la main, elle aéra ses cheveux, dégageant des épaules fines et légèrement hâlées. La veille, Armand, trop préoccupé par son histoire d'épave, ne l'avait pratiquement pas regardée. La jeune femme l'avait remarqué. Ce soir, en parfaite séductrice, elle lui avait sorti le grand jeu.

– Vous pouvez commander du champagne, dit-elle en déposant la pochette sur la table. Je pense l'avoir mérité.

– J'ai l'impression que vous avez trouvé quelque chose d'intéressant.

– Je vous ai fait des photocopies sur tout ce qui concernait le *Whitehorse*. Dans la première partie, il y a une étude des chartes-parties correspondant à son dernier voyage. Dans la seconde, il y a une série de courriers échangés avec un professeur de physique nucléaire. J'ai étudié ces documents cet après-midi, je pense que vous aviez raison de vous inquiéter.

Le cœur d'Armand se mit à battre de plus en plus fort. Il posa la main sur le dossier, comme s'il voulait se l'approprier.

– Permettez-moi d'y jeter un coup d'œil. Mon impatience de découvrir le fruit de votre travail est trop forte.

Une lecture rapide des premières pages lui glaça le sang. Les cales du *Whitehorse* contenaient huit fûts de césium. Désiré de Rochebonne avait envoyé un courrier à Rudolf Deal pour lui demander des renseignements techniques sur cette substance radioactive.

Il referma le dossier en affichant un sourire de victoire. Puis, il regarda Myriam dans les yeux, et il lui dit d'une voix pleine d'admiration :

– Félicitations ! Vous êtes géniale… Cette soirée est la vôtre, commandez ce qui vous fera plaisir. Nous devons fêter ça.

*

* *

En marchant sur les pontons du port de plaisance du Hourdel, Armand pensait à Rudolf Deal. Ce fourbe avait participé à une organisation diabolique destinée à utiliser des êtres humains comme de vulgaires robots. Beaucoup de points restaient encore obscurs dans cette histoire, comme les rôles respectifs de Rudolf Deal et de Delaunay.

Mais depuis qu'il était rentré de la Côte d'Azur, Armand avait envie de respirer l'air du large. De plus, Joseph Capron lui avait dit que des bancs de cabillauds passaient au large de la baie de Somme. Il n'en fallut pas davantage pour réveiller le pêcheur qui dormait en lui. Après une courte nuit, il se dirigea vers le port et prépara son bateau. Il était 3 heures du matin, la pleine mer était prévue à 5 h 10. Malgré le beau temps, le port était désert.

Il traîna sa caisse de trémails jusqu'à son bateau et commença à empiler correctement les ralingues et le gréement. Cette opération était indispensable, elle permettait d'éviter l'emmêlement lors de la mise à l'eau du filet. Il savait, par expérience, que le plus gros travail de préparation d'une partie de pêche devait se faire au port : prévisions météorologiques et bulletins nautiques consultés ; le moteur, le matériel de navigation et les apparaux de sécurité vérifiés ; le pont propre et rangé ; et le matériel de pêche prêt à être mis à l'eau. Ce qui était simple et aisé au port devenait une entreprise impossible avec le roulis du large.

Ensuite, il prépara son moteur, puis il descendit mettre son sac de nourriture dans le cockpit de son bateau de pêche et se prépara un café en attendant le flot. Quelques minutes plus tard, il passa sa tête par l'écoutille pour voir si le niveau d'eau avait monté. L'éclairage des pontons était éteint.

« Certainement une disjonction », pensa-t-il. Cela arrive parfois quand un goéland se pose sur un luminaire et lui donne des coups de bec.

Quand il s'avança pour regarder par-dessus le plat-bord, il reçut un violent choc au niveau de la nuque. Ses yeux s'embrumèrent aussitôt. Ses jambes fléchirent et il tomba sur le bord de la couchette.

Chapitre 23

Vendredi 13 mars 2009

Il y avait un bruit agaçant, des gouttes d'eau tombaient régulièrement sur une tôle mal fixée. Ça venait d'un ajour situé dans la partie haute d'un des murs de la cellule. Il faisait froid et humide, un vent frais entrait par l'ouverture, il amenait avec lui une odeur de bois coupé.

La pièce était dans l'obscurité, seuls quelques rayons de lune donnaient une faible clarté. Armand essaya de se lever, mais une forte migraine l'obligea à se rallonger. Il palpa son couchage. C'était une mince paillasse poussiéreuse, posée à même un assemblage de madriers de bois sertis par de larges ferrures. Ce lit de fortune était relié au mur de pierre par deux chaînes. Tout sentait le moisi et la crasse. Sur le sol, il y avait un peu de paille et une cruche en terre cuite.

Armand se recroquevilla pour se réchauffer. À ce moment, il découvrit qu'on lui avait retiré ses habits, il portait maintenant une longue et épaisse chemise de coton blanc. Malgré la douleur qui lui frappait les tempes, il se leva et fit le tour de sa cellule moyenâgeuse. Celle-ci n'excédait pas les quatre mètres carrés, elle était fermée par une lourde porte de bois. L'ajour était placé juste sous la voûte. Sans échelle, il était hors d'accès.

La situation était aussi inquiétante qu'anachronique. Il se souvenait avoir été assommé sur son bateau de pêche. Depuis, plus rien, jusqu'à cet instant où il venait de se réveiller dans cette cellule, en habit de bagnard. Entre-temps, que s'était-il passé ?

Une angoisse lui comprima le ventre, il devait sortir de ce cauchemar grotesque. Quelqu'un lui avait fait une mauvaise farce ou alors il rêvait. Il allait se réveiller dans un lit douillet d'une chambre d'hôtel, et tout irait bien. Il se tourna vers la porte et frappa de toutes ses forces. Mais les gros clous en fer forgé lui entaillèrent les mains, il sentit le sang couler le long de ses avant-bras. Sa rage fut inutile, le bois de la porte devait faire trois pouces d'épaisseur, il faudrait une charge de bélier pour la faire céder. Épuisé, le corps endolori, il s'effondra dans la paille de sa cellule.

Jusqu'aux premières lueurs du jour, il ne dormit pas, mais resta prostré comme un animal terrorisé. Il tremblait nerveusement de froid et de peur. Un rayon de soleil entra par l'ajour, il lui sembla que ce faisceau miraculeux l'appelait à la vie. D'un bond, il se leva et tenta d'atteindre l'ouverture en escaladant le mur. Mais les pierres étaient lisses et ses pieds ne pouvaient trouver la moindre surface d'appui.

Quelqu'un viendrait le délivrer ou alors, il trouverait une solution pour se sortir de là. De toute façon, il ne pouvait pas rester indéfiniment dans cette cellule : le lendemain, il était attendu à son travail ; et puis, Lucie allait peut-être demander à le voir.

Il s'accroupit sur son matelas et enveloppa ses pieds dans la toile de coton de sa chemise. Machinalement, il palpa la texture du tissu, la fibre ne lui était pas inconnue. C'était exactement le même textile que Fabrice avait remonté dans ses filets. Rudolf Deal lui avait menti en lui certifiant son origine orientale.

Tout à coup, il perçut des bruits de pas. Une démarche lourde et claudicante. Quelqu'un arrivait. Un animal renifla sous la porte et grogna. Les pas se rapprochèrent. Un cri pour chasser la bête. Puis le cliquetis d'une clef dans la grosse serrure de fer.

La porte s'ouvrit, un homme apparut, il était monstrueux, tant par sa laideur que par sa corpulence démesurée. Une espèce de dogue terrifiant l'accompagnait.

Le géant donna un violent coup de pied à son chien, puis il entra dans la cellule en faisant de grands gestes. Armand comprit qu'il devait le suivre. Vu les circonstances, il n'avait d'autre choix que d'obéir sans résistance. Ils entrèrent dans un couloir de pierres aussi sombre que la cellule.

Mais dès qu'ils avancèrent, le dogue se fit menaçant. Il montra ses canines pointues comme des dagues et longues comme des pouces. Le géant sortit un petit boîtier électronique de la poche de son manteau et appuya sur le bouton rouge situé dessus. Aussitôt, l'animal hurla et s'aplatit contre le sol, totalement soumis au bipeur.

Ce chien semblait être habitué à la violence. Il avait autour du cou un collier électrique. Chaque impulsion lui infligeait une douleur insupportable au niveau de la nuque. Ainsi, lorsque la bête sauvage devenait trop féroce et que les coups de pied ne suffisaient plus, le boîtier électronique était le dernier recours, avant le fusil, pour stopper l'animal.

Dès que la situation devint moins dangereuse, le géant rangea son appareil dans sa poche. Puis, ils continuèrent jusqu'à une grande porte de chêne. L'homme fit un signe de la main à son prisonnier pour que celui-ci restât en retrait. Puis il s'annonça en frappant le bois du plat de la main.

– Entrez ! fit une voix grave derrière la porte.

Aussitôt, le géant attrapa Armand par la chemise de coton et le traîna à l'intérieur de la pièce.

Ils se retrouvèrent dans une sorte de bloc opératoire. Au centre se trouvait une table d'opération munie de sangles et éclairée par un plafonnier. Sur le sol, des chiffons souillés de sang répandaient une odeur de mort. Dans un coin, à même le sol, un corps humain avait été déposé en vrac après un charcutage de la nuque et du cou. De l'autre côté, près d'une paillasse de laboratoire, deux hommes en blouse de chirurgien discutaient en préparant leur matériel. L'un d'eux ouvrit un dossier et commença à en faire la lecture :

– Nous avons maintenant un implant de type C. Armand Verrotier, 50 ans, célibataire, capitaine de navire. Pas de problème de santé, pas d'antécédent psychiatrique, QI supérieur à la moyenne. L'injection a été faite le 14 décembre, il y a trois mois donc. Les premiers résultats ont été satisfaisants. Mais le sujet a rapidement développé une résistance. À ce jour, il est totalement incontrôlable.

– Encore un échec ! fit le second en réfléchissant. Nous devons trouver ce qui se passe. Bizarrement, l'hypophyse des sujets qui vivent près de la mer secrète une hormone pour résister à nos implants.

– L'iode ?

– Certainement, l'air marin est chargé d'iode. Nous allons d'abord lui prélever l'hypophyse ainsi qu'une partie de son système nerveux et de son système lymphatique. Ensuite, nous les analyserons. Prépare l'anesthésie.

Puis il se tourna vers le géant et lui ordonna :

– Karl ! Ceinturez-le bien pour qu'on puisse lui faire la piqûre d'anesthésie.

Le géant ne se fit pas prier pour enlacer Armand de ses bras démesurément musclés. Impossible de se débattre, l'étau était trop serré. Un chirurgien purgea sa seringue et s'approcha. Au moment où il palpait les veines pour enfoncer l'aiguille, le téléphone sonna.

– Attends ! lui dit son coéquipier. Antoine Delaunay vient d'arriver. Allons le saluer, et nous reprendrons les opérations après.

Puis il s'adressa au géant sur un tout autre ton, plus autoritaire cette fois :

– Karl ! Ramenez-le dans sa cellule et restez dans le coin, nous vous appellerons quand nous reprendrons.

Le géant émit un grognement en signe d'acquiescement. Puis, il attrapa Armand par la chemise et le poussa brutalement dans le couloir qui menait à la cellule. Déséquilibré, Armand essaya de se rattraper à un chandelier de fer forgé fixé au mur. Mais la grosse tige se décrocha et lui resta entre les mains. Le geôlier s'approcha en grognant et voulut empoigner son prisonnier par les cheveux.

Malheureusement pour lui, le couloir était trop sombre. Ses yeux n'étaient pas encore suffisamment habitués à l'obscurité pour qu'il ait pu voir l'incident. La tige de fer forgé avait une partie longue et pointue, Armand la saisit à deux mains. C'était maintenant, ou jamais. Il avança d'un pas en poussant un cri de fureur et l'enfonça dans le torse du géant, avant qu'il n'ait eu le temps de poser la main sur lui.

Surpris et stoppé dans son élan, l'homme ouvrit de grands yeux hagards. Il beugla de rage et de douleur en attrapant cette épée de fortune qui venait de lui transpercer le cœur. Le sang gicla contre les murs, au rythme des pulsations cardiaques. Le géant voulut retourner dans la salle d'opération pour y demander de l'aide, mais il trébucha et tomba en avant. Quand son grand corps toucha le sol, il émit une sorte de râle ; la tige de fer venait de lui traverser la poitrine. La pointe de métal maculé de sang sortait à deux doigts de la colonne vertébrale.

Le géant ne respirait plus. Il eut encore quelques spasmes, puis il s'immobilisa totalement. Le sang s'écoulait maintenant en flot continu et alimentait une flaque épaisse et malodorante.

Armand s'approcha prudemment du grand corps inerte. Il fouilla les poches de son manteau. Par chance, le boîtier électronique était intact, il s'en empara et ramassa le trousseau de clefs. Ensuite, il s'éloigna. Ses pieds rougis de sang coagulé collaient au sol et y laissaient des empreintes. Il n'avait pas une minute à perdre ; il devait sortir de là au plus vite. Les aboiements des chiens affamés se faisaient entendre.

Au fond du couloir se dressait un escalier de pierres. Il le gravit quatre à quatre. Ensuite, il ouvrit la lourde porte de chêne, grâce au trousseau de clefs. La lumière extérieure lui fit d'abord cligner les yeux. Puis il s'habitua et observa les alentours. L'endroit ne lui était pas inconnu, il devait se trouver au pied de ce qui devait être le *Manoir du cheval blanc*. C'était une ancienne bâtisse médiévale. Les pierres recouvertes de mousse et noircies par le temps lui donnaient un aspect lugubre.

Un tapis de neige fraîche recouvrait le sol. Un vent frais poussait les nuages. La visibilité était changeante d'une dizaine de mètres au passage de cumulus, elle s'étendait à plusieurs kilomètres lors d'une éclaircie.

Deux chemins se présentaient devant lui : l'un était rectiligne, large et bien damé ; l'autre grimpait entre les broussailles couvertes de neige. Armand fit un rapide tour d'horizon, il identifia les sommets vosgiens environnants. Il avait étudié la carte topographique des lieux, il savait que le manoir était bâti sur une corniche aux versants abrupts. Une route passait en bas à moins d'un kilomètre. Après une courte réflexion, il décida de prendre celui qui montait au travers des broussailles. L'autre était mieux dessiné et plus praticable, mais il passait devant l'entrée du manoir. Il serait aussitôt repéré par les habitants du lieu, et les chiens seraient lâchés.

Malgré le froid et la douleur occasionnée par les cailloux aux arêtes vives, il courut le plus vite qu'il put. Le chemin s'élargit rapidement et rejoignit la voie d'accès principale au manoir.

Subitement, les aboiements des chiens se rapprochèrent, la meute était lâchée. Armand ne se retourna pas. Tout en courant, il plaça le boîtier électronique dans sa main gauche et mit le pouce sur le bouton rouge, prêt à appuyer au moindre danger.

Juste après un lacet, il entendit des bruits dans la végétation bordant la route. Un chien l'avait repéré. L'animal sortit d'un buisson quelques mètres devant lui et se mit en position d'attaque. Armand eut juste le temps d'appuyer sur le bouton avant l'assaut. La bête s'écroula sur le sol en gémissant de douleur.

Sans attendre, il ramassa une grosse pierre et la lança sur le crâne de la bête. Un bruit de craquement se fit entendre, indiquant que les os avaient éclaté sous la violence du choc.

Armand avait les pieds ensanglantés et écorchés, mais il ne sentait plus la douleur. Il n'avait qu'une seule idée en tête : rejoindre la route. Alors, il se remit à courir de plus en plus vite pour se sortir de cet enfer.

Tout à coup, un autre chien surgit d'un fourré, juste derrière lui. Mais, il continua sa course. Plusieurs activations du boîtier électronique retardèrent l'animal. La route n'était plus qu'à une centaine de mètres, la grille apparaissait derrière le rideau de brume. Armand accéléra. Soudain, une détonation retentit, et une balle siffla à côté de lui. Elle termina sa course en arrachant un morceau d'écorce large comme une main.

Delaunay et ses compères s'étaient aperçus de l'évasion d'un de leurs prisonniers, et sans attendre, ils s'étaient lancés à sa poursuite, fusil en main.

Un bruit de moteur de voiture se rapprocha. Armand entendit les pneus déraper dans les virages en lacet.

La barrière n'était plus qu'à quelques secondes. Il bloqua sa respiration, serra les dents et banda tous les muscles de son corps. Enfin, il sauta au-dessus d'un tas de neige, rebondit sur ses pieds et se retrouva debout sur le coffret électrique.

À ce moment, il se retourna. La voiture tout-terrain n'était plus qu'à une centaine de mètres, elle dévalait le chemin à toute allure. Delaunay était assis à la place du passager, il avait un fusil entre les mains. Armand le vit afficher un sourire de satisfaction en braquant son arme dans sa direction. Une détonation claqua juste au moment où il franchissait le haut du mur. La balle manqua son but à quelques dixièmes de secondes près et vint frapper le coffret de commande d'ouverture de la grille, le détruisant complètement.

Armand était de l'autre côté, une bonne épaisseur de neige amortit sa chute. Il se releva aussitôt et continua à courir en direction du village. Le véhicule tout-terrain freina en catastrophe et termina sa course en se claquant sur la barrière. Delaunay monta immédiatement sur la tôle pliée du coffre du 4x4 et chercha à mettre en joue son gibier. Mais il était trop tard, Armand avait déjà parcouru près d'une centaine de mètres, et il était maintenant protégé par un imposant rocher que contournait la route.

Dès qu'il se sentit hors d'atteinte, il grimaça de douleur, ses pieds couverts de blessures lui faisaient maintenant atrocement mal. Il dut s'adosser à un tronc d'arbre pour reprendre son souffle. Sa chemise de coton blanc était tachée de sang et de traces laissées par la végétation qu'il venait de traverser. Il était sauf, mais il savait que la partie n'était pas terminée. Delaunay réussirait bientôt à ouvrir son portail et viendrait le tirer comme un lapin. Ou alors, il enverrait un de ses hommes de main se charger de cette sale besogne.

Armand essaya de marcher sur la route, mais ses pieds endoloris ne lui obéissaient plus, il était au bord de l'évanouissement.

Peu après, une voiture arriva, Armand fit signe au conducteur. Mais celui-ci fut pris de panique devant ce fantôme ensanglanté, surgissant du brouillard. Il accéléra et s'enfuit comme s'il avait vu le diable en personne.

Quelques minutes plus tard, une limousine noire s'arrêta à son niveau. La vitre électrique se baissa. À l'intérieur, Sanchez, le chauffeur de Von Reinmark, l'invita à prendre place à l'arrière. Était-ce un piège ? Armand hésita un instant, mais il n'avait pas d'autre choix, il était à bout de force. Misant tout sur cette apparition miraculeuse, il s'installa sur la banquette de cuir.

– Ne craignez rien, dit le chauffeur d'une voix monocorde. Je vous emmène à Mulhouse, dans la villa de M. Von Reinmark. Vous y serez en totale sécurité.

Chapitre 24

Samedi 14 mars 2009

Le pilote de l'hélicoptère fit un tour de repérage au-dessus de la villa de Von Reinmark. Puis il contacta par radio le responsable de la sécurité. Au sol, celui-ci préparait la piste d'atterrissage.

Armand regarda par le hublot de l'appareil, le soleil de fin d'après-midi donnait de belles couleurs aux îles Borromées. Les façades ocre jaune semblaient flotter au-dessus de l'eau bleu-noir du lac et s'en détachaient distinctement.

Dès qu'ils furent à l'aplomb de la piste, le pilote se tourna vers son passager et pointa le pouce vers le bas pour lui indiquer qu'il allait atterrir. Le lac étant bordé de montagnes escarpées, les sauts de vent au niveau des rives étaient imprévisibles en force et en direction. Alors, pour diminuer les risques de cogner les pales de son rotor contre des branches d'arbre, l'hélicoptère devait se poser rapidement.

Au moment où Armand terminait la vérification de la sangle de sa ceinture de sécurité, une secousse lui indiqua que l'appareil était au sol. Le pilote freina aussitôt son rotor et un jeune homme en costume noir vint ouvrir la porte.

– Bonjour monsieur Verrotier, dit-il avec un fort accent italien. M. Von Reinmark vous attend dans le salon « Atlantide ». Je vous prie de bien vouloir me suivre.

Armand bâilla largement, puis il déglutit pour équilibrer la pression de ses tympans. Enfin, il descendit de l'hélicoptère en se massant la nuque. Durant le voyage, le ronronnement du rotor l'avait étourdi à un point qu'il s'était laissé aller à une sieste, malgré la beauté des sommets alpins enneigés.

Ses blessures aux pieds le faisaient encore souffrir, il dut s'appuyer sur le pommeau d'une canne pour avancer, en clopinant. L'agent de sécurité baissa le son de son talkie-walkie et suivit les deux hommes de quelques pas. Ils entrèrent dans une villa somptueuse dont la construction devait être très ancienne à en juger par le mélange de style baroque et rococo remarquablement restauré. L'intérieur ressemblait à celui d'un palais avec les murs garnis de grandes toiles, représentant des scènes religieuses ou mythologiques. Des sculptures de marbre et autres objets précieux mettaient en valeur les meubles. La richesse du lieu n'avait rien à envier aux collections de certains musées de province.

Un homme sans âge ouvrit une porte et s'avança vers Armand pour l'accueillir. Il avait un petit corps surmonté d'une tête démesurément grande pour sa taille. Ses cheveux blancs, remarquablement fournis, amplifiaient cette disproportion inhabituelle. À son allure assurée, Armand comprit qu'il s'agissait de Von Reinmark.

– Alors, monsieur Verrotier, dit Von Reinmark d'une voix paisible, avez-vous fait un bon voyage ?

– C'est donc à vous que je dois mon sauvetage en pleine forêt vosgienne ? demanda Armand sans prêter attention à la question de Von Reinmark. Comment saviez-vous que j'étais à cet endroit ?

– C'est justement l'objet de mon invitation. J'organise une réunion dans une petite heure. J'ai de fortes raisons de penser que chacun des participants sera très intéressé par le sujet. En attendant, mon maître d'hôtel va vous montrer votre chambre. Dès que vous serez confortablement installé, vous pourrez aller vous détendre à la piscine. La masseuse remettra vos pieds en état, elle fait des merveilles.

Von Reinmark donnait des ordres et laissait le travail d'exécution à ses collaborateurs. Il n'était pas du genre à discuter ni à perdre son temps en bavardage inutile. Aussitôt qu'il en eut terminé avec Armand, il repartit s'installer à la table de réunion de la salle « Atlantide ». Un homme d'une cinquantaine d'années, genre cadre dirigeant, l'y attendait devant une pile de dossiers.

Le maître d'hôtel ouvrit la chambre « Florentine ». Armand fit un pas à l'intérieur et s'arrêta net, émerveillé par la beauté de la pièce. La décoration de style baroque était superbe, chaque bibelot devait avoir une valeur minimale de plusieurs mois de salaire de matelot. Des fenêtres, on apercevait les trois îles Borromées sous un angle exceptionnel : Isola Madre, Isola Bella et la fameuse île des Pêcheurs.

Le lit à baldaquin était recouvert d'un tissu richement brodé à la main. Le matelas était si épais qu'Armand ne put résister à l'envie de s'y allonger. Mais au moment où il fermait les yeux, quelqu'un toqua à la porte. Il se leva et ouvrit à une jeune femme d'origine asiatique, vêtue d'un kimono gris foncé. Elle lui parla en italien, mais elle se rendit rapidement compte qu'il ne la comprenait pas. Alors, elle lui présenta un peignoir et fit quelques gestes de la main pour lui signifier qu'elle voulait l'emmener à la piscine pour lui soigner les pieds. Armand enfila la sortie de bain parfumée à la lavande et la suivit dans le grand escalier en marbre.

Le bassin était pavé de mosaïque et entouré de colonnes romaines. De grandes baies vitrées donnaient sur une terrasse dominant le lac. Au loin, des bateaux accostaient l'île Pescator. La jeune asiatique invita Armand à s'allonger sur un matelas de joncs tressés, simplement posé sur un socle de marbre chaud. Elle mit une musique relaxante et commença à lui appliquer diverses essences et autres onguents sur la plante des pieds, puis elle les massa délicatement. Armand ferma les yeux et sentit le poids de tout son corps s'écraser dans le matelas. Une énergie réparatrice commença à circuler en lui. Toutes les tensions accumulées durant ces derniers mois s'échappaient dans les mains de la jeune asiatique.

– Ses mains sont magiques, dit une voix derrière lui. La réflexologie est un art chez elle.

Armand sursauta, une seule femme avait ce timbre suave épicé d'un accent nordique : Christelle Varange. Il voulut se retourner, mais la masseuse posa la main sur son torse pour l'inviter à rester étendu… et détendu. Christelle apparut devant lui en maillot de bain noir, dévoilant une peau satinée de couleur caramel. Cette peau qu'il avait embrassée avec passion quelques mois auparavant.

– Profite de la fin de ton massage, dit-elle d'une voix douce. En ce qui concerne les explications, patiente encore un peu, nous nous verrons à la réunion.

– J'espère bien ! marmonna-t-il.

Qu'allait-elle bien trouver comme explication, cette fois-ci ? Depuis qu'il avait croisé son chemin, sa vie était truffée de catastrophe.

La jeune femme lui lança un sourire narquois, puis elle se dirigea vers le grand escalier de marbre. Elle semblait marcher sur une ligne, évitant de plier ses longues jambes terminées par des talons aiguilles. Armand oublia, durant quelques secondes, les bienfaits de son massage. Il la suivit des yeux jusqu'à ce qu'elle disparaisse derrière la porte de l'escalier.

La masseuse continua à exercer des pressions sous la plante de ses pieds, et Armand se laissa plonger dans un demi-sommeil.

Tout à coup, la voix du maître d'hôtel le ramena à la réalité.

– M. Von Reinmark désire vous rencontrer. Je vous ai apporté des vêtements neufs. Dès que vous les aurez passés, je vous accompagnerai jusqu'à la salle « Atlantide».

Armand s'étira. Il n'eut pas le temps de remercier la jeune femme pour son remarquable massage, car elle s'était éclipsée dès les premiers mots du maître d'hôtel. Dommage ! Car elle avait fait des miracles, il se sentait maintenant détendu et dynamique. Il s'assit avec la lenteur d'une personne venant de se réveiller, puis il s'habilla.

*
* *

Contrairement aux autres pièces de la villa, la décoration de la salle « Atlantide » était réduite à sa plus simple expression. Les murs étaient gris clair, sans fenêtres ni ornements. Au centre trônait une table ovale en marbre gris, à laquelle pouvaient s'asseoir six personnes. Von Reinmark était un adepte des réunions flash, sans perte de temps avec des questions superflues. Pour cela, il ne tolérait rien qui pourrait détourner sa concentration.

Le maître d'hôtel annonça Armand, puis il l'invita à entrer. Von Reinmark était seul, il était assis au bout de la table de réunion, ce qui devait être sa place habituelle. Un ordinateur portable était ouvert devant lui. D'un geste de la main, il désigna une chaise à sa droite.

– Monsieur Verrotier, dit-il avec un large sourire, je suis heureux de vous rencontrer. Christelle Varange m'a beaucoup parlé de vous. Ne lui en voulez pas pour toutes les mésaventures que vous avez vécues ; elle n'a fait qu'exécuter des ordres.

Von Reinmark marqua une pause pour guetter une réaction chez son interlocuteur. Mais Armand ne bougea pas d'un cil, il était impatient de savoir pourquoi il se retrouvait dans cette somptueuse villa, après avoir risqué la mort le matin même.

– Je continue, reprit Von Reinmark. Je suis un cousin par alliance de la famille Delaunay, ou du moins ce qu'il en reste malheureusement. À la mort de la grand-mère, le groupe s'est scindé en deux. Je dirige les usines présentes en Italie, Allemagne et Suisse. Antoine Delaunay dirige celles situées en France, aux États-Unis, au Mexique et en Hongrie. Nous fabriquons des médicaments qui traitent les mêmes pathologies. C'est-à-dire que nous sommes concurrents. Vous me suivez, monsieur Verrotier ?

Armand acquiesça en haussant les épaules, il se demandait toujours où voulait en venir son hôte.

– Bon ! Très bien, continua Von Reinmark. Afin que vous compreniez mieux la suite, je vais vous montrer quelques chiffres et procédures utilisés dans notre groupe. Ces informations sont confidentielles, aussi, je vous demanderai la plus grande discrétion.

Von Reinmark mit en service son ordinateur et sortit une carte de codage de la taille d'une carte de crédit. Puis il tapa son identifiant et différents codes d'accès. Enfin, une page contenant plusieurs tableaux et graphiques apparut sur l'écran. D'un geste brusque, il tourna l'ordinateur dans la direction d'Armand.

– J'ai pris l'exemple du Calordium, médicament utilisé en psychiatrie. La fabrication de la molécule de base nous revient à 100 000 euros le gramme. Chaque cachet n'en contient que quelques nanogrammes, fort heureusement. Tout au long de la chaîne de production, il y a des processus très stricts. Bien entendu, tout ceci est le fruit de longues recherches menées à bien par mes ingénieurs chimistes. Certaines phases de ces processus doivent rester secrètes. Ce sont les conditions de température, de pression, de vitesse de centrifugation, de tension d'électrolyse, etc., qui permettent d'obtenir la molécule. Chaque paramètre doit être scrupuleusement respecté, sinon le produit est définitivement perdu. Avant de pouvoir vendre une boîte de Calordium à un malade, il m'a fallu dépenser 350 millions d'euros pour la recherche de la molécule, autant pour les recherches de procédés de fabrication, 150 millions pour la construction de la chaîne de fabrication et 20 millions pour les frais d'enregistrement. Avec les frais annexes, j'atteins le milliard d'euros.

Von Reinmark cessa de parler brusquement pour observer une nouvelle fois la réaction de son interlocuteur et lui laisser le temps de poser une question.

– Je suppose que vous ne m'avez pas fait venir ici pour me décider à devenir un de vos collaborateurs, dit Armand.

– Monsieur Verrotier ! Soyons clairs. Vous avez, plus que moi, intérêt à briser l'action maléfique de Delaunay et de ses complices. Pour cela, nous devons associer nos connaissances.

– Je pourrais aller à la police et déposer une plainte. En ce qui vous concerne, la notoriété publique connaît les difficultés financières de votre groupe. Celui de Delaunay est prêt à vous racheter.

– Effectivement, vous pourriez déposer une plainte dans un commissariat de police. Mais vous êtes un homme intelligent, vous savez très bien que ça n'est pas la meilleure solution. Delaunay est une personne puissante, perfide et surtout très riche. Il connaît beaucoup de monde, l'enquête de police serait difficile et délicate. Beaucoup d'inspecteurs seraient mutés, abandonnant leurs recherches à leur successeur. Le procès, s'il a lieu, durerait des années. Pendant ce temps, vous resterez en observation médicale avec votre implant dans la nuque. Vous développerez un cancer de la thyroïde, avec tous les effets secondaires que cela comporte : prise de poids, apathie, trouble de l'humeur et j'en passe.

Armand fronça les sourcils en faisant une moue interrogatrice. Von Reinmark avait fait mouche.

– Il y a une chose que vous devez savoir avant de continuer, reprit l'homme d'affaires. Les implants contiennent des traces de césium. À dose infime, bien entendu. Mais compte tenu de la durée d'exposition, qui est très longue, la contamination sera inévitable.

– Vous avez une meilleure idée ? demanda Armand en se grattant la nuque.

– Mettons nos informations en commun, et laissez-moi faire, dit Von Reinmark sur un ton convaincant. Croyez-moi, c'est la seule façon de vous débarrasser de votre implant rapidement.

– Vous laisser faire ? s'exclama Armand, en fusillant son interlocuteur du regard. Je pense que vous vous moquez de moi. Depuis plusieurs mois, je me débats seul contre cette bande de nuisibles. Il est vrai que vous m'avez secouru au moment où j'étais en très mauvaise posture, et je vous en remercie. Cela dit, à l'heure actuelle, je pense détenir les principales informations sur Delaunay, je ne peux pas vous laisser décider seul de la suite des événements.

– Ne jugez pas à la hâte, monsieur Verrotier.

Von Reinmark appuya sur l'interrupteur de son interphone et prononça les paroles suivantes :

– Faites entrer Mlle Kristen, s'il vous plaît.

En voyant entrer la jeune femme, Armand sentit son sang se glacer. Il cligna des yeux pour s'assurer qu'il ne se trompait pas. Alors qu'il s'attendait à voir Christelle Varange, la personne qui prenait place à la table de réunion était la vraie Jasmine Kristen. Von Reinmark discerna la surprise de son interlocuteur, cela parut l'amuser au point qu'il esquissât un sourire. C'était la première fois depuis leur rencontre.

– En dehors du fait qu'elle soit d'une grande élégance, Mlle Kristen est une généalogiste remarquable. Il y a plusieurs mois de cela, je lui ai demandé d'effectuer un travail de recherches sur Antoine Delaunay. Le rapport qu'elle m'a transmis est surprenant. Lorsque vous en aurez pris connaissance, vous comprendrez mieux certaines choses.

Puis, il se tourna vers la jeune femme :

– Mademoiselle Kristen, pourriez-vous nous présenter votre rapport ?

Jasmine se racla la gorge à deux reprises pour s'éclaircir la voix. Puis elle ouvrit le dossier qu'elle avait amené et commença :

– Monsieur Von Reinmark, vous m'avez demandé de reconstituer l'arbre généalogique déterminant votre lien de parenté avec Antoine Delaunay.

La jeune femme sortit quelques feuilles d'une chemise cartonnée et les distribua aux participants. Puis elle continua :

– Les documents que vous avez sous les yeux définissent ce lien. Les organigrammes ont été construits à l'aide de documents officiels, après recherche des personnes concernées.

Le travail de Jasmine Kristen était d'une précision étonnante. Son exposé dura une bonne vingtaine de minutes.

La présentation de chaque personnage était accompagnée d'un certificat. Ainsi, Von Reinmark et Armand apprirent qu'en 1873, Désiré Delaunay avait épousé Rachel Bruay, tous deux étaient de confession juive. Ils eurent trois enfants : Adrien, Hector et Samuel. Mais la famille n'avait pas été épargnée par l'adversité. Leur premier fils, Adrien, était mort à 22 ans, sur un champ de bataille, durant la Première Guerre mondiale. Ensuite, Hector, le cadet, s'était marié avec Sarah Wanish ; un enfant, Sacha, était né de leur union. Le troisième fils, Samuel Delaunay, avait épousé Salomée Farelle, ils avaient eu un fils en 1921, David.

Une grande partie de la famille est morte en déportation, durant la Seconde Guerre mondiale. Après la libération, la famille n'était plus composée que de trois personnes : la mère, Rachel Delaunay, et son petit-fils David qui prirent la direction des usines Delaunay, ainsi que le fils Hector. Ce dernier partit en Angleterre, en 1944. Il n'en revint qu'à la mort de Rachel, sa mère, en 1948. Durant cette période d'absence, la mère et le fils échangèrent des nouvelles par courrier.

– Dans les lettres que votre épouse m'a gentiment confiées, reprit Jasmine, Hector semble avoir été très perturbé par la guerre, il souffre de sérieux troubles de la mémoire. Il ne se souvient plus de son passé. Pour remédier à cela, il demande à sa mère de lui raconter en détail l'histoire de leur famille.

Jasmine se servit un verre d'eau et en but une gorgée avant de continuer :

– Bref, Hector Delaunay revient dans sa demeure natale en 1948, juste après la mort de sa mère. Aussitôt, il réclame ses parts dans la société Delaunay. Ce qui n'est pas du goût de David, son neveu. Les deux hommes se traitent mutuellement d'usurpateur, et leurs querelles débouchent sur un procès. Malheureusement, David Delaunay meurt accidentellement dans un accident de chasse, le 28 octobre 1952, à l'âge de 31 ans. Ensuite, par jugement, la société est partagée en deux parts équivalentes entre Hector Delaunay et Natacha Ronan. Cette dernière étant la veuve de David Delaunay.

Jasmine toussa discrètement et but à nouveau une gorgée d'eau.

– En 1947, ajouta-t-elle, Hector Delaunay a eu un fils : Antoine. Cette personne est l'actuel président des usines Delaunay.

– Attendez ! intervint Armand. En juin 1944, les anciens de mon village ont vu Hector Delaunay se faire cribler de balles par la Gestapo, dont une dans la tête. Je ne conteste pas l'authenticité de vos recherches. Mais ça me paraît étrange qu'un homme survive à de telles blessures. En supposant qu'il en ait réchappé, pourquoi n'est-il pas rentré chez lui après la libération, alors que sa mère et la direction d'une usine l'attendaient. Avait-il honte de rentrer ? Était-il défiguré par sa blessure au visage ?

– Vous connaissez des témoins de la fusillade de juin 1944, dans laquelle mon grand-oncle a été blessé ? demanda Von Reinmark en écarquillant les yeux.

– Bon nombre de pêcheurs de la baie de Somme ont assisté à la scène lorsqu'ils étaient enfants. On raconte même que votre grand-oncle s'est fait voler son portefeuille par la Gestapo ce soir-là.

– Vous me rendriez un grand service, si vous pouviez me retrouver ces témoins, monsieur Verrotier.

Puis, se tournant vers Jasmine, il ajouta d'une voix monocorde :

– Vous pouvez continuer, mademoiselle Kristen. Avez-vous découvert qui était la mère d'Antoine Delaunay ?

– La mère d'Antoine Delaunay s'appelle Marie Boulanger. Elle est âgée de 89 ans et habite toujours en Angleterre. À la libération de Paris, elle a subi des représailles pour avoir entretenu des relations avec des membres de la Gestapo. Elle est partie en Angleterre où elle a eu un fils avec Hector Delaunay. Mais en 1948, elle ne les a pas suivis en France. Elle épouse un dénommé Dungelbear, un ancien capitaine de navire de presque cinquante ans son aîné.

– Alors, selon vos dires, la mère et le grand-père d'Antoine se seraient mariés ensemble, dit Armand.

– Expliquez-vous ! intervint Von Reinmark, stupéfait par ce qu'il venait d'entendre.

– Dungelbear est le nom du père de Victor Lenormand, affirma Armand.

– Soyez plus clair, je vous prie ! Expliquez-moi le rapport entre Victor Lenormand et la famille Delaunay ? demanda Von Reinmark, de plus en plus intéressé.

– Je manque de preuves pour confirmer ce qui va suivre, reprit Armand, mais je pense que Marie Boulanger pourrait nous renseigner. Victor Lenormand est le fils naturel de Dungelbear. Son père est parti avant sa naissance et sa mère est morte en couche. Durant la Seconde Guerre mondiale, il fait partie de la Gestapo. Une nuit de juin 1944, il tue votre grand-oncle, lui vole ses papiers et jette le corps dans le courant de jusant de la baie de Somme. À la libération, il est fort probable qu'il se soit enfui en Angleterre chez son père, Dungelbear, en prenant l'identité d'Hector Delaunay. Marie Boulanger est certainement partie avec lui.

– Surprenant, dit Von Reinmark en se grattant le menton. Si Hector Delaunay avait eu des cicatrices sur le corps, cela se serait su. Surtout sur le visage. Mais il n'avait rien.

Il resta immobile durant quelques minutes, le regard absent. Puis, il se tourna vers Jasmine :

– Mademoiselle Kristen, je vais vous confier une mission supplémentaire : vous devrez me confirmer, par des témoignages ou des documents officiels, les allégations de M. Verrotier. Faites des recherches sur Victor Lenormand. Partez en Angleterre pour interroger Marie Boulanger.

ARBRE GÉNÉALOGIQUE DE LA FAMILLE DELAUNAY

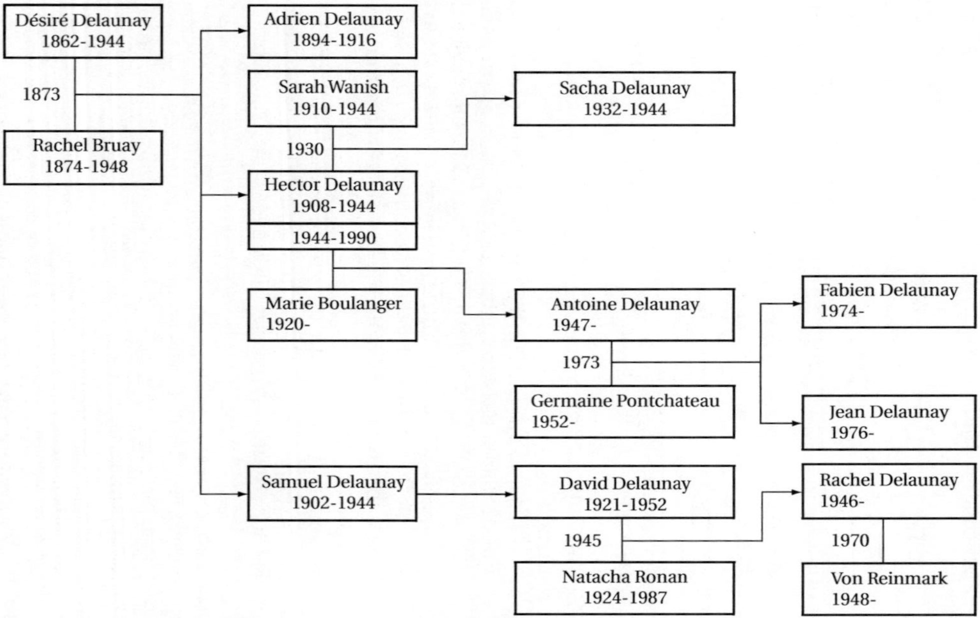

Chapitre 25

Dimanche 15 mars 2009

Le maître d'hôtel entra discrètement dans la salle « Atlantide » et poussa une desserte roulante jusqu'à la table de réunion. Il proposa une quantité impressionnante de boissons en tout genre, puis il apporta des petits fours, dont la simple vue réveillait l'appétit.

Von Reinmark interrompit le débat pour encourager ses interlocuteurs à faire une pause. En fait, il se méfiait des employés de maison. Il savait, par expérience, qu'ils écoutaient les conversations ; certes discrètement, mais avec la plus grande attention. En règle générale, les informations confidentielles ne devaient pas quitter la villa. Mais à l'extérieur, il y avait toujours le danger qu'un individu mal intentionné mette une poignée de billets sur la table en échange de quelques renseignements.

Visiblement, Von Reinmark ne savait pas faire autre chose que travailler. Bien qu'il en fût l'initiateur, cette pause semblait l'ennuyer ; il devint silencieux et but une tasse de thé, en feuilletant son agenda.

Jasmine Kristen venait de terminer son exposé, alors Von Reinmark lui proposa d'aller se détendre à la piscine. C'était une manière élégante de lui demander de quitter la salle. Christelle Varange vint la remplacer. Les deux femmes se croisèrent dans le vestibule sans échanger le moindre regard.

À première vue, la ressemblance entre elles était frappante. Mais leurs personnalités étaient aux antipodes.

Jasmine était discrète et réservée, alors que Christelle était extravertie et aimait qu'on la remarque. Comme d'habitude, elle était sûre d'elle dans son rôle de séductrice professionnelle. Elle s'assit à la place de son sosie, puis elle adressa un sourire entendu à Armand.

Dès que le maître d'hôtel sortit de la salle, Von Reinmark reprit la discussion en cours.

– Pour résumer vos dires, monsieur Verrotier, Antoine Delaunay aurait bénéficié des connaissances de Rudolf Deal pour monter le projet C2M. Cet ancien professeur de physique nucléaire avait été contraint de quitter l'enseignement. Ceci, à la suite d'une plainte pour propos racistes déposée par un de ses élèves. Il fait partie d'une organisation d'aide aux migrants. Vous détenez la preuve, par des fichiers contenus dans un CD-ROM, qu'il détourne son action caritative pour sélectionner des personnes en détresse et leur poser un implant à leur insu. Le césium nécessaire à la fabrication de ces pellets proviendrait de l'épave du *Whitehorse,* navire dont le capitaine était Dungelbear. Nous supposons que cet homme est le grand-père d'Antoine Delaunay. Rudolf Deal savait donc où trouver du césium pour confectionner ses implants.

– Tout cela est vrai, coupa Armand, un peu agacé par la méticulosité de Von Reinmark. Mais il y a deux choses sur lesquelles j'aimerais revenir. Premièrement, il est urgent de trouver rapidement le moyen de retirer les implants. Deuxièmement, il se prépare quelque chose le 21 mars, date de la venue du ministre de l'Immigration à Calais. Nous n'avons plus que six jours pour réagir.

Von Reinmark montra quelques signes d'impatience :

– J'en ai bien conscience. Mais seul Antoine Delaunay peut nous donner les indications pour ôter les implants. Nous devons trouver des moyens de pression contre lui pour le contraindre à se soumettre à nos injonctions. Mais dites-moi, vous avez parlé de parties de chasse où de jeunes filles servaient, en quelque sorte, de gibier.

– C'est ce qui m'a été répété. Mais je n'ai pas de preuves. Je pense qu'il suffirait de faire des recherches autour des pavillons de chasse d'Antoine Delaunay pour en trouver. La police scientifique française excelle dans ce genre d'investigations.

Von Reinmark posa les mains sur son visage, comme s'il était pris d'une forte migraine ou d'un excès de fatigue. Il resta ainsi quelques secondes sans bouger, puis il se redressa d'un coup et lança à Armand :

– Il me faut le CD-ROM comportant les noms des personnes implantées, c'est la pièce la plus compromettante du dossier. Avec ça, je forcerai Antoine Delaunay à faire machine arrière dans son plan diabolique. Le projet du 21 mars avortera et nous récupérerons la procédure pour retirer les implants. Mon hélicoptère dispose d'une autonomie de sept cents kilomètres. Le pilote va vous emmener chez vous ; comme ça, vous reviendrez rapidement avec le CD-ROM. En comptant l'escale de ravitaillement, le voyage aller-retour devrait durer un peu moins de sept heures. Si vous partez demain matin à 8 heures, vous serez de retour en milieu d'après-midi. Dès que j'ai le CD, je le mets en lieu sûr et je pars m'expliquer avec Antoine Delaunay. Je sais qu'il est à Antibes, à bord de son yacht, en ce moment.

– Et s'il refuse de vous recevoir ? demanda Armand.

– Il n'a pas le choix, répondit Von Reinmark d'un ton sec. Je le contacterai après notre réunion, et c'est moi qui fixerai les modalités du rendez-vous.

– En supposant qu'il accepte votre rendez-vous, dit Armand, ainsi que vos exigences, car je suppose qu'il y en a, comment puis-je être certain qu'il vous donnera la solution pour retirer les implants, et que vous en ferez bon usage ?

– On ne peut être certain de rien, nous n'avons même pas la certitude qu'Antoine Delaunay a pris le soin de se pencher sur la recherche de ce que j'appellerais un antidote. Mais compte tenu de ma position et des éléments en ma possession, je suis la seule personne en mesure de négocier avec lui. Vous voyez, vous non plus, vous n'avez pas le choix ; vous êtes obligé de me faire confiance.

– Mais il ne s'agit pas de négociation, rétorqua Armand en haussant le ton. Antoine Delaunay doit être puni pour les crimes qu'il a commis.

– Il le sera. Ce sera la troisième étape. Je reprends ce que vous avez dit tout à l'heure : les priorités sont d'extraire vos implants et de stopper l'action diabolique d'Antoine Delaunay.

Armand comprit qu'il était inutile de continuer à discuter sur ce sujet. Des hommes tels que Von Reinmark ou Antoine Delaunay vivent dans un monde à part. Leur position sociale fait qu'ils ne supportent pas d'agir sous la contrainte. Par contre, ils ont été formés dès leur plus jeune âge à la négociation.

Avec son tact habituel, Von Reinmark demanda à ses invités de quitter la salle de réunion. Il leur proposa d'aller visiter les îles Borromées, le maître d'hôtel leur avait organisé une excursion privée.

Derrière eux, un homme corpulent, engoncé dans un costume trois-pièces noir, entra avec un dossier sous le bras. Il sentait l'eau de toilette et la sueur. Son comportement angoissé faisait penser à celui d'un prévenu arrivant dans un tribunal. Certainement un cadre supérieur qui venait s'expliquer sur la réalisation de ses objectifs.

Lorsqu'ils se retrouvèrent dans le grand couloir d'entrée, Christelle posa délicatement la main sur l'avant-bras d'Armand et lui demanda de l'attendre « deux petites minutes ». En langage codé, cela signifiait qu'elle allait aux toilettes.

Dès son retour, elle l'emmena dans les sous-sols de la villa. Là, ils empruntèrent un long couloir qui, selon la disposition des lieux, devait passer sous le jardin. Au bout, une porte donnait sur un garage à bateaux. Deux hommes les y attendaient, l'un était habillé en matelot, l'autre portait un uniforme de capitaine. Ils les invitèrent à monter à bord d'un superbe canot automobile italien d'environ trente pieds de long.

Dès qu'ils furent confortablement installés dans la cabine, le matelot leur servit une coupe de champagne. Puis le bateau s'écarta doucement du quai et mit le cap sur Isola Bella, l'île-palais. Christelle leva sa coupe à hauteur de visage, et lui proposa de trinquer à leur réussite.

Chapitre 26

Dimanche 15 mars 2009

– Les deux qualités fondamentales, pour travailler au service de personnes comme Von Reinmark, sont la disponibilité et la discrétion, dit le pilote d'hélicoptère en jetant un coup d'œil à son altimètre. Lorsque vous avez compris cela, vous avez tout compris.

– Apparemment, l'hélicoptère est un moyen de transport indispensable pour Von Reinmark, dit Armand en remettant la prise de son casque. Il l'utilise comme d'autres prennent le métro.

– Ces hommes sont constamment en voyage. M. Von Reinmark peut se déplacer dans trois pays différents au cours d'une même journée. L'hélicoptère, le Hawker 700 et les grands hôtels font partie de son quotidien.

– Qu'est-ce qu'un Hawker 700 ? demanda Armand.

– Le Hawker 700 est un jet privé très à la mode dans le milieu des hommes d'affaires de haut niveau, comme Von Reinmark.

– Von Reinmark possède aussi un jet privé ?

– Oui, il le garde en attente à Domodossola, au cas où il devrait partir d'urgence.

– Fichtre, s'exclama Armand. Quand on pense que beaucoup de gens ont du mal à se payer une voiture.

Les chevaliers d'industrie, tels que Von Reinmark, se moquaient de la notion habituelle des distances. Alors que beaucoup de personnes rêvaient de visiter un pays et se résignaient à l'abandon de leur projet, faute de moyens financiers, ces grands patrons pouvaient parcourir trois pays dans la même journée.

L'hélicoptère arriva au-dessus des bancs de sable de la baie de Somme. Armand se pencha pour regarder l'étendue sablonneuse découverte à marée basse. Il poussa un soupir mélancolique. Cette nature sauvage le réconfortait, il se voyait circulant entre les fossés à la recherche de salicornes et de coquillages.

– Ça a l'air joli ta région, dit Christelle à l'arrière de l'appareil. On dit qu'il y a des centaines de phoques, tu m'emmèneras les voir ?

Armand souffla d'exaspération : Christelle s'était imposée tout naturellement dans l'appareil avant le décollage. Mais devant le regard désapprobateur d'Armand, elle s'était pelotonnée dans son pull de laine angora et n'avait plus rien dit. Il se pinça les lèvres et se tourna vers elle pour lui répondre :

– Je pense que c'est compromis pour aujourd'hui, la mer remonte ; et il faut compter une bonne heure de marche dans les bancs de sable pour aller les voir.

– Tu m'y emmèneras en bateau, ça ne te prendra que quelques minutes.

– La baie de Somme n'est pas le lac Majeur. Ici, il faut attendre le flot pour sortir du port. Et avec ton beau pull, je t'imagine mal dans le ressac.

– Le quoi ?

– Le ressac ! Ce sont des vagues déferlantes. Elles sont créées par le courant de flot, lorsqu'il vient buter sur les bancs de sable, à l'entrée de la baie. Quand on les franchit, le bateau remue beaucoup.

Armand fit un signe au pilote pour lui indiquer l'endroit où il pouvait atterrir. Le bord de mer était désert, comme d'habitude en cette saison. La pelouse, attenante au cordon de galets, était étendue et ne comportait aucun obstacle ; c'était un endroit idéal pour l'atterrissage. L'appareil s'inclina et se posa.

– Je vais faire le plein de carburant, dit le pilote en ouvrant la porte. Je serai de retour dans une heure précise, au même endroit.

Aussitôt, une dizaine de personnes, attirées par le bruit de l'hélicoptère, débouchèrent des ruelles avoisinantes pour venir voir ce qui se passait. Armand et Christelle sortirent de l'appareil et s'en éloignèrent rapidement pour échapper aux tourbillons d'air créés par les rotors.

Quelques badauds vinrent à leur rencontre et questionnèrent Armand sur les raisons de cette arrivée aussi inhabituelle qu'inattendue.

– Je viens du lac Majeur, en Italie, leur répondit-il, un peu embarrassé par cet accueil inopportun. Je ne reste que quelques minutes.

– C'est ta nouvelle fiancée ? demanda l'un d'eux en désignant Christelle.

– Occupe-toi de tes filets de pêche, répondit Armand en riant.

Même si cet attroupement l'ennuyait, Armand était heureux de retrouver les gens de son village. Il les salua tous et partit en direction de sa maison. Les badauds restèrent sur le bord de mer pour regarder le décollage de l'hélicoptère.

– Tu es une célébrité ou les gens de ton village sont toujours aussi accueillants ? demanda Christelle.

Sans répondre, Armand ouvrit la porte de sa maison et invita la jeune femme à entrer.

– Ainsi, voilà la demeure du capitaine, dit-elle en détaillant la pièce.

– La modeste demeure, tu veux dire. Cela n'a rien à voir avec la villa de Von Reinmark.

– Ce n'est pas ce que je voulais dire. J'avais gardé de toi l'image du capitaine de paquebot. Ça me fait bizarre de te voir chez toi.

– Tu es déçue ? Tu pensais que j'habitais le château de Moulinsard, comme le capitaine Haddock ?

– Non. Je ne sais pas. Je suis peut-être un peu surprise. Tu ne t'ennuies pas ici, durant les mois d'hiver ?

– Pas le moins du monde. Je vais à la pêche, je coupe mon bois, je m'occupe de mon bateau, etc. Et le village n'est pas aussi mort qu'il en a l'air, il y a des points de rencontre pour retrouver ses amis.

La maison était restée dans l'état qu'il l'avait quittée quelques jours auparavant, avant de partir à la pêche. La poubelle de la cuisine contenait des détritus de poissons avariés et commençait à sentir. Armand la jeta dans le container prévu à cet effet. Ensuite, il alluma son ordinateur pour en sortir le CD que lui réclamait Von Reinmark.

Derrière lui, Christelle observait chacun de ses gestes.

– Suis-je inscrite sur ce fichier ? demanda-t-elle.

– Malheureusement.

Il ouvrit le fichier et fit apparaître à l'écran la fiche de la jeune femme. Puis il lui laissa la place pour qu'elle puisse lire en toute tranquillité.

– Même si on le sait, ça nous file le frisson, dit-elle en articulant à peine.

– À qui le dis-tu ? répliqua-t-il en sortant le CD du lecteur. Il me reste quelques bonnes choses au réfrigérateur, je peux faire un petit plat rapide.

Il cuisina de son mieux, mais la jeune femme n'avala que quelques bouchées.

– Je suis désolée, Armand, dit-elle en posant ses couverts. C'est délicieux, mais ça m'a coupé l'appétit de voir mon nom sur ce fichier.

– Ne t'inquiète pas. De toute façon, il est bientôt l'heure de rejoindre notre hélicoptère supersonique.

Avant de partir, il prit le CD et alla chercher son téléphone portable. Mais en voulant le mettre en marche, il s'aperçut que ce dernier était complètement déchargé. C'était sans importance, il le rechargerait plus tard et pourrait écouter ses messages, s'il en avait.

Soudain, il eut un doute : il avait fait une copie du CD le jour où Jules était venu chez lui. Or, ce CD n'était plus sur le bureau. Dans sa précipitation, l'enfant l'avait peut-être emporté avec les siens. De toute façon, ça n'avait plus d'importance maintenant.

Au moment où ils passaient devant la maison de sa voisine, Mme Quintin, celle-ci sortit sur le pas de sa porte. Son chien aboya comme d'habitude et en profita pour s'échapper et partir à la recherche de quelques déjections canines.

La vieille dame lui fit un signe de la main, comme si elle avait voulu lui parler discrètement. Armand s'arrêta à son niveau, laissant Christelle rejoindre seule le bord de mer.

– Je vous ai vu passer devant ma fenêtre tout à l'heure, dit Mme Quintin de sa voix de commère. Alors, vous avez retrouvé votre amie ?

– De qui voulez-vous parler ? demanda Armand, inquiet de ce qui allait suivre.

– De la colleuse d'affiches. Vous m'aviez demandé si je l'avais aperçue le soir où votre fiancée, Lucie, s'est fait agresser. Vous vous rappelez ?

– Vous voulez dire ?

Armand n'attendit pas que sa voisine lui réponde. Il la laissa sur le pas de sa porte et courut vers la plage pour rattraper Christelle. Mais lorsqu'il passa près du chien, celui-ci en profita pour sauter sur son mollet et le mordre.

Armand sentit une vive douleur. Il agita sa jambe dans tous les sens jusqu'à ce que l'animal lâche prise. Le chien fut projeté un bon mètre plus loin et roula sur la route en couinant, puis il partit se réfugier dans les bras de sa maîtresse.

Aussitôt, Armand inspecta sa jambe, quelques gouttes de sang perlaient et le bas de son pantalon était déchiré. Christelle était revenue sur ses pas, dès qu'elle avait vu la scène. Elle l'aida à s'asseoir sur les marches d'une maison, puis elle examina la plaie.

– Il faut retourner chez toi pour désinfecter la morsure, dit-elle. Depuis qu'il est sorti, ce chien n'arrête pas de lécher des saletés.

Pendant ce temps, Mme Quintin enfermait Gaston dans sa cuisine, après lui avoir donné une claque sur le museau. Puis, elle arriva en essuyant à son tablier la bave que son animal lui avait laissée sur la main.

– Vous l'avez énervé à courir comme ça, dit-elle pour le culpabiliser. Vous savez bien que Gaston n'aime pas voir les gens courir.

Puis en regardant la plaie, elle ajouta :

– Je vais vous chercher de l'alcool à 90 degrés pour désinfecter, il doit m'en rester dans ma salle de bains.

– Pas d'alcool, cria Armand. Ça fait pire que mieux. Ne vous inquiétez pas pour moi, ça va aller.

Mais la voisine n'avait pas attendu ni entendu les protestations d'Armand, elle était déjà repartie chez elle. Elle revint quelques instants plus tard avec une vieille trousse de toilette, maculée de taches. Elle fouilla à l'intérieur et lui tendit un flacon de Bétadine.

– Mettez ça, dit-elle. L'infirmière me dit toujours que c'est ce qu'il y a de meilleur.

Pour ne pas vexer sa voisine, Armand prit le flacon. De vieux morceaux de cheveux emmêlés étaient collés dessus. Le plastique était poisseux, et il dut le saisir par la base pour éviter de se salir les doigts. Le bouchon fendu tenait en place grâce à une épaisse croûte de produit séché.

– Votre Bétadine est périmée depuis plus de trois ans, dit Armand en rendant le flacon à sa voisine. Mais ne vous en faites pas, la plaie va cicatriser toute seule.

Christelle aida Armand à se relever, puis ils partirent en direction de la plage, laissant Mme Quintin vérifier les dates de péremption de ses médicaments. Elle les remit, sans attendre, dans sa trousse de toilette usagée en faisant une moue dubitative.

Au moment où ils arrivaient sur le bord de mer, Armand attrapa le bras de Christelle.

– L'hélicoptère n'est pas encore arrivé, dit-il d'un ton sévère. Ça nous laisse le temps de discuter.

Christelle lui fit face en redressant la tête. Son sourire naturel se figea et fit place à une expression glacée.

– Que se passe-t-il ? demanda-t-elle d'un ton ferme, résolument prête à affronter la colère de son interlocuteur.

– J'aimerais que tu arrêtes de te moquer de moi. Ce n'est pas la première fois que tu viens à Cayeux ; ma voisine t'a vue coller une affiche en face de chez moi. Cette affiche au nom de Charlemagne m'invitait à me connecter sur mon site de poésie. J'y ai trouvé un poème rédigé de ta main, il m'annonçait que Lucie avait été agressée. Alors, je veux une explication, sinon tu restes ici avec moi. Tant pis pour le règlement de compte entre Von Reinmark et Delaunay, et tant pis pour nos implants.

– L'affiche, c'est moi. Le poème, c'est encore moi. Si je suis avec toi aujourd'hui, c'est uniquement parce qu'on m'a demandé de te surveiller. Tu ne t'imagines quand même pas que je me suis tapé trois heures d'hélicoptère pour visiter ce trou ravitaillé par les goélands. Qu'est-ce que tu crois ? On m'a dit de coucher avec toi : je l'ai fait. On m'a dit de coller une affiche devant chez toi et de t'envoyer un poème : je l'ai fait. On m'a payée très cher pour ça. Les raisons profondes, je ne les connais pas ; et pour tout te dire, ça ne m'intéresse pas. Maintenant, une seule chose m'intéresse, c'est que mon implant soit retiré. Et je sais qu'il n'y a qu'une solution pour cela ; c'est que Von Reinmark réussisse à convaincre Delaunay de lui fournir le moyen de le faire. Crois-moi ! Il n'y a pas d'autres solutions. Alors si tu veux jouer les Don Quichotte en attaquant des moulins à vent, vas-y ! Mais ton âne ne te portera pas longtemps. Les gens qui tirent les ficelles vivent dans un autre monde que le nôtre. Ils sont intouchables.

– Puis-je savoir qui est ce « on » que tu cites si souvent ?

– Parfois Delaunay, parfois Von Reinmark. Je travaillais pour les deux. Mais depuis que Delaunay a deviné que j'avais compris pour les implants, il me poursuit. C'est pour ça que je me cache chez Von Reinmark. Je travaille pour lui en attendant de partir loin d'ici.

– Tu étais au courant pour l'agression de Lucie ?

– Vaguement, je ne savais pas quels étaient les liens entre toi et cette jeune femme.

– Qui t'avait demandé de rédiger ce message ?

– Delaunay, bien entendu, répondit-elle d'un ton qui soulignait l'évidence. C'est ce jour-là que j'ai compris ce qu'il faisait… Notre moyen de transport arrive, nous continuerons notre conversation à Stresa, si tu veux.

L'hélicoptère se mit face au vent et se posa sur la pelouse du bord de mer. Les mains dans les poches et leur chien en laisse, quelques badauds se rassemblèrent à nouveau autour de l'appareil et commencèrent à discuter.

Pour ne pas faire attendre le pilote, Christelle attrapa Armand par la main et le tira vers l'attroupement. À ce moment, une voiture passa sur le boulevard de la plage. Une jeune femme brune aux cheveux longs était au volant, elle les vit monter dans l'hélicoptère main dans la main.

Le pilote ferma les portes et décolla aussitôt. Il fit un tour à basse altitude pour prendre son cap. À ce moment, Armand jeta un coup d'œil au paysage et salua l'attroupement. Mais une personne attira plus particulièrement son attention : Lucie était là. Elle venait de sortir de sa voiture et les regardait partir.

Il essaya de mettre son téléphone portable en service, mais la batterie était déchargée. Christelle lui proposa le sien. Il hésita un instant, mais il n'avait d'autre choix que d'accepter. Lucie était venue le voir et il l'avait ratée de quelques secondes. Il prit l'appareil et l'appela. Elle répondit, mais raccrocha dès qu'elle entendit sa voix. Il essaya d'appeler à nouveau, mais l'hélicoptère avait pris de la hauteur, et il n'y avait plus de réseau.

Chapitre 27

Dimanche 15 mars 2009, à 15 heures

Après avoir effectué un tour de repérage des rives du lac Majeur, l'hélicoptère se posa dans le jardin de la villa. Les deux passagers en descendirent aussitôt et rejoignirent Von Reinmark. Celui-ci les attendait avec impatience, depuis que Christelle lui avait appris que le CD était en leur possession.

De son côté, Armand eut un instant d'hésitation avant de donner le disque. Pouvait-il faire confiance à un homme qui vivait dans un autre monde que le sien, avec une déontologie différente et des règles propres à son milieu ? Von Reinmark le remarqua, alors il s'empressa de le lui arracher des mains en lui disant :

– Ne vous inquiétez pas ! Tout se passera bien.

Puis il prit place à bord de l'hélicoptère et fit signe au pilote de décoller.

Christelle et Armand regardèrent l'appareil quitter le sol et s'éloigner avant de disparaître derrière les montagnes.

– Maintenant, nous n'avons plus qu'à attendre, dit Christelle d'une voix douce. Allons faire un petit plongeon dans la piscine, ça nous détendra après ces longues heures de voyage. Moi, j'ai le dos en compote, un massage me ferait le plus grand bien.

L'idée n'était pas pour déplaire à Armand, la villa était superbement aménagée et située dans un cadre magnifique. Ce serait stupide de ne pas profiter de ces luxueuses vacances inattendues.

– Tu sais où il est parti et quand il sera de retour ? demanda-t-il.

– Dans le port d'Antibes, répondit Christelle. Je pense qu'il a donné rendez-vous à Delaunay à bord de son yacht. Ils passeront la soirée en mer, à l'abri de tous regards et oreilles indiscrètes. Si tout va bien, demain après-midi, il sera de retour.

Avant d'entrer dans la villa, Christelle écouta les messages laissés sur son téléphone portable. Pendant ce temps, Armand admira la beauté du jardin. Les parterres de fleurs prenaient de belles couleurs printanières. La différence de lumière, entre ce jardin et le bord de mer picard, était frappante. Alors que le premier devançait le printemps en faisant éclater les contrastes de couleurs, le second sortait difficilement d'une brume hivernale grisâtre.

Il sortit de sa rêverie lorsque Christelle l'attrapa par le bras.

– Je pense avoir reçu un message qui t'est destiné, dit-elle avec un air faussement gêné. Ça doit être la jeune femme que tu as cherché à appeler tout à l'heure… Il y a de l'orage dans l'air.

Surpris, Armand prit le téléphone et le porta à son oreille. Lucie parlait d'une voix très agitée : « … Pendant que j'étais entre la vie et la mort à l'hôpital, je m'étonnais que tu ne cherches pas à me voir. Ça m'a énormément peinée. Maintenant, j'ai compris. Tu ne pourras jamais aimer quelqu'un. Tu profiteras de chacune de tes conquêtes, comme tu as profité de moi. Ton voyage de noces en hélicoptère au lac Majeur… »

Armand sentit une forte angoisse lui nouer le ventre. Il arrêta le téléphone et le rendit à Christelle.

– Je suis désolé de l'avoir écouté, dit-elle avec beaucoup d'empathie. Au départ, ça m'a fait rire ; j'ai pensé à une erreur de numéro de téléphone, ça arrive parfois.

– Tu n'y es pour rien, tu ne pouvais pas savoir… Elle se trompe, j'ai essayé de la voir à l'hôpital, mais ses parents me barraient l'accès à sa chambre. Je vais attendre ce soir pour la rappeler. Sa colère sera tombée.

Christelle lui répondit d'un simple sourire. Elle ne le connaissait pas suffisamment pour se permettre de lui donner un conseil. De plus, leur relation était entachée d'une série de contentieux.

– La piscine te fera le plus grand bien, dit-elle pour changer de conversation.

– Attends ! dit Armand en la retenant par la manche de son pull. Il y a deux points que j'aimerais éclaircir une bonne fois pour toutes. Tu savais que Lucie, la personne qui a laissé le message sur ton téléphone, avait été agressée ?

– On m'a donné des instructions pour te laisser un poème sur le site Internet que tu fréquentais. Ensuite, on m'a dit d'aller coller une affiche devant chez toi. Je ne sais rien de plus.

– Que faisais-tu à Cayeux-sur-Mer, ce soir-là ? Et dis-moi la vérité cette fois. Tu n'arrêtes pas de me mentir depuis que je te connais.

– On observait tes réactions.

Armand sentit son sang se glacer. Il s'attendait à tout sauf à ce genre de réponse.

– Comment ça ? Vous observiez mes réactions ? Vous étiez plusieurs ?

– Nous étions quatre ce soir-là. Les autres, je ne les connaissais pas. Il y en avait un qui était plus âgé que les deux autres. Il n'arrêtait pas de donner des ordres et de prendre des notes.

– Quel intérêt ? demanda Armand. Tu sais pourquoi il faisait ça ?

– D'après ce que j'ai compris, tu avais reçu un implant et tes réactions n'étaient pas celles qu'ils attendaient. Tu étais résistant à l'implant, ils voulaient en trouver la raison, alors ils t'ont fait passer une série de tests.

– Et tu les as aidés !

– Contre ma volonté, dit Christelle en baissant les yeux. Moi aussi j'avais reçu un implant, mais à l'époque, je ne le savais pas. J'étais moins résistante que toi : je n'avais plus le contrôle de mon corps ni de ma volonté. Je faisais tout ce qu'ils me disaient de faire, même les choses les plus horribles.

– Comme quoi ?

– Bon, ça va, je ne vais pas te faire un dessin.

Christelle, la femme au moral d'acier, sembla perdre le contrôle de ses émotions. Elle détourna la tête pour ne pas montrer qu'elle essuyait une larme naissante.

– Ils parlaient devant moi, reprit-elle d'une voix chevrotante. J'avais compris ce qu'ils avaient fait à ton amie, par l'intermédiaire d'un clochard ramassé dans la rue. Intérieurement, j'étais révoltée, mais je ne pouvais pas m'empêcher de leur sourire. Un peu plus tard dans la nuit, les deux hommes t'ont attaqué, tu connais la suite… Une semaine après, un barman téléphonait à Delaunay pour lui signaler qu'un individu voulait me rencontrer. Il m'a donné l'ordre d'y aller et de jouer la comédie.

– Tu as entendu les noms des hommes qui étaient avec toi à Cayeux-sur-Mer ?

– Celui qui semblait diriger les opérations se faisait appeler Charly comme Charlemagne. Avant de repartir à Mulhouse, il est passé prendre quelque chose dans un relais de chasse situé en pleine forêt.

– Rudolf Deal, dit Armand en agitant la tête.

– Le soir où nous nous sommes revus à Mulhouse, je me suis sentie bien avec toi. Je ne ressentais plus ce besoin d'obéir à mes maîtres. J'aurais voulu que tu restes avec moi, mais tu n'as pas voulu. Heureusement que tu es revenu, et que tu les as empêchés de m'enlever, sinon je ne sais pas ce que je serais devenue.

– Quel intérêt de t'enlever ? Ils t'ont mis un implant, tu étais à leur merci.

– C'est bien ça le problème. Pendant que nous discutions dans le bar de l'hôtel, Delaunay avait demandé à deux de ses hommes de nous surveiller depuis des fauteuils voisins. C'étaient eux qui m'avaient amenée. Quand je suis partie avec toi sans les prévenir, ils ont compris que je leur filais entre les doigts : je devenais résistante à l'implant. Alors, ils nous ont suivis jusque chez moi. Dès que j'ai été seule, ils sont entrés dans mon appartement et m'ont demandé de les suivre. Mais comme j'ai refusé, ils ont décidé d'employer la manière forte.

Armand se gratta la nuque. Ces derniers jours, les événements s'étaient enchaînés à une telle vitesse qu'il en avait oublié cette diabolique aiguille.

– Il y a un autre mystère que tu vas peut-être pouvoir éclaircir, dit-il en regardant passer un ferry sur le lac.

– Le mystère de la chambre jaune ? demanda Christelle en mimant une voyante, regardant dans une boule de cristal.

– Il y a peut-être un rapport, répondit Armand en souriant. Le chauffeur de Von Reinmark est venu à mon secours au moment où je sortais du *Manoir du cheval blanc*. Coïncidence, mise en scène ou intervention divine ?

– Aucune des trois. Rappelle-toi le soir où nous étions dans la chambre d'hôtel, tu m'avais expliqué tout ce qui t'était arrivé depuis la découverte du morceau de tissu.

– La fameuse nuit où tu as emprunté ma voiture.

– C'est ça. Dans la conversation, tu m'as parlé du *Manoir du cheval blanc*. Je me souviens que tu m'en avais donné une localisation très précise. Ça n'a pas été difficile pour te retrouver.

– Mais comment saviez-vous que j'étais là-bas ?

– Von Reinmark était au courant de ton enlèvement, il te faisait suivre par un détective privé depuis quelques jours.

– Fichtre ! s'exclama Armand. J'intéresse beaucoup de monde sans le savoir. Mais quel intérêt ? Je ne le connaissais même pas.

– Je lui avais dit que tu enquêtais sur Delaunay. Von Reinmark savait que les affaires de son concurrent n'étaient pas claires ; et, depuis longtemps, il cherchait quelque chose pour le coincer. Quand je lui ai raconté tes mésaventures, il a tout de suite compris que ton assistance lui serait indispensable. Mais avant de prendre contact avec toi, il voulait savoir quel genre d'homme tu es. Alors, il t'a fait suivre. Il fonctionne toujours comme ça, il fait suivre ses collaborateurs en permanence.

Armand souffla bruyamment pour montrer sa stupéfaction, puis il partit s'asseoir sur un banc dominant le lac. Christelle le suivit et prit place à ses côtés.

– J'adore ce banc, dit-elle en s'enveloppant dans son pull angora. La vue y est très reposante.

Le panorama était splendide en effet, et l'endroit invitait à la détente. Soudain, un paon sortit d'une haie et s'approcha pour quémander quelques graines. Puis, il poussa une série de cris aigus avant de continuer tranquillement son chemin.

– Tu penses qu'il écoute ce qu'on raconte, dit-il en montrant l'oiseau. Ensuite, il fera son rapport à Von Reinmark.

– Le problème avec lui, c'est qu'il ne retient qu'un seul mot : « Léon, Léon ». Allez ! Viens à la piscine ! Ça te remettra de tes émotions.

Chapitre 28

Lundi 16 mars 2009

Le réveil indiquait 7 h 15. Déjà, les premières lueurs du jour pointaient derrière les montagnes de la rive orientale du lac. Dans le ciel, la lune au dernier décan semblait appeler le soleil. Sur le lac, des barques équipées d'un lamparo rentraient au petit port d'Isola Superior. Plus loin, d'autres pêcheurs terminaient de remonter leurs filets à la lueur d'un simple fanal.

Armand ouvrit la fenêtre de la chambre et regarda le paysage. Des oiseaux cachés dans les glycines chantaient à tue-tête. Un souffle d'air frais, parfumé des senteurs du jardin, le fit frissonner. Il respira à pleins poumons et s'imprégna de cette beauté qui réveillait doucement chacun de ses sens.

Il laissa la fenêtre ouverte pour profiter des richesses de cette heure matinale et retourna s'asseoir près du lit. Christelle dormait paisiblement sur le ventre, elle venait de s'enrouler dans les draps de satin pour se protéger du froid. Son imposante chevelure recouvrait son visage, seul un bout de nez en dépassait. Armand se pencha et y déposa un baiser. Mais ce geste, si tendre fût-il, la fit sursauter. Elle s'assit sur son oreiller, remit ses cheveux en place et regarda autour d'elle.

– Quelle heure est-il ? demanda-t-elle d'une voix inquiète.

– Il est un peu plus de 7 heures, je pense qu'il serait préférable que tu regagnes ta chambre, le personnel de service ne va pas tarder à arriver.

Christelle se lamenta sur le temps qui passait trop vite, puis elle vint se blottir contre son amant. Lorsqu'elle fut complètement réveillée, elle rassembla ses habits et partit discrètement dans sa chambre.

La veille, ils avaient passé la fin d'après-midi ensemble. En début de soirée, elle l'avait emmené visiter les vieux quartiers de Stresa, puis ils avaient dîné dans un restaurant italien du centre-ville.

Le décor était intime et chaleureux. Un photophore équipé d'une bougie était posé sur la table. La lumière orange diffusée par la flamme vacillante amplifiait la beauté du visage de la jeune femme. Armand s'était approché d'elle, sans s'en rendre compte. Était-ce pour mieux sentir son parfum ou la chaleur de son souffle ? Puis elle lui avait fait goûter son plat. Jusqu'à la fermeture du restaurant, ils avaient parlé de leur enfance, ainsi que des bêtises qu'ils avaient faites. Ensuite, ils étaient rentrés à la villa et avaient regagné leurs chambres respectives. Mais séparés l'un de l'autre, ils n'avaient pu trouver le sommeil.

Au beau milieu de la nuit, Christelle était entrée dans la chambre d'Armand. Elle avait refermé doucement la porte et s'était appuyée contre, comme si elle avait voulu barrer toute retraite. Elle l'avait regardé sans rien dire. Elle avait le souffle court et les yeux brillants de désir. Puis, les deux corps s'étaient rejoints et s'étaient enveloppés l'un dans l'autre, mélangeant leur souffle, leur regard, leurs caresses et leurs baisers, jusqu'à tomber épuisés de plaisir et complètement étourdis par ce trop-plein d'émotion. Tout comme ils l'avaient été quelques mois plus tôt à bord du *Dream of the Seas*.

Dans la journée, les deux amants essayèrent de prendre une attitude naturelle. Craignant à tout moment d'être épiés par l'un des nombreux agents de service de la maison. Ils s'évitaient, mais se rencontraient sans cesse. Après le repas, ils allèrent s'asseoir sur le banc qui dominait le lac.

– Tu penses qu'on se reverra ? demanda Armand.

– Même lorsqu'on ne le veut pas, nos routes se croisent, répondit Christelle avec un sourire complice.

– Quelles sont exactement tes relations avec Von Reinmark ?

– Je ne sais pas vraiment. Pour le moment, il me protège. C'est la seule personne vers qui j'ai pu me tourner pour échapper à Delaunay. Je pense qu'il est amoureux de moi, et je fais tout pour qu'il le reste.

– Et toi, tu es amoureuse de lui ?

– En voilà une question indiscrète ! répondit-elle en faisant une grimace sympathique. Je ne peux pas dire. J'ai eu des dizaines d'amants, chacun d'eux m'a apporté quelque chose. Von Reinmark m'apporte la sagesse et la sécurité d'un père. Je sais qu'il ne quittera jamais son épouse, car c'est elle qui détient la majorité des actions de la société. Lui n'en est que le président. Mais je m'en fiche, dès que cette histoire d'implants est terminée, je compte faire autre chose.

– Et moi, je t'apporte quoi ?

– Je pense que tu peux répondre aussi bien que moi à cette question.

Von Reinmark fut de retour à la villa vers la fin d'après-midi. Aussitôt, il demanda à Christelle de l'accompagner dans la salle de réunion. La porte resta close durant presque une heure. Pendant ce temps, Armand ne tenait pas en place, il faisait les cent pas dans le couloir. Lorsqu'il entendit des voix s'approcher, il partit s'asseoir sur leur banc, celui qui était face au lac.

Enfin, le maître d'hôtel vint le chercher.

– M. Von Reinmark vous attend dans la salle « Atlantide », dit-il d'une voix monocorde.

Armand le suivit d'un pas vif jusqu'à la salle de réunion. Non pas parce qu'il obéissait au doigt et à l'œil à son hôte, mais parce qu'il était impatient de connaître les résultats de l'entrevue entre les deux grands patrons.

Von Reinmark était d'une humeur avenante. Il lança une boutade d'un goût assez douteux, puis il demanda à son invité de s'asseoir en face de lui. La chaise était encore chaude, ce devait être celle que venait de quitter Christelle.

– Tout d'abord, dit-il, je vous remercie de vous être occupé de Christelle durant mon absence. Elle ne va pas très bien depuis qu'elle a eu ses problèmes avec Delaunay. Je me fais beaucoup de soucis pour elle.

Armand se demanda où son interlocuteur voulait en venir. Il essaya de déceler le moindre signe d'hypocrisie dans son attitude : un rictus ou un geste trahissant une inquiétude. Mais l'homme restait impassible.

– Votre entrevue avec Delaunay s'est déroulée comme prévu ? demanda Armand pour changer de conversation.

– Mieux que prévu, répondit-il avec enthousiasme. Votre CD lui a fait l'effet d'un coup de canon.

– Vous avez réussi à le persuader d'arrêter ses actions maléfiques et d'aller se rendre à la police ?

– C'est bien pour ça que je voulais vous voir, Armand. Antoine Delaunay et moi dirigeons des sociétés qui emploient environ vingt-deux mille personnes dans le monde. La Bourse et la presse nous harcèlent en permanence. Imaginez un peu le désastre que pourrait produire une affaire comme celle-ci, si elle était divulguée dans les médias. Le cours de la Bourse s'effondrerait du jour au lendemain. Les Américains en profiteraient pour acheter des actions à coût réduit et deviendraient majoritaires au conseil d'administration. Ils imposeraient leurs managers aux méthodes radicales. Le résultat serait catastrophique : des milliers de personnes licenciées, des usines délocalisées pour centraliser la production, etc. Delaunay n'est pas M. Tout-le-monde, il y a de gros intérêts en jeu.

Il y eut un silence durant lequel Von Reinmark observa la réaction de son interlocuteur. Décidément, c'était une habitude chez lui.

– Delaunay m'a donné sa parole, reprit-il. Premièrement, il arrêtera sa fabrication d'implants. Deuxièmement, nous avons rédigé un calendrier définissant le processus de guérison des victimes d'implants, et leur réadaptation à une vie normale. Cette opération doit se faire en coopération avec les médecins impliqués ainsi que les employeurs de ces personnes. Croyez-moi, ce n'est pas si facile que ça en a l'air.

– Ce qui veut dire que Delaunay va réparer son erreur, mais qu'il ne sera pas condamné par la justice.

– Il réparera son erreur et en paiera les conséquences. Mais il est préférable pour tout le monde que la justice reste en dehors de tout cela. En ce qui vous concerne, Armand, votre implant va être retiré. J'ai pris rendez-vous dans une clinique privée située sur Isola San Giulio. C'est à deux pas d'ici sur le lac d'Orta. Mais avant cela, j'ai besoin de votre parole. Vous ne devez rien tenter contre Delaunay. Comprenez que toute action, de votre part, contre lui risquerait de mettre en échec le processus de guérison des victimes d'implants.

– Delaunay a quand même essayé de me tuer, rétorqua Armand. D'un autre côté, je n'ai pas tellement le choix. Ou je refuse et reste avec l'implant ; ou j'accepte, on me retire l'implant et j'oublie toute cette histoire.

– Vous avez tout compris, Armand. Faites-moi confiance, vous ne le regretterez pas. Demain matin, Christelle et vous prendrez l'hélicoptère à 9 heures. L'opération est bénigne, elle se fera sous anesthésie locale. Mais le chirurgien vous gardera en observation jusqu'à midi. Ensuite, si tout s'est bien passé, vous pourrez rentrer chez vous. Un taxi vous conduira à l'aéroport. Nos routes se séparent ici, monsieur Verrotier. Je dois partir pour le Canada, demain j'ai une assemblée générale d'actionnaires.

Les deux hommes se serrèrent la main avant de se séparer. À peine Armand avait-il passé la porte de la salle « Atlantide », que Von Reinmark sortait un dossier de sa sacoche, pour en étudier le contenu.

Chapitre 29

Mardi 17 mars 2009

Ce matin du 17 mars, tout se passa comme Von Reinmark l'avait expliqué la veille. L'hélicoptère vint les prendre à 8 heures pour les emmener à San Giulio sur le lac d'Orta. Christelle arriva en retard, mais personne ne se permit de lui en faire la remarque.

Comme d'habitude, elle était radieuse. Elle portait une robe noire serrée à la taille par une ceinture de coton blanc. Ses cheveux étaient enroulés en chignon. Armand la regarda marcher dans l'allée centrale. Au moment où elle passa près de lui, il ne put s'empêcher d'inspirer son parfum. Aussitôt, un délicieux frisson parcourut son corps.

La clinique se trouvait sur l'île San Giulio, dans une partie de l'ancien palais des évêques. Vu de l'extérieur, c'était un bâtiment sans style particulier. La simplicité de la façade contrastait avec la richesse de la décoration intérieure. La prise en charge des patients ressemblait à l'accueil des clients dans un hôtel quatre étoiles. Christelle et Armand furent conduits séparément dans une salle d'attente.

L'attente fut de courte durée. Après quelques minutes, Armand vit entrer une doctoresse. Elle lui expliqua, en détail, le déroulement de l'opération. Puis, elle l'ausculta consciencieusement et remplit une fiche de renseignements sur son état de santé. Soudain, un voyant vert s'alluma au-dessus d'une porte. La doctoresse se leva et invita Armand à entrer dans le bloc opératoire.

La salle était de taille moyenne, mais il y avait un nombre impressionnant d'écrans et de bras articulés autour d'une table d'opération de forme ovale. Le chirurgien lui demanda de s'y allonger sur le ventre, en plaçant son visage dans l'ouverture prévue à cet effet. On lui fit une anesthésie locale, puis le pellet fut ôté. Le praticien était resté assis derrière son pupitre durant le déroulement de l'opération. Les pinces, caméras vidéo et scalpels étaient reliés à des bras articulés, télécommandés depuis le pupitre. Armand ne put s'empêcher de faire un parallèle avec son métier. Quand il était sur son navire, il dirigeait un mastodonte au centimètre près, en actionnant des manettes et en s'appuyant sur des informations données par des écrans vidéo. Tandis que le chirurgien dirigeait de la même manière ses instruments dans le monde de l'infiniment petit.

Lorsque l'opération fut terminée, une infirmière le conduisit dans une magnifique salle de repos, dont les grandes fenêtres offraient un splendide panorama sur le lac et les sommets des Alpes.

Christelle était déjà assise dans un large fauteuil de cuir. Elle avait un pansement sur la nuque. Armand s'installa dans le siège voisin. Un barman vint leur proposer des boissons et du pain san-giulio. Cette délicieuse pâtisserie aux raisins et aux noisettes cuisinée par les bénédictines.

Une euphorie soudaine les gagna tous les deux. Ils rirent et parlèrent de leurs projets. Christelle avait reçu une réponse positive pour intégrer l'équipe d'une mission scientifique. Elle devait prendre l'avion dans une dizaine de jours pour Diégo-Suarez à Madagascar. Puis elle embarquerait à bord d'un navire océanographique. Pour le moment, Armand n'avait pas vraiment de projet. Durant ces dernières semaines, il avait consacré tout son temps à son enquête. La promesse qu'il avait faite à Von Reinmark lui laissait un goût amer dans la bouche.

Une infirmière les appela, c'était l'heure de la consultation finale. Comme tout était correct, ils sortirent de la clinique et firent quelques pas dans le village. L'île était petite, leur promenade ne dura que quelques minutes. Ils s'assirent sur un banc situé au bord de l'eau. Leur conversation devint banale. Armand jetait machinalement des cailloux dans l'eau, et Christelle regardait un groupe d'enfants jouer avec une balle. L'ambiance était lourde, ils étaient ensemble, pourtant les liens qui les unissaient s'effilochaient. Ces adieux qu'on prolonge inutilement, Armand ne les connaissait que trop. Sa vie avait été ponctuée de départs déchirants. Il savait que les prolongations étaient inconfortables, il arrive toujours un moment où les gens n'ont plus rien à se dire. Alors, l'ambiance devient lourde et chacun se sent mal à l'aise. Christelle voulut en finir au plus vite, elle appela le pilote d'hélicoptère pour lui demander de venir la chercher.

– *Hasta la vista*, lui lança-t-elle avant d'entrer dans l'appareil.

Il sourit, puis il fit un timide signe de la main pour lui dire « au revoir ». Mais elle ne le vit pas, elle regardait déjà le paysage. Il eut un pincement au cœur en pensant qu'elle ne paraissait pas affectée par leur séparation. Mais que pouvait-il attendre d'autre ? C'était elle qui avait raison.

Lorsque l'hélicoptère disparut derrière les montagnes, Armand se dirigea vers l'embarcadère et prit le premier bateau pour Orta San Giulio.

Il était midi trente lorsqu'il posa le pied à terre. Le soleil de fin d'hiver donnait une douce chaleur. Les serveurs des restaurants hélaient les passants en leur proposant leur carte. Une bonne odeur de pizza vint lui flatter les narines. Mais la faim n'était pas une priorité pour lui, il avait envie de courir pour savourer la liberté de ne plus avoir d'implant. Il emprunta un chemin très pentu qui montait vers le sommet de la colline.

Cette voie était en fait un pèlerinage en hommage à saint François d'Assise. Elle passait entre de belles propriétés construites en pierres locales. À la grille de l'une d'elles, il y avait une pancarte : « *Attenti al cane* ». Armand frémit en pensant aux chiens féroces du *Manoir du cheval blanc*. Delaunay continuerait-il ses atrocités ?

Dans le bois du Sacro Monte s'élevaient vingt chapelles. Chacune d'elles relatait un épisode de la vie du saint. Dans l'une, il était représenté enchaîné, comme le pauvre homme de la grotte de la Goule aux fées à Dinard. Dans une autre, il recevait les stigmates. Toutes ces mises en scène lui rappelaient les abominations commises par Delaunay.

À la fin du parcours, il s'assit dans une église au nom de Chiesa dei Santi Nicolao e Francesco. Le calme du lieu l'envahit immédiatement. Il bâilla et ferma les yeux quelques instants, non pas pour prier, car il était athée, mais pour se reposer. Lorsqu'il les rouvrit, il remarqua une inscription en haut de l'autel. Il ajusta sa vision pour parvenir à la lire, il était écrit : « *Venite ad me in me gratia omnis* ».

*

*   *

Dès qu'il ouvrit la porte de sa maison, Armand se dit qu'il avait beaucoup de choses à faire. Durant les dernières semaines, il avait négligé les tâches courantes telles que l'entretien de sa maison, les réponses aux courriers administratifs et les réparations de ses filets de pêche.

Le soir même, il appela Lucie. Le premier contact téléphonique ne fut pas facile, elle lui raccrocha au nez après quelques mots. Mais le lendemain matin, elle frappa à sa porte.

L'attitude de la jeune femme n'était pas aussi agressive que la veille. Armand lui ouvrit en affichant sa joie. Sans rien dire, elle entra et s'assit à la table de la cuisine. Il lui servit un café accompagné de quelques biscuits. Puis, il la questionna sur son état de santé. Elle ne répondit pas. Elle but sa boisson chaude par petites gorgées, en regardant la pendule du four.

– Je suis content de te voir en forme, dit Armand.

– Mes parents m'ont dit que tu étais passé plusieurs fois depuis mon agression. Ils me l'avaient caché jusqu'à hier soir, je suis furieuse contre eux. Ça m'aurait fait du bien de te voir. À côté de ça, j'ai dû subir les pleurnicheries hypocrites de tante Agathe et de tante Éléonore. Elles m'avaient amené des caramels, alors qu'elles savaient très bien que je ne pouvais avaler que du potage. Beaucoup de mes collègues sont venus me voir aussi, ça m'a fait plaisir. Ils m'ont dit que l'homme qui m'avait agressée était complètement déballé, il ne comprend pas son acte. Selon la psychiatre, il aurait eu une pulsion meurtrière.

– Cet homme a-t-il été ausculté par un médecin généraliste après son acte ? demanda Armand.

Lucie ne sembla pas entendre la question. Elle posa sa tasse sur la table et regarda par la fenêtre de la cuisine.

– Ton voyage de noces s'est bien passé ? demanda-t-elle en pinçant ses lèvres pour contenir son agressivité.

– Ce n'est pas ce que tu crois, répondit Armand.

– Et la fille dans l'hélicoptère ? Tu as eu le culot de m'appeler avec son portable. Ce n'est pas de la provocation ça ? Ensuite, il a fallu que j'attende deux jours avant que tu me rappelles.

Après avoir terminé sa phrase, elle se leva si brusquement que sa chaise tomba sur le carrelage. Puis, elle quitta la maison sans se retourner. Armand resta médusé. Il esquissa un geste pour la rattraper, mais ce fut inutile, elle avait déjà disparu. De toute manière, il savait qu'il était mal venu d'essayer de discuter avec elle avant qu'elle se soit calmée. Il attendrait quelques heures avant de la rappeler, alors il pourrait tout lui expliquer.

Machinalement, il ramassa la tasse de café de Lucie pour la mettre dans l'évier. Ensuite, il ouvrit le journal du jour et s'installa dans son fauteuil. Dans les premières pages, quelques reportages retinrent son attention, ces faits divers locaux alimenteraient d'éventuelles conversations. La douzième page était celle des finances, il la parcourut sans grand intérêt, mais soudain, son regard se posa sur des noms qu'il connaissait : « Delaunay » et « Von Reinmark ».

L'article relatait les problèmes de distribution des *blockbusters* des sociétés Delaunay et Von Reinmark. Un accord avait été conclu entre ces deux grands groupes. Von Reinmark gardait le monopole des médicaments psychotropes, car Delaunay renonçait à la mise sur le marché de sa dernière molécule. Cet accord avait été conclu dans une conjoncture très tendue, car le grand groupe américain N§R attendait le moment propice pour tenter une OPA sur ces deux sociétés. Le montage financier de ces deux entreprises était tel que l'une ne pouvait subsister sans l'autre.

Armand referma le journal et réfléchit à ce qu'il venait de lire. Von Reinmark devait jouer serré avec son grand-oncle Delaunay. Un faux pas de l'un entraînerait l'autre dans sa chute. La conclusion de tout ceci était simple, Delaunay ne pouvait être poursuivi en justice sans que Von Reinmark y laissât des plumes.

Tout cela dépassait le néophyte qu'était Armand. Il avait promis de ne rien tenter contre Delaunay, et il ne pouvait pas trahir sa parole. D'un geste large, il jeta le journal sur la table du salon, puis il se leva. La marée allait bientôt être basse, il ne devait pas perdre de temps s'il voulait poser ses filets.

Il rassembla son matériel de pêche dans une caisse, prit sa pelle à la main et se dirigea vers la plage. La bruine commençait à s'intensifier et à se transformer en pluie. Le vent d'ouest n'était pas bon pour la pêche en mer. Il formait des vagues et ramènerait des algues dans les filets. Peu lui importait, il avait trop besoin de respirer le vent frais du large pour se changer les idées.

Un chien errant passa près de lui et partit renifler sous la porte de la maison de Mme Quintin. L'animal échangea quelques aboiements et grognements avec Gaston. Armand tapa du pied pour le faire fuir. Puis, il continua son chemin vers la plage. Comme d'habitude, en cette saison, les rues du bord de mer étaient désertes.

Lorsqu'il passa devant le bâtiment des sauveteurs en mer qui abritait le canot de sauvetage de la ville, il entendit un bruit de pas derrière lui. Alors qu'il allait se retourner pour voir ce qui se passait, il sentit des mains passer au-dessus de ses épaules. Puis une lanière de cuir lui serra douloureusement la gorge. Quelqu'un cherchait à l'étrangler. Armand lâcha sa caisse et serra fortement le manche de la pelle.

Un autre homme se mit devant lui. Il tenait un couteau et se préparait à le frapper à la poitrine. Par réflexe, Armand lança le bout tranchant de sa pelle vers la gorge de son agresseur. Aussitôt, le sang gicla. L'homme fit un pas en arrière et s'écroula sur le sol dans des spasmes et des hurlements de douleur.

Armand ne pouvait plus respirer, la lanière lui serrait la gorge de plus en plus fort. Il sentait ses forces se dissiper peu à peu. Ses jambes commencèrent à ne plus pouvoir le porter, et son cerveau s'embruma dans des acouphènes. Soudain, l'étreinte de la sangle se relâcha le temps d'une forte inspiration. Il sentit l'air remplir ses poumons, et un sang plein de vie coula dans ses artères. Sans trop savoir ce qu'il allait faire, il fit passer ses mains derrière sa tête et attrapa les cheveux de son étrangleur. Dans un hurlement bestial, il se pencha en avant et le fit passer par-dessus lui. L'homme fut projeté sur le bord du trottoir. Sous la violence du choc, les os de son épaule se brisèrent.

Au même moment, Gaston, le chien de Mme Quintin, sauta sur le bas de pantalon de l'agresseur. Armand regarda autour de lui, pour voir s'il y avait de nouveaux assaillants. Mais il ne vit que deux femmes : Lucie, pétrifiée de terreur, et Mme Quintin, courbée sous son fichu de laine. Elles étaient venues à son secours et avaient réussi à détourner l'attention de l'étrangleur. Cet instant providentiel avait suffi pour qu'il réussisse à se tirer de ce mauvais pas.

Lucie lâcha sa bombe lacrymogène et partit donner les premiers secours à l'homme blessé à la gorge. Ses réflexes d'infirmière urgentiste avaient été plus forts que la prudence.

Pendant ce temps, l'individu blessé à l'épaule agitait ses jambes en criant comme un damné. Il essayait désespérément de se débarrasser du chien qui lui mordait les mollets dans une furie de grognements.

– Mais allez chercher Gaston, il va finir par le dévorer, dit Mme Quintin à Armand en lui montrant son chien.

Armand fit un signe de la main à sa voisine pour lui indiquer qu'il reprenait son souffle. Ses yeux lui piquaient fortement et sa gorge lui faisait mal. Dès qu'il se sentit mieux, il s'approcha prudemment de Gaston, les doigts écartés, prêts à saisir l'animal.

Lorsque l'individu à l'épaule brisée vit Armand arriver sur lui, il fut pris de panique. Il se couvrit le visage de son bras valide et cria :

– *Don't kill me. I'm not a killer. I didn't want to do that, but God order it to me. Forgive me please. Please. Please.*

L'homme était afghan, comme son compagnon. Il pleurait et se lamentait dans sa langue natale. Armand profita d'un moment où Gaston s'étouffait de rage, pour l'attraper par surprise. Puis il le mit dans les bras de sa maîtresse avant qu'il n'ait le temps de reprendre son souffle. L'animal était tellement excité qu'il aurait été capable de mordre n'importe qui. D'autant que les relations entre Gaston et Armand avaient toujours été orageuses, il était préférable de se méfier. Mme Quintin serra son animal contre elle et lui donna une claque sur le museau pour le calmer.

– Je vous suis très reconnaissant, madame Quintin, dit Armand. Merci à Gaston.

– Mais je n'ai rien fait. C'est votre amie Lucie qui est allée à votre secours. Après ce que vous lui avez fait, elle n'est pas rancunière. Quand elle est sortie de chez vous en pleurant, je l'ai appelée pour lui proposer un café. C'est alors qu'on vous a vu passer pour aller à la pêche. Ensuite, les deux hommes vous ont attaqué. Aussitôt, elle est sortie et leur a vidé sa bombe lacrymogène au visage. Gaston, quand il a vu ça, il n'a pas pu s'empêcher de se sauver pour leur sauter dessus. S'ils n'avaient pas été là tous les deux, vous ne seriez plus de ce monde à cette heure-ci.

– Certes, dit Armand d'un ton sec. Pourriez-vous appeler les secours ainsi que la gendarmerie ? Vous leur expliquez que c'est urgent, il y a un blessé grave.

Mme Quintin partit chez elle en ronchonnant. Après quelques claques sur le museau, son chien s'était enfin calmé ; Gaston allait retrouver sa gamelle et son panier pour se remettre de ses émotions.

Avant que les ambulances arrivent, Armand vérifia la nuque des agresseurs. Chacun d'eux avait une petite cicatrice grosse comme le chas d'une aiguille. Probablement un implant fraîchement posé.

Les deux hommes regrettaient leur geste. Armand les questionna sur les raisons qui les avaient poussés à commettre un tel acte. Celui qui avait l'épaule brisée expliqua qu'ils venaient de la jungle de Calais. Le matin même, deux personnes les avaient conduits en voiture jusqu'ici. Au début, ils avaient pensé qu'on les emmenait sur un chantier comme d'habitude. Mais, ils avaient attendu longtemps, sans se douter du travail qu'on leur demanderait.

Puis, Armand était sorti de chez lui, et le conducteur leur avait ordonné de le tuer. « *God want you to kill him, then do it* », leur avait-il dit. Dans leur culture, le crime avait une grande importance. C'était un acte réfléchi, encadré par des règles strictes. Le crime gratuit n'existait pas, pourtant, ils avaient obéi sans poser de questions.

Lucie avait écouté cette histoire avec la plus grande attention. Elle fit rapidement le lien avec sa propre agression à l'hôpital. Celle-ci avait été considérée comme un problème de sécurité au niveau de l'accueil des patients, mais, à ses yeux, c'était une agression ciblée et préméditée.

Elle se souvint qu'en arrivant aux urgences, ce soir-là, le blessé avait fait un remue-ménage dans la salle d'attente. Il avait exigé d'être pris en charge par elle. Cet homme était un habitué du service. Quand il avait trop bu, il se blessait ou se faisait taper dessus par ses compagnons de beuverie. En général, il était plus bruyant que violent. Alors, pour avoir la paix, le chef de service avait accepté sa requête. Après avoir frappé Lucie, l'homme avait regretté son geste et avait été incapable de l'expliquer. Son acte l'avait conduit dans le pavillon d'un hôpital psychiatrique.

La pluie se mit à tomber avec force. La jeune femme essuya son visage d'un geste de la main et regarda Armand avec un air de stupéfaction. Depuis l'événement de la grotte à Dinard, beaucoup de choses lui avaient certainement échappé. Qu'avait fait Armand pendant tout ce temps ? Elle s'aperçut qu'elle ne lui avait même pas demandé. Après quelques secondes, elle sortit de ses pensées et lui lança :

– Remplace-moi au point de compression ! Je vais aller chercher ma trousse de premiers secours dans ma voiture, il me faut des compresses hémostatiques.

– Attends ! lui dit Armand. Aurais-tu, par hasard, une photo de Rudolf Deal dans ta voiture ?

– Quelle question ! répondit-elle d'un air surpris. Tu ne crois pas que l'on a autre chose à faire dans l'immédiat.

– C'est très important, je te remplace au point de compression pendant ce temps.

– D'accord, dans mon sac, je pense avoir une photo de groupe de l'association *Arpage*. Mais laisse-moi te dire que tu as des idées étranges parfois.

– Peux-tu la ramener ? Je vais faire un test. Si ça marche, tu comprendras pas mal de choses.

Lucie ramena une photographie de la permanence de l'association *Arpage*. On y voyait Rudolf Deal, souriant. Il avait l'air placide du retraité satisfait de participer à une action caritative.

Armand la montra aux Afghans et leur demanda s'ils reconnaissaient quelqu'un. Les deux hommes désignèrent Rudolf Deal sans hésiter. L'un d'eux ajouta : « *He order us to kill you.* »

Chapitre 30

Jeudi 19 mars 2009

Le gendarme de service imprima la déclaration d'agression en double exemplaire et en remit un à Armand.

– Nous vous tiendrons au courant de la suite donnée à cette affaire, dit le brigadier.

– Attendez ! s'exclama Armand. Vous n'allez pas faire une enquête pour essayer de savoir qui a ordonné à ces deux hommes de me tuer ?

– Vous tuer ? Vous y allez fort. Pour le moment, il s'agit d'une agression. D'une part, vos blessures ne sont pas mortelles alors que celles de l'un de vos agresseurs le sont. Je vous rappelle qu'il est entre la vie et la mort. D'autre part, monsieur Verrotier, c'est la deuxième fois que vous vous faites agresser par des inconnus en quelques semaines. Ça fait dix ans que je suis gendarme dans cette région, et je n'ai jamais vu ça. Alors, l'enquête nous dira si vous nous cachez quelque chose.

– Ce n'était que de la légitime défense. Ces hommes ont essayé de me tuer, et je me suis défendu. Un peu violemment peut-être, mais je n'avais pas d'autre choix. Deux personnes peuvent témoigner des faits et des circonstances dans lesquelles j'ai agi.

Le brigadier fit un hochement de tête pour montrer son scepticisme, il semblait complètement hermétique aux propos d'Armand. Son devoir était de rédiger un procès-verbal très factuel et de le transmettre à son supérieur hiérarchique. Certes, Armand aurait pu lui parler de cette histoire d'implant. Mais en entendant une histoire aussi incroyable, le gendarme aurait peut-être douté de la santé mentale de son interlocuteur. Ce qui n'aurait fait qu'empirer les choses.

Pourtant, les faits étaient bien réels, les deux Afghans avaient désigné Rudolf Deal comme étant le commanditaire de la tentative d'homicide. Armand sortit de la gendarmerie en serrant les dents. Ces derniers temps, ses rapports avec les autorités étaient plutôt tendus.

En passant devant la vitrine de la librairie du village, il regarda machinalement les gros titres des journaux, quand l'un d'eux attira son attention : « Le ministre de l'Immigration vient à Calais. » Armand resta figé sur place, cet événement lui était totalement sorti de la tête. Von Reinmark lui avait certifié que Delaunay cesserait ses activités diaboliques. Pourtant, Rudolf Deal avait essayé de le tuer, ça prouvait que l'un des deux, au moins, n'avait pas tenu parole, et il était possible que l'action du 21 mars fût toujours d'actualité.

Il réfléchit un instant, puis il partit en courant vers la maison d'Anna. Par chance, elle ne travaillait pas ce soir-là, elle et son fils étaient occupés à observer une araignée au microscope.

– C'est une épeire diadème, dit l'enfant en invitant Armand à l'observer. Elle tue ses proies en leur injectant un suc digestif. Ça les liquéfie de l'intérieur. Et après, elle aspire le liquide.

Armand regarda dans l'objectif. Il vit les pattes couvertes de piquants et les multiples yeux de l'araignée.

– Brrr, dit-il. Si elle t'invite à dîner, refuse tout de suite. Elle n'a pas de bonnes manières... Dis-moi, Jules, la dernière fois que tu es venu chez moi, aurais-tu emporté un de mes CD par inadvertance ?

L'enfant attendit que sa mère parte dans la cuisine, puis il chuchota à son oreille :

– Je sais tout.

– Tu sais tout sur la vie des arachnides, reprit Armand d'un air surpris. Sur ce point, je n'ai aucun doute.

– Je sais que tu es un espion, j'ai regardé ce qu'il y avait dans le CD. Ne t'inquiète pas, il est bien caché et personne n'est au courant. Je sais aussi que ce ne sont pas des rôdeurs qui t'ont agressé hier. Ce sont des personnes de l'organisation secrète C2M.

Jules prit la main d'Armand et l'emmena dans sa chambre. Là, il déplaça sa chaise pour accéder aux étagères, puis il attrapa un livre de grammaire coincé entre des bandes dessinées, et l'ouvrit. Le disque était caché dans la couverture.

– J'ai vu ça dans un film, dit l'enfant. Les méchants ne le trouvent jamais.

– Tu as raison, les méchants n'aiment pas la grammaire, en général.

Armand frappa doucement sur l'épaule du garçon pour le remercier. Puis, il retourna dans la cuisine où régnait une bonne odeur de potage. Anna était occupée à préparer le repas, elle avait mis trois assiettes sur la table.

– Alors James ! dit-elle en lui faisant un clin d'œil. Acceptes-tu l'invitation à dîner d'une James Bond's girl ?

– Ce serait avec plaisir ma chère Matha Harry. Mais James Bond a une mission urgente. Je t'expliquerai dès que nous aurons un moment.

Il les quitta avec regret. Depuis le départ de sa femme, un soir d'orage, la chaleur d'un foyer lui manquait parfois. Mais les circonstances ne lui permettaient pas ce genre de réflexion. Il rentra chez lui et sortit son dossier sur l'affaire C2M. Il le relut afin d'être certain de ne rien oublier, puis il classa les éléments selon un ordre d'enchaînement logique. Enfin, il en fit un résumé.

Lorsqu'il fut sûr de lui, il appela le commissariat de Calais et demanda à parler à l'inspecteur Lagache.

– Bonjour inspecteur. Armand Verrotier à l'appareil. Je suis le capitaine qui avait été mis en garde à vue dans une affaire de migrants. Je vous appelle car je possède des éléments laissant supposer qu'il se prépare un attentat contre le ministre de l'Immigration, lors de sa venue à Calais.

*

* *

L'importance des révélations d'Armand Verrotier avait retenu toute l'attention de l'inspecteur Lagache. Alors que ses collègues du commissariat passaient le plus clair de leur temps à étudier l'itinéraire de la visite du ministre à Calais, il se préparait à faire le plus beau coup de sa carrière. Et ce coup lui était servi sur un plateau à quelques jours de sa mise à la retraite. Durant une bonne partie de la nuit, il avait étudié le dossier qu'Armand lui avait remis. Au petit matin, il l'appela pour faire le point avec lui.

– Résumons, monsieur Verrotier, dit l'inspecteur d'une voix fatiguée et monotone. Le CD que vous m'avez apporté donne la liste des personnes ayant reçu un implant. Ces gens sont divisés en deux groupes. D'une part, des migrants de la jungle, d'autre part des résidents français. Ils ont reçu cet implant contre leur gré. Cet implant peut être utilisé pour aliéner leur volonté ou pour leur faire commettre un délit. La société Delaunay ainsi que l'association *Arpage*, dont fait partie un certain Rudolf Deal, sont fortement impliquées dans cette affaire nommée « projet C2M ». Dans le *Manoir du cheval blanc*, Antoine Delaunay organiserait des chasses à l'homme. Des meurtres de femmes auraient été commis dans des chasses un peu spéciales.

– En gros, c'est ça, répondit Armand. Toutes les preuves ainsi que le nom des témoins figurent dans ce dossier.

– Je connais beaucoup de chasseurs de promotions qui aimeraient se faire mousser avec cette affaire. Nous avons peu de temps pour vérifier vos éléments. Mais votre dossier est une vraie bombe, nous devons agir vite : nous ne sommes plus qu'à quelques heures de la visite du ministre.

Les deux hommes se regardèrent en silence, chacun attendant que l'autre fasse un commentaire. Au bout d'un moment, l'inspecteur Lagache tapa du plat de la main sur la table et se leva d'un coup.

– Pourquoi m'avez-vous raconté cette histoire ? dit-il d'une voix forte. Pourquoi à moi ? Vous n'habitez pas la région, il y a des tas de commissariats et de gendarmeries en France. Alors, pourquoi Lagache ?

– Pourquoi me suis-je tourné vers vous ? Contrairement à vos collègues, vous ne respectez pas les procédures. Alors, vous êtes le seul qui pouvait porter un intérêt à ce dossier sans me poser de questions sur l'origine des pièces.

Lagache se calma d'un seul coup. Il vint s'asseoir sur le bord de son bureau et dit en secouant la tête :

– Les procédures… Ce sont elles qui ont tué le métier. On ne peut plus rien faire sans elles… Sans procédures, pas de promotion… Savez-vous combien de temps j'ai passé à Calais ? Trente-cinq ans. Je suis resté ici presque toute ma carrière. Et comme j'ai épousé une Calaisienne, j'y passerai le restant de ma vie.

Il partit chercher un dossier dans son armoire et le jeta sur le bureau, juste en face d'Armand.

– Savez-vous comment mes collègues me surnomment au commissariat ?

Armand haussa les épaules. L'attitude et les propos de l'inspecteur l'inquiétaient de plus en plus. Il se demandait où il voulait en venir.

– Le fouille-merde ! continua Lagache. Je fouine là où les autres pensent qu'il est inutile de chercher. Pourtant, c'est là où l'on trouve le plus de choses. Vous voyez le dossier qui est devant vous ? Juridiquement, il n'a rien à faire ici. Je l'ai obtenu d'un inspecteur du travail. C'est la liste des irrégularités au Code du travail qu'il a relevées durant les douze derniers mois… L'inspecteur du travail avait fait du bon boulot. Il a transmis les procès-verbaux au parquet, mais tout a été classé sans suite. Comme d'habitude.

Il poussa un gros soupir de découragement, puis il mit le cédérom C2M dans son ordinateur et afficha la liste des citoyens français, victimes d'implants. Il tourna l'écran de l'ordinateur vers Armand et lui dit :

– Ouvrez le dossier, regardez les noms et comparez-les avec ceux de l'écran.

Armand prit dans ses mains une liste de procès-verbaux et commença à les lire. Il s'agissait de conditions de travail déplorables, de dépassement d'heures non payées ou de salaire en deçà du minimum imposé par la convention collective. Étrangement, les noms des salariés correspondaient à ceux de la liste du fichier C2M.

– Vous avez vu, dit Lagache. Les deux listes correspondent. Pourtant, aucune plainte des salariés n'a été enregistrée. Au contraire, ils paraissent même satisfaits de leurs conditions de travail. Après tout ce que vous m'avez appris sur les implants, je comprends pourquoi ils acceptent sans broncher d'être exploités. Mais il y a autre chose.

– Que voulez-vous dire ? demanda Armand.

– Vous ne pouviez pas avoir connaissance des procès-verbaux établis par l'inspecteur du travail. Ça veut dire que je peux vous faire confiance. Je vais de suite aller voir mon commissaire et lui expliquer toute l'affaire.

– Attendez ! Le CD n'a pas été obtenu par des moyens très honnêtes. Je suis entré chez Rudolf Deal par effraction. Je préférerais que mon nom ne soit pas cité dans cette affaire.

– Pas de problème, je ne dévoilerai pas mes sources. Vous ne serez cité qu'en tant que témoin.

Armand souffla en serrant la main de l'inspecteur. Cette histoire était terminée pour lui. Dorénavant, il pourrait se consacrer à ses activités favorites : la pêche en mer et la navigation.

Le surlendemain, il dînait chez Anna et Jules. Dans le salon, le poste de télévision était resté allumé, mais personne ne le regardait. À 20 heures, un journaliste présenta les informations de la journée. Pendant ce temps, Armand et Anna discutaient des problèmes engendrés par la restructuration des services de l'hôpital, et Jules terminait son yaourt. Soudain, l'enfant cria :

– Regardez ! On parle des clandestins de Calais.

Ils se levèrent tous les trois et se postèrent devant l'écran pour suivre le reportage. « Trois cents migrants de la jungle de Calais viennent d'être arrêtés par les services de police, juste avant la visite du ministre de l'Immigration. »

Jules n'en croyait pas ses yeux. Quelques jours auparavant, il avait regardé, en cachette, le contenu du CD-ROM, il fit immédiatement le rapport entre Armand, le disque et l'arrestation des migrants. Il poussa un « ouah » d'émerveillement en découvrant les images. Jamais plus il ne regarderait Armand de la même manière. Pour lui, ça ne faisait plus aucun doute, c'était un espion des services secrets, certainement à la solde d'une grande puissance, mais il ne le trahirait jamais.

Quand ils revinrent à table, Armand poussa un soupir de soulagement : l'inspecteur Lagache avait transmis les informations à ses supérieurs. Des implants avaient été introduits dans la nuque de certains migrants, leurs fiches laissaient supposer qu'il allait se produire quelque chose le 21 mars. Le commissaire avait suivi un élémentaire principe de précaution en faisant arrêter ces personnes. D'une part, pour faire vérifier par un médecin la présence d'implant ; d'autre part, pour éviter des problèmes lors de la venue du ministre de l'Immigration à Calais.

Anna eut un sourire en coin : Armand et son fils aimaient s'inventer des histoires quand ils se retrouvaient tous les deux. Cette complicité la rassurait quelque part, car elle pensait qu'il manquait un père à Jules.

En mai, la brigade des mœurs démantela un réseau de prostitution composé de jeunes filles originaires d'Europe de l'Est. La police suspecta Rudolf Deal d'être à la tête de ce réseau. Mais sur le point d'être arrêté, l'homme mit le feu au *Manoir du cheval blanc* et disparut sans laisser de traces.

Le 13 juillet de la même année, le yacht d'Antoine Delaunay était amarré dans le port de Monaco. Le propriétaire donnait une réception à bord ; et pour l'occasion, des serveurs avaient été engagés par le capitaine. C'étaient des personnes de confiance, habituées à ce genre de travail.

Vers 22 h 30, l'un d'eux s'approcha d'Antoine Delaunay ; sans raison apparente, il sortit un pistolet et vida son chargeur sur lui. La victime fut immédiatement prise en charge par le service d'urgence de l'hôpital de Monaco. Mais malgré l'acharnement des médecins, il succomba à ses blessures, quelques heures plus tard.

L'agresseur se laissa arrêter sans résistance. C'était un étudiant qui venait d'intégrer une grande école d'ingénieur, il avait trouvé ce travail saisonnier pour payer ses études. Il était totalement inconnu des services de la police, et jamais il ne fut en mesure d'expliquer son geste. Lors de l'interrogatoire, il affirma aux inspecteurs qu'une divinité lui avait ordonné cette exécution. Il fut déclaré irresponsable par les psychiatres et interné dans un hôpital psychiatrique.

Dans les jours qui suivirent l'assassinat, le cours de l'action de la société pharmaceutique Delaunay chuta considérablement. Par miracle, Von Reinmark avait capitalisé une somme importante, il profita de l'opportunité pour en acheter une grande partie et devint l'actionnaire majoritaire. Quelques mois plus tard, une restructuration importante de la société fut mise en œuvre. Plusieurs usines et agences commerciales furent fermées, entraînant des milliers de licenciements.

Chapitre 31

Paris, le 1er janvier 2012

Lucie se blottit contre Armand pour se réchauffer. C'était la nuit de la Saint-Sylvestre. Au fur et à mesure que l'heure avançait, la foule se densifiait sur les Champs-Élysées, et il était impossible d'avancer sans se faire bousculer. Ce n'était plus un plaisir de se balader, ça devenait étouffant et assourdissant. Lorsqu'ils arrivèrent au niveau du palais de l'Élysée, ils voulurent s'échapper de cette cohue et s'engouffrèrent dans une rue perpendiculaire, mais la ruée était générale. Alors, ils tentèrent de prendre le métro. Impossible, les stations débordaient. Leur hôtel n'était qu'à une vingtaine de minutes de marche, ils décidèrent d'y aller à pied.

Le froid n'avait pas empêché les gens de sortir. Place Vendôme, des notables en tenue de soirée trinquaient au champagne devant leur hôtel, sous l'œil inquiet des gardes du corps. Lucie était émerveillée par cette agitation et par la beauté de l'architecture. Elle sautait de joie comme une petite fille, à chaque fois qu'elle découvrait quelque chose de nouveau. Armand essayait de se frayer un chemin parmi la foule, tandis qu'elle s'accrochait à son bras en se laissant guider.

Soudain, il s'arrêta, surpris. À travers les fenêtres d'un hôtel particulier, il avait cru apercevoir Von Reinmark. Armand était de grande taille, ce qui présentait un avantage considérable pour se diriger dans cette fourmilière.

Pour en avoir le cœur net, il obliqua vers l'immeuble en question et s'arrêta à une cinquantaine de mètres.

Lucie remarqua son air inquiet, alors elle lui pinça le bras pour attirer son attention et lui demanda ce qui n'allait pas. Mais il ne répondit pas, il était trop occupé à vérifier ce qu'il venait de voir.

Von Reinmark était bien là. Il buvait une coupe de champagne en compagnie d'un homme d'une soixantaine d'années. Armand plissa les yeux, car le visage de ce sexagénaire ne lui était pas inconnu. Malgré le smoking et la coupe de cheveux différente, il le reconnut sans hésiter.

Avec sa petite taille, Lucie ne pouvait pas regarder par-dessus la foule. Elle se mit sur la pointe des pieds en s'accrochant au bras d'Armand pour ne pas perdre l'équilibre et regarda dans la même direction que lui. À ce moment, son regard croisa celui de Christelle Varange ; un manteau de vison sur les épaules, elle venait de rejoindre Von Reinmark.

– C'est à cause d'elle que tu t'es précipité de la sorte, dit-elle d'une voix pleine de reproches. J'ai cru que tu avais vu le diable en personne. Tu es toujours amoureux ou quoi ?

– Tu ne t'es pas trompée Lucie, le diable est toujours vivant.

Armand la prit par la taille et la porta pour qu'elle puisse mieux voir. Mais Christelle venait de donner l'alerte, et Von Reinmark et Rudolf Deal se mettaient à l'abri des regards indiscrets.

– L'homme au smoking noir devant Christelle Varange, dit Armand, tu l'as reconnu ? C'est Rudolf Deal. C'est lui qui a attiré mon attention, il avait disparu depuis l'incendie du *Manoir du cheval blanc*. En plus, cet ancien complice de Delaunay fête la nouvelle année avec Von Reinmark, c'est à ne plus rien comprendre.

*

* *

Quelques heures plus tard, Armand sortit doucement du lit en essayant de ne pas réveiller Lucie. L'hôtel était surchauffé ; difficile de dormir dans de telles conditions. Il était 9 heures passées. En fait, il n'avait pas réussi à trouver le sommeil de toute la nuit, car il n'avait cessé de penser à Rudolf Deal. Von Reinmark lui avait certainement caché quelque chose lors de leur entrevue à Stresa. Pourquoi s'était-il acharné à récolter tant de preuves accablantes contre Delaunay ? À l'époque, sa société avait des difficultés financières, et Delaunay lui avait fait une proposition de rachat. Or, quelques mois plus tard, il y avait eu un spectaculaire renversement de situation. Von Reinmark avait profité de la chute du cours de l'action Delaunay pour racheter la société.

Lorsque Armand sortit de la salle de bains, il pensa à appeler l'ex-inspecteur Lagache. Après l'affaire du 21 mars, celui-ci avait été félicité et promu commissaire, juste avant de faire valoir ses droits à la retraite. Depuis, il essayait de tromper l'ennui en cultivant son jardin.

À plusieurs reprises, Armand était allé lui rendre visite dans sa maison à Calais. L'ancien policier attendait toujours que son épouse soit sortie de la pièce pour discuter de l'affaire Delaunay ; car, depuis qu'ils étaient mariés, il n'avait jamais eu le droit de parler de son travail en sa présence. Selon lui, le dossier avait été clos trop rapidement par le procureur. Un jour, il lui avait dit : « Il y a vraiment un problème au ministère de l'Intérieur, j'ai reçu les honneurs pour une affaire que je n'ai jamais terminée. »

Il n'avait qu'un mot à dire pour motiver Lagache à reprendre l'enquête en privé. Mais il hésitait, car cette affaire lui avait apporté sa dose d'ennuis, et durant longtemps, il ne voulut plus en entendre parler.

Cependant, cette nuit, Armand avait reconnu Rudolf Deal. Cet homme était donc vivant, contrairement à ce que tout le monde pensait. Cette information était trop importante, il devait en informer Lagache le plus rapidement possible. Alors, il prit son téléphone et l'appela.

Au bout du fil, l'ancien policier fut ravi de l'entendre ; il pensait qu'il le contactait pour lui présenter ses vœux pour la nouvelle année. Mais dès qu'il apprit la nouvelle, il se tut quelques instants, puis il dit :

– Je sors promener le chien, et je te rappelle de mon téléphone portable. La mère Lagache rôde dans la maison : il ne faudrait pas qu'elle me surprenne à parler boulot.

Dix bonnes minutes plus tard, il le rappelait. Sa voix enthousiaste montrait sa détermination à reprendre son enquête. Sans attendre un complément d'information, il prit le premier train pour Paris et rejoignit Armand et Lucie devant le musée d'Orsay.

– J'ai envoyé paître la mère Lagache, dit-il en arrivant, ça fait quarante ans qu'elle me dit ce que je dois faire ; aujourd'hui, je me sens revivre… Rudolf Deal est vivant ? Il a fallu entrer en 2012 pour l'apprendre… Cette histoire ne m'a jamais semblé logique. On sait que Victor Lenormand a pris l'identité d'Hector Delaunay. On sait également que le père et son fils, Antoine, avaient un goût prononcé pour les chasses à l'homme. Je pense qu'Antoine Delaunay était un suspect idéal. Mais le paquet était trop bien ficelé, ça devait cacher quelque chose.

Contrairement à ce que son entourage pensait, Lagache n'avait pas totalement raccroché son calepin. En cachette de son épouse, il avait continué à collecter des renseignements sur cette affaire, après son départ à la retraite. En bon fouineur, il avait contacté bon nombre d'inspecteurs de police sur le territoire français. Comme d'habitude, il avait cherché là où tout le monde pensait qu'il n'y avait rien à trouver. Et, à force de patience, ses recherches commençaient à être fructueuses ; mais il lui manquait encore des éléments pour faire le lien entre les informations recueillies. Aujourd'hui, Armand Verrotier venait de lui en donner.

– Armand ! fit-il en se frottant les mains. Il faut que tu appelles Von Reinmark. Tu inventes n'importe quel prétexte pour le rencontrer. C'est la seule façon d'obtenir des informations. J'espère qu'il est encore sur Paris.

– Je n'ai pas le numéro de portable de Von Reinmark. Par contre, j'ai celui de Christelle Varange, mais c'est un peu délicat…

Lucie se sentit visée. Jusqu'à cet instant, elle avait écouté la conversation sans intervenir ; l'excitation des deux hommes l'amusait, bien qu'elle eût le sentiment d'être un peu mise à l'écart. Elle connaissait le moindre détail de cette affaire, Armand lui avait tout expliqué. Aussi, elle afficha un sourire en coin et dit d'une voix un peu moqueuse :

– C'est l'occasion de te servir de l'histoire que tu as eue avec elle. Tu lui dis qu'après l'avoir vue, tu n'as pas pu résister à l'envie de l'appeler. Tu demandes à la rencontrer quelque part. Quand tu l'auras trouvée, Von Reinmark ne sera pas loin.

– Elle t'a vue, elle sait très bien que tu es avec moi. Elle ne sera pas dupe.

– Tu n'auras qu'à lui dire que je suis rentrée chez moi. Christelle Varange est une séductrice, je suis certaine qu'elle acceptera. Moi, je me sacrifie pour la bonne cause. De toute façon, je sais que tu m'aimes, alors j'ai confiance.

Elle se tourna vers les deux hommes et attendit une réaction de leur part. Mais ne voyant rien venir, elle leur dit :

– Et bien alors ? Ça vous écorcherait les mains d'applaudir ?

Armand n'eut pas besoin de téléphoner à Christelle Varange, car ce fut elle qui l'appela en premier. Un peu gêné devant Lucie, il joua le jeu de l'ex-amant qui aimerait avoir des nouvelles. Après quelques échanges de souvenirs, il essaya de fixer un rendez-vous dans un bar où ils auraient pu prendre un verre ensemble ; mais elle lui proposa de venir le chercher en taxi pour l'emmener dîner dans un endroit exceptionnel.

Ainsi, vers 19 h 30, un taxi s'arrêta devant le Petit Palais. À l'arrière, Christelle lui fit signe de monter. Comme d'habitude, elle était très élégante et sûre de sa beauté. Il essaya de se détendre, mais il était troublé et sentait son cœur battre. Elle s'en rendit compte et eut un sourire de satisfaction. Quel homme pouvait lui résister ? Au jeu de la séduction, elle était la plus forte.

Pourtant, dès que la voiture démarra, Armand sentit que quelque chose n'était pas naturel dans l'attitude de Christelle, elle paraissait inquiète. Bien qu'elle fît de gros efforts pour paraître aimable, elle avait du mal à se concentrer sur leur discussion et sa voix était hésitante, son regard ailleurs. Il essaya de la faire rire, mais elle n'esquissa qu'un sourire.

– Je te croyais en Antarctique, lança-t-il.

– Je n'allais pas prendre racine là-bas, les missions ne durent pas plus de six mois à cause de l'hiver austral. Je suis rentrée depuis presque deux ans.

– Et alors ? Comment ça s'est passé ?

– Enrichissant à tous points de vue.

– Et maintenant ? Que fais-tu ?

– Comme tu as pu t'en rendre compte, je travaille pour Von Reinmark.

– Dans le domaine de la biologie ?

Christelle souligna l'évidence en haussant les épaules :

– Tu penses à quoi ?

Armand regarda par la vitre. Il était inutile de répondre à cette question, au risque d'entrer dans une discussion désobligeante. Christelle n'avait pas eu la chance d'avoir un parcours professionnel aisé. Son physique aurait pu être un atout dans le déroulement de sa carrière, mais ça avait été un frein. Et son goût du luxe et pour l'argent facile n'avait pas arrangé les choses.

Le taxi longea les quais de la Seine et s'arrêta devant une péniche aménagée en luxueuse résidence. Christelle lui expliqua qu'elle y avait fait préparer un dîner. Ils descendirent du véhicule et se dirigèrent vers le bateau.

Sur bâbord, il y avait une sorte de portelone donnant sur un sas. Elle se présenta à l'interphone fixé à la cloison, et une porte à serrure électrique s'ouvrit. Ils entrèrent et descendirent dans une coursive recouverte décorée dans un style Art nouveau. Elle marchait rapidement devant lui, silencieuse et nerveuse. De temps en temps, elle se retournait pour s'assurer qu'il la suivait.

Au bout de l'étroit couloir, il y avait une porte métallique, la jeune femme l'ouvrit et invita Armand à entrer.

Il eut un moment d'hésitation, la pièce était sombre et sentait le tabac. Mais Christelle eut un sourire confiant, alors il la suivit. Ses yeux s'habituèrent difficilement à la pénombre. Les membrures métalliques ainsi que les tôles de bordé étaient simplement peintes. Cette ancienne partie de la cale devait être utilisée comme remise, car quelques caisses en bois y étaient rangées pêle-mêle. Dès qu'ils furent à l'intérieur, la porte fut refermée violemment par une main invisible.

Puis, un projecteur violent fut allumé. Rudolf Deal apparut à contre-jour, dans un nuage de fumée de cigarette. Il était assis paisiblement dans un fauteuil, avec les jambes croisées. Silencieusement, il observait Armand, peut-être pour l'impressionner ou alors pour étudier ses réactions.

De temps en temps, il portait sa cigarette à ses lèvres, et aspirait ; on voyait, à ce moment, le bout rouge incandescent percer sa silhouette. Dans son costume impeccable et son chapeau à la Humphrey Bogart, il jouait les parrains de film de gangsters américains.

Armand comprit qu'il était tombé dans un piège. Il interrogea Christelle du regard, mais celle-ci baissa la tête et balbutia :

– Je suis désolée, je n'ai pas eu le choix.

Deux hommes se jetèrent sur lui avant qu'il n'ait eu le temps de réagir. Le premier lui fit une clef au bras, tandis que le second lui collait le canon d'un revolver sur sa tempe. En essayant de se libérer, Armand se retourna et les reconnut immédiatement : c'étaient les deux acolytes de Rudolf Deal. Ceux qu'il avait vus sortir de la grotte à Dinard, et plus tard, entrer dans une boulangerie des Vosges.

Christelle tenta de s'interposer :

– Attendez ! dit-elle à Rudolf Deal. Vous aviez dit qu'il n'y aurait aucune violence. Il s'agissait simplement de discuter avec lui.

Elle attrapa la main tenant l'arme, mais le malfrat se dégagea et la frappa violemment avec la crosse. Elle fut déséquilibrée et tomba sur une caisse de bois.

– Ta gueule la morue, dit-il de sa voix enrouée. Tiens-toi tranquille si tu ne veux pas rejoindre Delaunay.

La jeune femme porta la main à son visage, du sang coulait de ses lèvres et de son nez. Armand tenta de se débattre à nouveau, mais l'homme lui tordit plus fortement le bras. Il dut se calmer, car la douleur devenait insupportable et il ne voyait aucun moyen de s'échapper par la force.

– Que voulez-vous ? lança Armand.

Rudolf Deal prit le temps d'expirer lentement sa fumée de cigarette.

– Alors ? fit-il avec des signes d'exaspération dans la voix.

– Alors quoi ? demanda Armand avec un air de dégoût.

– Je me terre durant plus de deux ans. Je m'autorise à sortir pour la Saint-Sylvestre, et il faut que je tombe sur vous. Dois-je en conclure que vous étiez à ma recherche durant tout ce temps ? Vous n'avez rien d'autre à faire à part ennuyer les gens ?

– Que faisiez-vous avec Von Reinmark ?

– Vous n'êtes pas dans une situation avantageuse, alors n'ayez pas l'arrogance de poser des questions, mais plutôt d'y répondre. Vous avez contribué à l'anéantissement d'un projet révolutionnaire : le projet C2M. Imaginez une société dans laquelle les gens obéissent et travaillent dans la joie. Finies les dépressions, la souffrance au travail. Sans votre stupidité, nous aurions construit un monde prospère, basé sur de vraies valeurs.

– Vous êtes un monstre ! lança Armand. Un monde dans lequel les gens sont au service d'une race supérieure. On appelle cela « le nazisme ».

Rudolf Deal prit un air dédaigneux :

– Que croyez-vous ? C'est déjà comme ça. Vous êtes d'une naïveté ridicule. Regardez autour de vous ! La majorité de la population travaille au service d'un groupe d'élites, et ce sont ces derniers qui capitalisent les richesses. Combien enregistrons-nous de suicides ou de vies brisées dans notre société ? Vous, le capitaine de paquebot, jeté comme un vulgaire sac-poubelle par vos directeurs, qu'avez-vous à répondre à cela ? Vous faites partie de cette méprisable race de larbins destinée à travailler pour nous. Sans vous en rendre compte, vous mettez votre intelligence et votre énergie à notre service.

Rudolf Deal écrasa sa cigarette, puis il ouvrit une boîte dans laquelle se trouvait une seringue prête à l'emploi. Il la prit entre ses doigts et pointa l'aiguille vers le haut pour faire gicler un peu de liquide.

– Vous avez de la chance ! Je vais vous inoculer le fruit de mes dernières recherches : un antibiotique à diffusion lente. Terminé les boîtes de pilules à prendre pendant six ou huit jours. Terminé les résistances des microbes à cause des traitements pris à tort et à travers. Une seule injection et vous guérissez. Von Reinmark va se faire une fortune colossale grâce à moi. Les essais que j'ai pu effectuer dans des pays en voie de développement sont très prometteurs. Une victoire contre un bon nombre de maladies. Pas d'effets indésirables. Sauf, si on y ajoute une molécule de ma composition, parfaitement indécelable. Celle-ci inhibe une partie du cerveau : le centre de la volonté. Bien entendu, Von Reinmark n'est pas au courant. Vous voyez, vous avez cru gagner la partie, mais je suis plus malin que vous. Le projet C2M revient en force, et rien ne pourra l'arrêter. Surtout pas vous. Après cette injection, vous me serez complètement dévoué.

Rudolf Deal pointa l'aiguille dans la direction d'Armand et avança. Ce dernier voulut se dégager, mais quelqu'un le frappa à la tête. La douleur fut si intense qu'il ne put retenir un cri. Ses jambes fléchirent sous son poids, et il tomba sur le sol. Les deux hommes en profitèrent pour le rouer de coups, et l'immobilisèrent avec des liens. Puis, le plus mince s'approcha de son oreille pour lui postillonner avec une haleine chargée d'ail et d'alcool :

– Ça, c'est un aperçu de ce que tu vas prendre. Tu te souviens de l'homme que tu as embroché dans la chapelle du manoir ? C'était un grand copain à nous. Quelque chose me dit qu'on va prendre beaucoup de plaisir à le venger. Quant à ta pute ! On l'a peut-être ratée la première fois, mais on ne la manquera pas cette fois-ci. Tu peux me croire sur parole, c'est comme si c'était fait.

– Tais-toi ! lui lança Rudolf Deal.

– Si on l'avait éliminé dans la grotte en même temps que l'Africain, reprit l'homme en se relevant, on n'en serait pas là aujourd'hui. Mais Delaunay voulait jouer avec lui comme un gamin avec ses soldats de plomb. Quelle connerie !

Rudolf Deal souleva la manche d'Armand et s'apprêta à lui faire l'injection.

– Vous n'avez pas le droit ! hurla Christelle. Si vous ne le lâchez pas immédiatement, je vais tout déballer à la police. Ces migrants que vous avez tués, l'assassinat de Delaunay, les implants vendus à l'étranger, et comment vous avez manipulé Von Reinmark pour accroître votre pouvoir.

– Delaunay était un personnage stupide, répliqua tranquillement Rudolf Deal. Un usurpateur d'identité. En l'éliminant, on a rendu service à la société. Quant aux migrants, ils ne manquent à personne. Après tout, nous ne sommes pas allés les chercher.

Christelle fonça sur Rudolf Deal. Elle le bouscula et essaya d'attraper la seringue, mais un homme de main brandit son arme et tira. La jeune femme sursauta et poussa un cri de stupéfaction. Puis elle recula et mit la main sur sa poitrine, le sang jaillissait juste au-dessus du cœur. Elle tenta d'appeler du secours et courut vers la porte, mais elle s'écroula avant d'avoir réussi à l'ouvrir. Laissant deux longues traînées de sang sur la porte.

– La poétesse ne nous ennuiera plus avec ses foutus messages secrets.

Une fureur s'empara d'Armand. Il se débattit violemment, malgré les liens qui lui entaillaient la chair. Ne sentant plus les coups de pied des hommes qui s'acharnaient contre lui. Il cria de toutes ses forces :

– Venez maintenant ! Qu'est-ce que vous attendez ?

Quelques secondes après, il entendit des bruits de pas dans la coursive, puis la porte s'ouvrit. Des hommes entrèrent dans un brouhaha infernal. Des coups de feu claquèrent, il y eut des cris, des ordres, des faisceaux de lumière. Puis le silence, dans une odeur de poudre.

Peu après, Armand sentit une main se poser sur son épaule et entendit une voix :

– Nous sommes de la police. Je suis l'inspecteur Charlès. Nous contrôlons la situation, on va vous libérer de vos chaînes et vous aider à sortir d'ici.

Armand le regarda avec un air un peu ahuri, puis il se redressa et bafouilla :

– Et Christelle ? La femme blessée.

Le policier se voulut rassurant :

– On s'occupe d'elle, le service des urgences arrive.

Armand fut débarrassé de ses liens, pendant qu'une équipe de médecins urgentistes s'activait. Les blessés étaient auscultés, bandés, perfusés et évacués rapidement. Il essaya de se relever pour voir où était Christelle, mais un infirmier lui demanda de rester allongé. On l'installa dans un matelas coquille, puis des brancardiers le transportèrent à l'extérieur à travers les étroites coursives et les escaliers pentus.

Quand ils arrivèrent sur le quai, Lucie et Lagache vinrent à sa rencontre. La jeune femme pleurait à chaudes larmes, elle lui caressa le front et l'embrassa.

– Félicitations, tu as réussi, lui dit l'ancien inspecteur. Grâce aux émetteurs que tu avais sur toi, les conversations ont été enregistrées. Les coupables sont passés aux aveux malgré eux. La police a pu te localiser avec précision et intervenir.

– Et Christelle Varange ? demanda Armand.

– Malheureusement, lui répondit Lucie, elle a succombé à ses blessures.

Armand n'avait aucune fracture, mais de gros hématomes sur toutes les parties du corps. Il resta en observation durant vingt-quatre heures à l'hôpital de la Pitié-Salpêtrière à Paris. Ensuite, il fut autorisé à sortir, sous réserve d'une surveillance médicale appropriée.

Aussitôt, les inspecteurs du quai d'Orsay demandèrent à l'interroger. Il dut reprendre l'histoire depuis le morceau de tissu pêché par son ami Fabrice.

Le commissaire, chargé de l'enquête, était furieux contre Lagache ; il lui reprochait de l'avoir mis devant le fait accompli en précipitant les choses. De toute évidence, il cherchait un moyen de lui faire porter la responsabilité des blessés et des morts. Mais l'ancien inspecteur avait plus d'un tour dans son sac. Il retourna la situation à son avantage en apportant les preuves que le commissaire avait été averti suffisamment à l'avance de l'importance et du danger de l'intervention. C'était à lui de prendre les dispositions pour éviter le bain de sang.

En fait, rien ne s'était vraiment passé comme l'avait prévu Lagache. D'après son plan, Armand devait rencontrer Christelle Varange et la faire parler de Rudolf Deal. Compte tenu de leur histoire sentimentale, personne n'aurait pu imaginer qu'elle aurait été capable de lui tendre un piège. Une erreur collégiale avait été commise durant la préparation : tout le monde avait sous-estimé la perfidie de Rudolf Deal.

Lagache avait exposé clairement les faits à ses anciens collègues du quai d'Orsay : Rudolf Deal, principal suspect dans l'affaire d'implants et accusé de proxénétisme, avait été repéré. Alors, ils avaient organisé une opération de pistage pour retrouver le malfaiteur.

Avant son rendez-vous avec Christelle Varange, des policiers avaient dissimulé deux microémetteurs sous le pull-over d'Armand. Ainsi, ils avaient pu le suivre et écouter les conversations à distance. La rencontre avait bien débuté, mais elle avait pris une tout autre tournure lorsqu'ils s'étaient aperçus que Rudolf Deal était présent au rendez-vous. Le commissaire avait averti le préfet, et l'assistance du RAID avait été demandée en urgence.

Tout le monde déplorait la mort de Christelle Varange, mais l'opération avait permis d'arrêter Rudolf Deal et ses complices. Tous les trois avaient été légèrement blessés lors de la fusillade, et il ne fallut pas longtemps aux inspecteurs de police pour leur faire avouer leurs crimes.

Rudolf Deal était un ami d'enfance d'Antoine Delaunay. Depuis leur plus jeune âge, les deux enfants étaient fascinés par Hector Delaunay. Très tôt, celui-ci leur avait transmis son goût pour le courant de pensée national-socialiste.

Plus tard, après le décès d'Hector, ils avaient continué leurs activités nazies. Pourtant, un monde les séparait. Antoine était né avec une cuillère en or dans la bouche, tandis que Rudolf était orphelin, et on le disait fils de collaborateur. Il avait été élevé par une vieille femme qui l'avait recueilli après la guerre et avait pu payer ses études grâce aux largesses d'Hector Delaunay. Rudolf jalousait son ami Antoine, pourtant, un jour, il lui avait proposé la fabrication d'un implant miracle qui avait la particularité de transformer l'homme en un robot obéissant. Mais, comme d'habitude, Antoine Delaunay avait été le grand gagnant dans cette opération, il en avait tiré un avantage financier considérable en montant la société *CleanSem* et en vendant le produit à des entreprises étrangères.

La fabrication de la molécule, servant de base pour les implants, nécessitait de fortes quantités de césium. Comme ils venaient à en manquer, ils décidèrent d'aller en chercher dans les cales de l'épave du *Whitehorse*. Quoi de plus simple que d'utiliser des migrants sans protection radioactive pour accomplir cette besogne ? Les pauvres gens furent rapidement brûlés, alors des hommes de main les enfermèrent dans un bateau de plaisance et le coulèrent à proximité de l'épave. Il y en avait vingt-deux, Delaunay n'avait pas choisi ce nombre au hasard : c'était le nombre de migrants qui avaient péri dans la cale du navire de son grand-père.

Par la suite, Delaunay fut grisé par le pouvoir que l'implant lui donnait sur les gens, il se sentait invincible. Sous des prétextes commerciaux, il se mit à introduire des implants à certaines personnes pour le simple plaisir de jouer avec eux. Armand Verrotier compta parmi ses victimes ; mais ce jouet-là ne fut pas aussi docile que les autres : il mena son enquête et découvrit des informations compromettantes.

Alors, Rudolf Deal utilisa les services de Christelle Varange pour se rapprocher de Von Reinmark, et, par la même occasion, porter un coup fatal à Delaunay. Il savait que l'homme d'affaires était prêt à tout pour récupérer les parts de son grand-oncle. Il lui facilita la tâche en faisant assassiner Antoine Delaunay au moment où Von Reinmark avait capitalisé suffisamment de liquidité pour acheter la société.

Von Reinmark n'avait jamais voulu la mort de Delaunay ; mais il était obnubilé par la belle Christelle Varange. Rudolf Deal avait trouvé sa faille, il en usait sans ménagement.

Lorsqu'il apprit le décès de Christelle Varange, Von Reinmark resta abasourdi, puis il s'isola dans une pièce de son hôtel particulier. Là, il s'agenouilla devant un crucifix et éclata en sanglots :

– Mon Dieu, dit-il en joignant les mains, j'implore votre miséricorde. Je suis effondré et soulagé en même temps. Je suis coupable de n'avoir pas su résister à la tentation de la chair, et d'avoir profité du décès d'Antoine Delaunay pour enrichir ma société...

*

* *

Quelques jours plus tard, Armand assistait aux funérailles de Christelle Varange. Une maigre dizaine de personnes étaient réunies en silence devant le cercueil : de la famille proche, des voisins de ses parents et une amie d'enfance. Tous avaient le cœur serré. Un mouchoir humide essuyait leurs yeux rougis par les larmes. Un haut-parleur craquant diffusait un arrangement au clavecin de l'adagio d'Albinoni.

La neige tombait à gros flocons. En quelques minutes, elle recouvrit le petit cimetière d'un tapis blanc immaculé.

Apparemment, la famille de la jeune femme n'était pas au courant de l'activité de Christelle. Tous ici pensaient qu'elle exerçait toujours son métier d'ingénieur. Ils en étaient fiers et ne comprenaient pas ce qui lui était arrivé.

Chacun jeta une poignée de pétales de rose sur le cercueil, vite recouvert par des flocons de neige. Armand passa le dernier, puis il présenta ses condoléances aux parents. La mère de Christelle le dévisagea en enfermant sa main dans les siennes pour l'empêcher de partir.

– Mais ? Vous êtes le capitaine Verrotier, l'ami de Christelle.

– C'est bien cela ! D'où me connaissez-vous ? s'étonna Armand.

– Quand vous êtes arrivé, je me demandais qui vous étiez ; mais maintenant je vous reconnais. Christelle nous a beaucoup parlé de vous, elle avait gardé une photo de vous en uniforme de capitaine. Une photo prise lors de la croisière qu'elle avait faite en votre compagnie, à bord de votre navire.

Glossaire

Huniers volants : Voiles hautes de forme carrée. Elles sont reliées aux vergues volantes. Les huniers fixes sont reliés aux vergues fixées au mât. En général, nous trouvons un volant suivi d'un fixe.

Allure : Direction adoptée par un voilier par rapport à la direction du vent.

Bon-plein : Allure d'un voilier dans laquelle il reçoit le vent par l'avant du travers. C'est-à-dire avec une incidence voisine de 60°.

Vergues : Long espar disposé perpendiculairement au mât (horizontal), utilisé pour tendre une voile et l'incliner par rapport au vent.

Drisse : Cordage utilisé pour hisser une voile.

Écoute : Cordage utilisé pour orienter une voile par rapport au vent.

Bosco : Chef des matelots. Maître de manœuvre dans la marine à voile.

Filin : Cordage fait de chanvre. Par extension, tout cordage.

Chargement de divers : Dans la marine marchande, chargement de marchandises diverses en cales.

Piquer l'heure : L'officier de quart sonnait la cloche pour indiquer les heures rondes.

Maître-coq : Chef cuisinier sur un navire.

Charte-partie : Contrat d'affrètement d'un navire.

Connaissement : Reçu ou contrat concernant les marchandises chargées à bord d'un navire de la marine marchande.

Chargeur : Personne ou société qui charge des marchandises à bord d'un navire.

Renard : Canevas mémento utilisé par les lieutenants pour estimer le chemin et la direction parcourus par un navire, lorsqu'il n'y a pas de point de repère pour trouver sa position.

Haut-fond : Élévation du fond présentant un danger pour la navigation.

Encablure : Mesure utilisée pour évaluer les courtes distances. Une encablure a une longueur d'environ 200 m.

Talonner : Lorsque la quille d'un navire touche le fond.

Taquets : Petites pièces de bois ou de métal servant à amarrer les cordages.

Étale de courant : Moment de la marée où le courant est le plus faible, voire nul.

Renverse : Moment de la marée où le courant s'inverse de 180 °.

Corps-mort : Dispositif de mouillage relié d'un côté à une bouée et de l'autre au fond.

Navire à la cape : Allure utilisée par gros temps qui tend à maintenir le navire face au vent et à la lame.

Voile de tape-cul : Voile arrière utilisée pour maintenir le navire face au vent.

Shipchandler : Société spécialisée dans la vente de matériels ou de denrées alimentaires aux navires.

Duc-d'albe : Dans un port, amer caractéristique muni de défense en bois, sur lequel un navire de taille moyenne peut s'appuyer ou s'amarrer en cas d'urgence.

Amer : Point fixe, sûr et identifiable à tout moment pour se repérer en mer.

Chef mécanicien : Responsable technique du navire et chargé de la conduite des installations de propulsion et de production d'énergie. Il est classé dans la même catégorie que le capitaine.

Achevé d'imprimer chez SoBook le 26-06-2020

Linselles - France

N° impression : 634 522